Une simple histoire d'amour

TOME 3 • LES RAFALES

DU MÊME AUTEUR CHEZ LE MÊME ÉDITEUR:

Une simple histoire d'amour, tome 1 : *L'incendie*, 2017
Une simple histoire d'amour, tome 2 : *La déroute*, 2017
L'amour au temps d'une guerre, tome 1 : *1939-1942*, 2015
L'amour au temps d'une guerre, tome 2 : *1942-1945*, 2016
L'amour au temps d'une guerre, tome 3 : *1945-1948*, 2016
Les héritiers du fleuve, tome 1 : *1887-1893*, 2013
Les héritiers du fleuve, tome 2 : *1898-1914*, 2013
Les héritiers du fleuve, tome 3 : *1918-1929*, 2014
Les héritiers du fleuve, tome 4 : *1931-1939*, 2014
Les années du silence 1 : *La tourmente* (1995) et *La délivrance* (1995), réédition 2014
Les années du silence 2 : *La sérénité* (1998) et *La destinée* (2000), réédition 2014
Les années du silence 3 : *Les bourrasques* (2001) et *L'oasis* (2002), réédition 2014
Mémoires d'un quartier, tome 1 : *Laura*, 2008
Mémoires d'un quartier, tome 2 : *Antoine*, 2008
Mémoires d'un quartier, tome 3 : *Évangéline*, 2009
Mémoires d'un quartier, tome 4 : *Bernadette*, 2009
Mémoires d'un quartier, tome 5 : *Adrien*, 2010
Mémoires d'un quartier, tome 6 : *Francine*, 2010
Mémoires d'un quartier, tome 7 : *Marcel*, 2010
Mémoires d'un quartier, tome 8 : *Laura, la suite*, 2011
Mémoires d'un quartier, tome 9 : *Antoine, la suite*, 2011
Mémoires d'un quartier, tome 10 : *Évangéline, la suite*, 2011
Mémoires d'un quartier, tome 11 : *Bernadette, la suite*, 2012
Mémoires d'un quartier, tome 12 : *Adrien, la suite*, 2012
La dernière saison, tome 1 : *Jeanne*, 2006
La dernière saison, tome 2 : *Thomas*, 2007
La dernière saison, tome 3 : *Les enfants de Jeanne*, 2012
Les sœurs Deblois, tome 1 : *Charlotte*, 2003
Les sœurs Deblois, tome 2 : *Émilie*, 2004
Les sœurs Deblois, tome 3 : *Anne*, 2005
Les sœurs Deblois, tome 4 : *Le demi-frère*, 2005
Les demoiselles du quartier, nouvelles, 2003, réédition 2015
De l'autre côté du mur, récit-témoignage, 2001
Au-delà des mots, roman autobiographique, 1999
Boomerang, roman en collaboration avec Loui Sansfaçon, 1998, réédition 2015
« Queen Size », 1997
L'infiltrateur, roman basé sur des faits vécus, 1996, réédition 2015
La fille de Joseph, roman, 1994, 2006, 2014 (réédition du *Tournesol*, 1984)
Entre l'eau douce et la mer, 1994

Visitez le site Web de l'auteur: www.louisetremblaydessiambre.com

LOUISE TREMBLAY
D'ESSIAMBRE

Une simple histoire d'amour

TOME 3 • LES RAFALES

Guy Saint-Jean
ÉDITEUR

Guy Saint-Jean Éditeur
4490, rue Garand
Laval (Québec) Canada H7L 5Z6
450 663-1777
info@saint-jeanediteur.com
saint-jeanediteur.com

• • • • • • • • • • • • • • • •

Données de catalogage avant publication disponibles à Bibliothèque et Archives nationales du Québec et à Bibliothèque et Archives Canada

• • • • • • • • • • • • • • • •

Nous reconnaissons l'aide financière du gouvernement du Canada par l'entremise du Fonds du livre du Canada (FLC) ainsi que celle de la SODEC pour nos activités d'édition. Nous remercions le Conseil des Arts de l'aide accordée à notre programme de publication.

Financé par le gouvernement du Canada | Canada SODEC Québec Conseil des Arts du Canada Canada Council for the Arts

Gouvernement du Québec – Programme de crédit d'impôt pour l'édition de livres – Gestion SODEC

Édition : Isabelle Longpré
Révision : Isabelle Pauzé
Correction d'épreuves : Johanne Hamel
Infographie : Christiane Séguin
Page couverture : Toile peinte par Louise Tremblay d'Essiambre, « La vie continue… », inspirée de « *First lights* » de Chantal Julien

Dépôt légal – Bibliothèque et Archives nationales du Québec, Bibliothèque et Archives Canada, 2017
ISBN : 978-2-89758-388-0
ISBN EPUB : 978-2-89758-389-7
ISBN PDF : 978-2-89758-390-3

Imprimé et relié au Canada
1re impression, novembre 2017

Guy Saint-Jean Éditeur est membre de l'Association nationale des éditeurs de livres (ANEL).

À Raymond et Yvette, à Chantal et Jimmy,
à Patrick et Audrée, sans oublier le jeune Simon
et le petit Liam. Vous êtes ma famille d'adoption
à Montréal. Je vous aime beaucoup.

« Vivre, ce n'est pas attendre que l'orage passe. Vivre, c'est apprendre à danser sous la pluie. »

Sénèque

NOTE DE L'AUTEUR

Foutu pays !

Samedi, c'était l'été : gougounes et camisole, quel plaisir ! Hier, jour de Pâques, c'était le printemps : tristounet, soit, mais quand même assez doux pour profiter de l'extérieur. Ça me convient. Mais voilà que ce matin, l'hiver m'attendait sournoisement derrière la porte et, à mon grand désespoir, j'ai dû ressortir la petite laine !

Vivement l'été pour de bon...

Je vais vous faire une confidence : j'ai hâte en diable de semer mon potager. J'en ai justement discuté avec Marie-Thérèse, hier en fin de journée, quand mes enfants et mes petits-enfants ont quitté la maison, les uns avec leurs petits chocolats, et les autres avec du sirop d'érable. Sur le sujet, Marie-Thérèse et moi, nous nous ressemblons beaucoup : nous aimons faire pousser nos fruits et nos légumes pour en faire des conserves au goût de soleil. Ça réchauffe le cœur quand la saison froide frappe aux carreaux des fenêtres. Toutefois, ce ne sera malheureusement pas ce matin que je vais agrandir le carré du potager, comme j'en ai l'intention. Je vais me contenter d'aller mesurer l'espace disponible et je vais m'amuser à dessiner le jardin de mes rêves sur une feuille de papier quadrillée. Sur ce, Marie-Thérèse m'a rétorqué que je me plaignais pour rien, car chez elle, c'est encore l'hiver. Elle ne peut rien mesurer du tout : sa cour ressemble à un grand édredon tout blanc ! Même les piquets de la clôture de cèdre ont complètement disparu durant la dernière tempête.

Vous en souvenez-vous ? Quand on a quitté Cyrille, à la fin du tome 2, on était à Sainte-Adèle-de-la-Merci. Il faisait un froid à pierres fendre et, la goutte au nez, le jeune homme revenait de chez son oncle Anselme. Il avait et il a toujours le cœur en miettes. Personne ici-bas ne semble vouloir faire l'effort de le comprendre. Toutefois, chez les Lafrance, on laisse rarement suinter ses émotions, n'est-ce pas ? De la colère à la rédemption, de la tristesse la plus profonde à la joie la plus intense, on a la pudeur de ses sentiments. Alors Marie-Thérèse ne peut se douter de l'immensité de la détresse qu'elle a semée en affirmant à Cyrille que, pour lui, il n'était pas question de quitter le collège tout de suite.

— On dirait que tu te rends pas compte de la chance qui t'est offerte, mon pauvre garçon ! Voyons donc ! Me semble que c'est pas dur à comprendre, ça là. Donne-toi encore du temps, Cyrille. Un jour, tu nous remercieras peut-être, ton père pis moi, d'avoir insisté à ce point-là.

De toute façon, tu dois pas être si malheureux que ça : t'aimes tellement ça, l'école !

Voilà ce que Marie-Thérèse a rétorqué à son aîné et elle n'a pas tout à fait tort. J'irais même jusqu'à dire qu'en principe, je suis d'accord avec elle. Toutefois, il ne faudrait pas oublier que ce qui ressemble à de la chance pour l'un n'est peut-être qu'une corvée insupportable pour l'autre. Le bonheur a plusieurs facettes et il ne se mesure pas de la même façon pour tous ! Ainsi, ce qui s'apparente à une infinité de possibilités pour Marie-Thérèse et Jaquelin n'est en fait qu'une prison pour Cyrille. Lui, il n'a qu'un désir en tête : prendre la relève de son père à la cordonnerie. Est-ce vraiment sérieux ? À son âge, c'est difficile à dire, mais sait-on jamais. Il arrive que certains choix de vie apparaissent très tôt dans l'existence, même dans l'enfance parfois, et ils sont irrévocables.

Si tel est le cas, la mère et le fils arriveront-ils à se comprendre ? Et que dira le père, face à tout cela ? Sera-t-il fier de voir poindre une succession certaine à la cordonnerie ou, au contraire, sera-t-il désolé d'apprendre que Cyrille ne veut pas profiter de l'occasion qui lui est offerte de viser plus haut ?

Seul le temps pourra répondre à cette question.

Jaquelin pour sa part, trop heureux de voir que son père a si facilement accepté de plier bagage pour retourner à Montréal – en fait, tout le monde autour de lui se demande quelle mouche a piqué

Irénée pour que subitement il soit si docile – bref, Jaquelin ne semble pas voir la lourdeur de la charge qu'il a ainsi imposée à sa femme en n'essayant pas de retenir son père. Marie-Thérèse a beau être jeune et en santé, elle a tout de même ses limites. Elle a besoin de repos comme tout le monde et, pour l'instant, elle a l'impression de mener deux carrières de front : la famille et la cordonnerie. Comme elle est femme à vouloir donner le meilleur d'elle-même dans tout ce qu'elle fait, le repos accumulé à Montréal ressemble à une peau de chagrin qui rétrécit à vue d'œil.

Qui prendra soin d'elle ? Qui s'apercevra qu'elle brûle la chandelle par les deux bouts au nom de l'amour qu'elle ressent pour son mari ? La tante Félicité ? Sa mère ? Sa belle-sœur Lauréanne ?

Je ne peux le dire pour le moment, car je ne vois pas vraiment d'où viendra le secours dont elle va bientôt avoir besoin. En fait, la seule évidence que j'aperçois à l'horizon, c'est que Marie-Thérèse fonce tout droit vers un mur qui lui semblera insurmontable.

Au bout du compte, Agnès sera peut-être obligée de quitter la ville pour retourner chez elle, même si elle n'en a pas du tout envie. Heureusement, pour l'instant, cette demoiselle ne s'en doute pas du tout et ne comptez pas sur moi pour lui mettre la puce à l'oreille. Cette jeune personne aime trop la vie trépidante d'une grande ville pour que j'aille poser un éteignoir sur sa joie. Puis, si Agnès quitte Montréal, Lauréanne et Émile seront bouleversés, et je les aime bien, tous les deux. Leur peine sera la mienne, croyez-le. Leur nièce, de par sa simple présence, a redonné un sens à leur vie et j'estime qu'ils y avaient droit. Il m'apparaît évident que si Agnès s'en va, il y aura des larmes amères, des regrets douloureux, et malheureusement, je ne pourrai y changer quoi que ce soit. Alors, je ne provoquerai rien et je vais laisser les choses évoluer par elles-mêmes.

On ne peut pas toujours dicter ses volontés au destin, même quand on est écrivain !

Il y a aussi Irénée, qui s'attache de plus en plus à sa petite-fille. Aussi curieux que cela puisse paraître, c'est un peu à cause d'elle et du petit Ignace si, tout doucement, le vieil homme est en train de faire le point sur une existence qui lui a échappé. Toute sa vie, il a travaillé d'arrache-pied pour oublier le grand drame qui avait entaché son existence, tenant injustement Jaquelin responsable du décès de sa mère. À sa défense, je peux toutefois vous assurer que jamais Irénée n'a vu la grande iniquité qu'il engendrait en pensant ainsi. Il était trop bouleversé par sa peine pour être en mesure de voir la situation froidement. De plus, le pauvre homme avait peur d'échapper cette famille qu'il devait dorénavant porter seul à bout de bras. Alors il a tenu les rênes bien serrées, si serrées qu'il a été le premier à en souffrir. Résultat :

Irénée a l'impression, à bientôt soixante-dix ans, qu'il s'éveille d'un long, d'un très long cauchemar.

Saura-t-il faire la part des choses ?

Saura-t-il apprendre à être heureux sans se sentir coupable, et sans rien enlever aux autres pour y parvenir ?

Difficile à dire. Moi, en tous cas, je ne le sais pas encore.

Nous en sommes là. Ils en sont tous là, ces personnages qui font la belle part de mes journées depuis bientôt un an.

Ce ne sera peut-être pas très gentil, je le concède, mais j'ai bien envie de laisser Irénée se débrouiller tout seul pour l'instant. Il l'a fait durant une bonne quarantaine d'années, sinon plus, il peut bien continuer pour un petit moment encore. On va donc le laisser grogner en paix, marmonner et réfléchir à sa guise, et comme monsieur Touche-à-Tout s'apprête à quitter Montréal, je vais frapper à sa porte pour lui demander s'il n'aurait pas une place de libre dans son camion, car c'est justement au village que j'ai l'intention de me rendre.

Promis, je vais me faire toute petite pour que vous puissiez vous asseoir à côté de moi.

Vous êtes prêts ? Oui ? Alors en route !

Arbre généalogique

FAMILLE LAFRANCE

Irénée Lafrance – Thérèse Joncas

- Jaquelin Lafrance – Marie-Thérèse Gagnon
  - Cyrille
  - Agnès
  - Benjamin
  - Conrad
  - Ignace
  - Angèle
  - Albert
  - Albertine
- Lauréanne Lafrance – Émile Fortin

PREMIÈRE PARTIE

Hiver 1924

CHAPITRE 1

À Sainte-Adèle-de-la-Merci,
par une journée de redoux

Le dimanche 6 janvier 1924, jour de l'Épiphanie, dans la cordonnerie des Lafrance

Jaquelin travaillait depuis l'aube, car il était à mettre la dernière touche à une belle paire de souliers au cuir d'un grain très fin, qu'il avait commencé à fabriquer quelques jours avant Noël. Avec un peu de chance, il aurait terminé de les polir avant de partir pour la messe et il pourrait enfin les offrir à son beau-frère Ovila.

— J'aurais ben aimé ça avoir fini pour le jour de l'An, avait-il expliqué à Marie-Thérèse, hier au souper, mais on avait trop de commandes à remplir. Par contre, en me levant de bonne heure demain matin, je devrais être en mesure de les vernir pis d'y glisser les lacets. Si jamais on rencontrait Ovila à la messe, on pourrait lui dire de passer par la maison pis lui faire la surprise. Que c'est t'en penses ?

— Bonne idée, Jaquelin. Ça va sûrement faire plaisir à mon frère de voir que t'as pensé à lui comme ça.

— C'est juste normal. Après toute, c'est Ovila qui a le plus travaillé pour reconstruire notre maison.

— Ovila pis mon père, avait tenu à préciser Marie-Thérèse, tandis qu'elle commençait à empiler la vaisselle sale qui traînait sur la table.

— Je sais toute ça, Marie. Sauf que ton père, comme je le connais, il voudrait jamais recevoir un cadeau pour ce qu'il a faite.

— C'est sûr. Pis il aurait pas tort : des parents, c'est là pour toute la vie. Moi non plus, je me verrais pas recevoir un cadeau de la part d'un de nos enfants qu'on aurait aidés !

— C'est aussi ce que j'en pense, approuva Jaquelin, tout en repoussant sa chaise pour se lever de table. En attendant, m'en vas finir de poser les derniers œillets sur les souliers à soir, pis j'vas les cirer. Je les ferai reluire une dernière fois demain matin.

— C'est ben correct de même. Envoye, mon homme, file à la cordonnerie, pis moi, j'vas faire la vaisselle avec Benjamin. On se reverra t'à l'heure.

Voilà pourquoi, en ce dimanche matin, Jaquelin se trouvait à la cordonnerie. Le soleil qui entrait à pleine fenêtre donnait un bel éclat à la pointe du soulier droit posé sur l'établi, alors que Jaquelin maniait habilement le torchon sur le talon de la chaussure gauche.

Il faut dire, cependant, qu'avec sa main paralysée, Jaquelin ne travaillait plus aussi vite qu'avant.

— Ça me choque un peu de travailler au ralenti de même, mais que c'est tu veux que j'y fasse? disait-il régulièrement à Marie-Thérèse quand il voyait l'ouvrage s'accumuler.

— Tu fais de ton mieux, pis c'est ça qui compte, mon mari. Oublie les petits retards qu'on prend à droite pis à gauche, pis dis-toi ben que ça aurait pu être pire que ça. L'important, c'est que la clientèle soye satisfaite, pis elle l'est. La preuve c'est que le carnet de commandes est ben plein... On rit pus, Jaquelin! T'es tombé dans une rivière à peine dégelée. Encore chanceux que tu t'en soyes sorti avec juste une main d'inutile. T'aurais pu en mourir!

— Je le sais ben... N'empêche que j'étais plus rapide avant, pis ça m'achale un peu.

Néanmoins, comme il était aidé par Marie-Thérèse, Jaquelin admettait que la qualité du travail n'en souffrait pas réellement. Il y avait aussi son fils Ignace, un petit curieux à la langue bien pendue, qui venait lui donner un coup de pouce de temps en temps. Comme en ce moment.

— Tiens bien le soulier, Ignace, recommanda-t-il à son jeune fils de cinq ans qui ne ratait jamais une occasion d'aider son père à la cordonnerie. Comme ça, moi, j'vas pouvoir frotter ben fort avec la graisse que tu vois dans le petit pot pis grâce un peu à toi, le soulier va reluire comme un sou neuf !

Tout fier d'être pris au sérieux par son père, le gamin tenait la chaussure à deux mains.

— Comme ça, popa ?

— En plein ça, mon garçon. Il y a pas à dire, t'es rendu pas mal grand pour être capable de me rendre un gros service comme celui-là !

À ces mots, le petit Ignace redressa les épaules, tandis que Jaquelin esquissait un sourire attendri. Comment avait-il fait, durant ces dernières années, pour ne jamais tolérer la présence d'un enfant alors qu'il travaillait à la cordonnerie ? Combien de fois avait-il répété à Cyrille, son aîné, que le travail de cordonnier n'était pas fait pour un jeune blanc-bec, le renvoyant ainsi à ses jeux sans la moindre possibilité de discussion ?

— Pas question que tu restes ici, répondait invariablement Jaquelin quand Cyrille se faisait trop insistant. Les outils que tu vois là, accrochés sur le mur, sont trop dangereux pour toi. Va rejoindre ta mère à la cuisine.

— Mais popa…

— Ça suffit, Cyrille ! On en reparlera peut-être quand t'auras douze, treize ans. Pas avant.

Aujourd'hui, Jaquelin regrettait cette intransigeance, surtout quand il voyait le regard de son petit Ignace briller de plaisir et de fierté. Il avait fallu un accident le laissant paralysé pour que Jaquelin accepte enfin d'être aidé, découvrant par le fait même tout le plaisir qu'il ressentait à partager quelques moments d'intimité avec l'un de ses enfants.

Jaquelin jeta un regard rapide à Ignace. Le petit garçon prenait son travail avec tant de sérieux que c'en était touchant.

Jaquelin laissa filer un petit soupir silencieux.

Si jadis il avait accepté la présence de Cyrille à ses côtés, peut-être bien que la vie de toute la famille serait différente aujourd'hui. Mais peut-être pas non plus, car on n'aurait pu dire à l'avance si son aîné aimerait le travail de cordonnier. Toutefois, comme Cyrille aurait bientôt quatorze ans, probablement qu'il pourrait enfin lui donner un coup de main durant les vacances d'été et de manière nettement plus efficace qu'un gamin de cinq ans comme Ignace, malgré toute la bonne volonté que manifestait le petit garçon. D'une part, Cyrille pourrait enfin savoir s'il aimait le travail du cuir et, d'autre part, sa présence à la cordonnerie soulagerait Marie-Thérèse, qui en avait plein les bras.

À cette pensée, Jaquelin hocha la tête dans un geste d'approbation, puis il revint à Ignace.

— Encore une couple de menutes, mon garçon, pis les souliers de mononcle Ovila vont être enfin prêts. Il va juste rester à enfiler les lacets. Que c'est que t'en dis ?

— Sont pas mal beaux, ça c'est sûr... Moi aussi, popa, un jour, j'aimerais ça faire des beaux souliers comme vous.

— Ben coudonc... Pourquoi pas ? Cordonnier, c'est un métier honorable. Mais avant, va falloir aller à l'école, Ignace. C'est important d'apprendre à lire pis à compter, même pour un cordonnier.

— Ouais, je le sais. Moman dit la même affaire que vous. Mais l'école aussi, ça me tente pas mal, vous saurez. Après l'été, j'vas enfin pouvoir y aller. Comme les grands !

— C'est sûr ça... As-tu encore le calendrier qu'on avait fait, toi pis moi, du temps que grand-père travaillait ici ?

— Oh oui ! Je l'ai mis sur le mur à la tête de mon lit, pis avec moman, je barre un chiffre à chaque soir avant de me coucher.

Et pendant que ce dialogue se déroulait dans la cordonnerie, à l'étage, Cyrille sortait lentement des brumes du sommeil.

Tout comme au rez-de-chaussée, le soleil entrait à pleins carreaux dans la chambre des garçons, sa clarté étant à peine tamisée par le rideau de coton léger. On aurait dit une belle journée de printemps en préparation, et quelques oiseaux médusés s'étaient même hasardés à lancer un trille timide.

Ce faible piaillement avait toutefois suffi à

réveiller Cyrille, mais bien après que ses frères eurent déserté la chambre.

Le temps d'un long bâillement, puis Cyrille regarda autour de lui. Il fut surpris de voir qu'il était tout fin seul dans la pièce.

Mais quelle heure pouvait-il être ?

Nonchalant, il allait se retourner le nez contre le mur pour prolonger ce moment de paresse quand son mouvement fut subitement interrompu par un soubresaut du cœur.

L'idée que les vacances se terminaient ce jour-là venait de traverser l'esprit de Cyrille.

Finies les heures de liberté, finis les sourires et les taquineries à la table du déjeuner, finies les rencontres avec sa cousine Judith…

Échappant alors un grand soupir de déception, le jeune homme repoussa les couvertures d'un coup de pied maussade, puis, sans hésiter, il s'approcha de la fenêtre pour entrouvrir le rideau.

Effectivement, il faisait beau, et le givre qui grignotait le bas des vitres depuis plusieurs jours déjà avait fondu comme par magie durant la nuit.

Cyrille y vit aussitôt un signe encourageant.

Après ces interminables journées de temps glacial qui avaient affecté le moral d'un peu tout le monde, ce redoux était un signe du Ciel pour lui faire comprendre que tout n'était pas perdu.

En posant la paume de sa main sur la vitre, et avec beaucoup d'imagination, Cyrille sentit même une petite tiédeur. Il esquissa un sourire. Tant mieux. La douceur de l'air avait toujours eu un pouvoir apaisant sur Marie-Thérèse et l'aîné de la famille Lafrance estimait qu'un peu de bonne humeur ne serait pas pour nuire à son ultime tentative de l'amadouer afin qu'elle change son fusil d'épaule.

Dans un geste puéril, Cyrille croisa les doigts et ferma les yeux, souhaitant de toutes ses forces que son vœu soit réalisé.

Pour cela, il fallait cependant que sa mère accepte de l'écouter calmement lorsqu'il lui demanderait, encore une fois, la permission de rester à la maison afin de donner un coup de main à la cordonnerie. Ce suprême essai de persuasion, pour ne pas dire de séduction, était une démarche audacieuse et rien n'était gagné d'avance.

Cyrille échappa un second soupir.

Pourquoi sa mère s'acharnait-elle à ce point? Pourtant, rester chez lui était ce qu'il voulait du plus profond de son cœur et sa mère le savait. Puis, le fait de pouvoir aider son père à la cordonnerie servirait au mieux le bien-être de toute leur famille, Marie-Thérèse en tête. Cyrille en était persuadé.

En effet, à son retour du collège avant Noël, le jeune homme avait vite constaté que sa mère était au bord de l'épuisement. Les yeux cernés, les cheveux en bataille faute de temps pour mieux les coiffer, Marie-Thérèse avait l'air d'une automate.

Encore aujourd'hui, le fait que son père ne

semble pas tenir compte d'une telle évidence le laissait décontenancé. Dans la même ligne de pensée, que Jaquelin ait accepté que son épouse organise un dîner d'apparat pour le Nouvel An, en plus de tout ce qu'elle avait à faire dans la maison, ajoutait à la perplexité de Cyrille.

Mais où donc son père avait-il la tête ?

Lui, Cyrille Lafrance, était-il le seul dans la famille à constater que Marie-Thérèse n'en pouvait plus de courir ainsi entre les bébés, la maison et la cordonnerie ? Il semblait bien que oui. Toutefois, Cyrille n'aurait jamais eu l'audace d'aborder le sujet avec son père. Ce qui se passait entre ses parents ne concernait qu'eux. Pas plus qu'il n'aurait eu le cran d'en discuter avec sa tante Lauréanne, d'ailleurs. Pourtant, lors de sa visite du jour de l'An, celle-ci avait souvent posé les yeux sur sa belle-sœur Marie-Thérèse, et elle avait affiché une mine soucieuse et attristée. Cyrille l'avait remarqué. Mais comme il ne connaissait pas beaucoup la sœur de son père, il ne se sentait pas vraiment en confiance avec elle et il n'avait rien dit.

Quant à la tante Félicité, chaque fois qu'elle venait à la maison, elle n'avait d'yeux que pour les jumeaux Albert et Albertine. Devant une telle attitude, Cyrille ne voyait pas en quoi elle pourrait l'aider. Sans doute que la vieille dame proposerait de venir tous les jours prêter main-forte à Marie-Thérèse, c'était dans sa nature d'être généreuse et serviable, tout le monde le savait. Mais au bout du compte, cette initiative ne servirait en rien la cause de Cyrille. Bien au contraire. Avec Félicité Gagnon pour voir à l'ordinaire de la maison et aux bébés, il y avait de fortes chances que tout se règle à la cordonnerie, tandis que lui se morfondrait au collège.

Non, la solution ne pouvait venir que de lui, même s'il ne savait pas trop ce qu'il pouvait ajouter de plus pour gagner Marie-Thérèse à sa cause.

Il ne lui restait donc plus qu'à implorer le Ciel de lui venir en aide. Si ses prières restaient sans réponse et qu'il ratait cette dernière tentative, l'oncle Anselme viendrait le chercher sur le coup d'une heure pour le mener au collège, et ainsi, Cyrille n'aurait plus le choix de rester à Trois-Rivières jusqu'au congé de Pâques.

Une telle situation serait tolérable, certes, Cyrille n'allait pas en mourir si elle survenait, mais elle ferait tout de même deux êtres malheureux: sa mère, qui continuerait de s'épuiser sans oser l'avouer ouvertement parce qu'elle ne se plaignait jamais, et lui-même, qui recommencerait à compter les jours et les heures avant de pouvoir s'échapper du sinistre bâtiment de pierres.

Cyrille se prépara donc pour la messe avec une certaine anxiété: le compte à rebours était commencé.

Il s'obligea à revêtir ses plus beaux habits, puis il traça soigneusement la raie qui ramenait sa frange sur le côté droit de sa tête, comme on exigeait qu'il le fasse au collège. Le reflet aperçu dans le miroir dépoli accroché derrière la porte de sa chambre lui renvoya une image avenante. Plus que son habituelle tignasse ébouriffée, cette coiffure lui donnait la prestance d'un adulte. Là encore, Cyrille y vit un présage favorable. Devant l'allure posée de son fils aîné, Marie-Thérèse le prendrait peut-être un peu plus au sérieux et elle tiendrait compte de ses arguments. De toute façon, elle aimait bien que ses enfants fassent un effort de coquetterie, à l'occasion, et tant les garçons que les filles, d'ailleurs.

— On est pas des miséreux, chez nous ! J'aime ça quand la famille Lafrance offre un peu de panache, le dimanche à la messe, déclarait-elle régulièrement au moment de l'inspection générale avant le départ pour l'église.

Marie-Thérèse apprécierait donc que son fils ait pensé à faire une toilette plus minutieuse qu'à l'accoutumée.

Néanmoins, quand Cyrille descendit l'escalier pour se rendre à la cuisine, et avant même qu'il ait pu ouvrir la bouche afin de saluer ceux de sa famille qui s'y trouvaient, il se heurta à l'agitation de sa mère, qui ne fit aucune remarque sur son allure soignée.

— Enfin, te v'là ! Je commençais à m'inquiéter…

— C'est vrai qu'il est un peu tard pour se lever, admit docilement Cyrille, question de se mettre tout de suite dans les bonnes grâces de sa mère. Je m'excuse, mais...

— C'est pas ça, interrompit Marie-Thérèse, tout en déposant les couverts sur la table, prenant ainsi un peu d'avance pour que tout soit prêt à son retour de l'église. Tu peux ben dormir un peu plus longtemps le matin, surtout l'hiver, quand il y a rien de pressant à faire dehors, c'est pas moi qui vas t'en faire le reproche, Cyrille. Par les temps qui courent, je sais très bien ce que c'est, manquer de sommeil. C'est juste qu'à matin, c'est un peu particulier, pis faudrait surtout pas que t'arrives en retard à la messe. Des fois que monsieur le curé le remarquerait... T'oublieras pas ton bulletin, hein, mon homme? Mets-le donc tout de suite dans la poche de ton paletot...

— Ah oui, c'est vrai, mon bulletin...

À ces mots murmurés sans grand enthousiasme, Marie-Thérèse lança une œillade vers son fils.

— Bonté divine, Cyrille! Tu parles d'un ton pour me répondre. On dirait que tu t'en vas à l'échafaud, mon pauvre garçon... Inquiète-toi pas, monsieur le curé te mangera pas!

— Je le sais ben, moman... Pis craignez pas, j'avais pas oublié.

— Ben tant mieux. On en parlait justement hier, ton père pis moi, avant de s'endormir. Ça nous fait un petit velours de voir que monsieur le curé s'intéresse à toi comme ça... On est ben fiers de toi, mon Cyrille, de toi pis des notes que t'as obtenues, comme de raison. C'est comme si ta belle attitude à l'école retombait sur toute ta famille. T'en es-tu rendu compte ? C'est pas rien, ça, mon garçon. Ça fait qu'après la grand-messe, tu te rendras à la sacristie, comme monsieur le curé l'a demandé, pis nous autres, on va t'attendre pour le dîner, promis.

Sur ce, estimant la conversation terminée, Marie-Thérèse tourna les yeux vers la fenêtre donnant sur la rue.

— Astheure, faudrait ben que matante Félicité arrive, pour qu'on puisse partir à notre tour ! Que c'est qu'elle fait, coudonc ? Benjamin est revenu depuis un bon dix menutes, lui ! Il manque juste elle.

En effet, depuis quelques semaines, dans le but de permettre à Marie-Thérèse de participer aux différentes célébrations du temps des fêtes, Benjamin et la tante Félicité assistaient ensemble à la première messe du matin. Ainsi, de retour à la maison, ils pouvaient voir aux plus jeunes, tandis que Marie-Thérèse et Jaquelin, en compagnie de Cyrille, Conrad et Ignace, se rendaient à leur tour à l'église pour faire leurs dévotions. C'était ce que Marie-Thérèse appelait en riant « son heure de repos de la semaine ».

— Si quelqu'un m'avait dit qu'un jour je trouverais que la voix tonitruante du curé Pettigrew serait douce à mes oreilles, je l'aurais pas cru, avait-elle lancé en riant. Mais c'est un fait ! Ça me détend d'entendre autre chose que des pleurs colériques pis affamés. J'ai jamais vu deux bébés aussi gourmands que les jumeaux. Merci, matante, d'avoir pensé à venir les garder.

— C'est juste du bonheur que de te rendre ce service-là, ma belle Thérèse. Juste du bonheur.

Depuis le retour de Marie-Thérèse au village, après qu'elle eut passé de nombreuses semaines à la ville chez sa belle-sœur Lauréanne afin de se remettre de l'accouchement des jumeaux, la tante Félicité était tout bonnement resplendissante chaque fois que l'on faisait appel à ses services pour s'occuper des bébés.

— Si tu savais comment je me suis ennuyée, avait-elle répété une multitude de fois durant les premiers jours suivant le retour de Marie-Thérèse à Sainte-Adèle-de-la-Merci.

Ce matin encore, si Félicité Gagnon se présenta enfin tout essoufflée, la capine de travers et le manteau à moitié attaché, elle n'en était pas moins souriante à l'idée d'avoir les jumeaux à sa charge pour plus d'une heure.

— Excuse-moi pour le retard, ma Thérèse, mais avec le doux temps d'à matin, tout le monde en a profité pour se jaser ça sur le perron de l'église, expliqua-t-elle tout en retirant son manteau. J'arrivais pas à me libérer… À ton tour, astheure, d'aller te recueillir ! Pis après la messe, tu prendras toute ton temps, toi avec. Il fait tellement beau !

Main dans la main, Jaquelin et Ignace, suivis

de près par Marie-Thérèse et Conrad, se hâtèrent donc vers l'église, remorquant, à deux pas derrière eux, un Cyrille plutôt renfrogné.

Le jeune homme se glissa dans le banc comme une ombre frôle les murs, entre ses frères et ses parents, espérant ardemment que le curé Pettigrew ne l'apercevrait pas. Le pauvre garçon avait la hantise d'être cité par le prêtre au moment du prône, comme ce dernier avait un jour annoncé, avec grandiloquence, que la cordonnerie d'Irénée Lafrance allait rouvrir ses portes, après avoir été détruite par un terrible incendie.

Heureusement, tout à sa célébration, le curé ne sembla faire aucun cas de la présence de Cyrille.

Toutefois...

Alors qu'habituellement la grand-messe paraissait interminable aux yeux du jeune homme, ce matin, elle fut nettement trop courte. Cyrille eut beau prier et supplier, promettre une neuvaine et des jeûnes avec une ferveur qui n'avait d'égal que l'espoir de rester chez lui, nul argument valable et surtout nulle assertion nouvelle en faveur de la cordonnerie ne lui vinrent à l'esprit. Devant sa mère, il n'aurait donc plus le choix: il devrait ânonner son éternel désir de travailler aux côtés de son père, en espérant que cette fois-ci, ce serait suffisant pour la convaincre d'au moins tenter l'expérience.

Ce fut donc l'âme en peine qu'il ressortit du banc pour se diriger vers la sacristie, une fois que la dernière bénédiction du curé Pettigrew eut libéré les paroissiens, qui s'empressèrent de quitter l'église.

— On va t'attendre sur le perron, mon grand, lui souffla Marie-Thérèse à l'oreille, en attrapant la manche de son manteau pour le retenir un instant. Comme je connais notre curé, ça devrait pas être trop long parce qu'à l'heure où on se parle, il doit mourir de faim, un peu comme toutes nous autres. De toute façon, que c'est qu'il pourrait avoir à redire à ton bulletin, hein? Pas grand-chose, selon moi. Tes notes sont toutes ben belles. Envoye! Accroche un sourire à ta face, mon Cyrille, pis fonce! T'as de quoi être fier, pis oublie surtout pas qu'on est en arrière de toi, ton père pis moi.

Comment Cyrille aurait-il pu l'oublier?

C'était justement à cause de la fierté envahissante de ses parents si le jeune homme avait accepté l'offre du curé et qu'il s'était retrouvé au collège de Trois-Rivières pour faire son cours classique. Toutefois, quelques jours de pensionnat avaient été amplement suffisants pour que Cyrille déchante complètement. En effet, si au départ il avait été flatté d'avoir été choisi par leur curé, qui s'était engagé à payer ses études, l'euphorie avait été de très courte durée, et si jamais Cyrille devait retourner au collège, tout à l'heure, ce serait contre son gré.

Les épaules basses, le jeune collégien marcha

donc à pas lents jusqu'à la petite porte dérobée qui menait du chœur de l'église à la sacristie, puis il s'arrêta, intimidé.

Il y avait à peine quelques mois, Cyrille Lafrance aurait frappé à cette même porte avec assurance. À treize ans bien sonnés, il était un jeune homme plutôt sûr de lui, tout comme il faisait confiance aux adultes qui l'entouraient. Montrer le dernier bulletin obtenu à l'école n'avait jamais causé le moindre problème, et défendre ses opinions non plus, puisque Cyrille avait toujours été traité avec considération et affection.

Malheureusement, en septembre dernier, bien des choses avaient changé. Cette belle attitude de confiance en soi avait fondu comme neige au soleil, à l'instant où Cyrille avait compris qu'au collège, le droit de s'exprimer et celui de faire valoir ses idées étaient retirés d'emblée aux élèves, puisque l'obéissance silencieuse était élevée au rang de vertu et que la docilité apparente avait une petite odeur de sainteté. En quelques jours à peine, Cyrille avait eu la désagréable impression d'être privé de ses repères habituels.

Voilà pourquoi, en ce moment, malgré un bulletin irréprochable, Cyrille n'était plus sûr de rien, à commencer de lui-même.

Qu'en serait-il avec le curé de sa paroisse ?

La ligne de conduite de l'abbé Pettigrew s'apparenterait-elle à celle des directeurs du collège, intransigeante et froide ou, au contraire, s'approcherait-elle de l'attitude de ses parents, plutôt attentive et respectueuse ?

Cyrille l'ignorait totalement. Ce n'était pas le fait d'avoir fréquenté l'église de la paroisse depuis son tout jeune âge qui faisait du curé un ami. Cet homme court sur pattes et bedonnant n'en restait pas moins une sorte d'étranger pour lui.

Ce fut donc paralysé par la peur de l'inconnu que le jeune homme se présenta à la sacristie. La voix tonitruante du curé Pettigrew le fit sursauter au premier coup frappé.

— Entrez !

Cyrille entrouvrit la porte.

Le prêtre était en train d'enlever son étole. Il plia le long foulard avec soin, prit le temps de l'embrasser respectueusement, ce que Cyrille trouva un peu ridicule, puis il déposa le bout de tissu chatoyant sur une table de bois verni placée au milieu de la pièce. Le tout, sans dire un mot, comme s'il n'avait pas entendu la porte s'ouvrir. Pourtant, celle-ci avait bruyamment grincé.

De plus en plus gêné, Cyrille attendait dans l'embrasure que le pasteur de Sainte-Adèle-de-la-Merci daigne enfin se tourner vers lui, ce qu'il fit brièvement d'un simple geste de la tête, tout en soupirant.

— Ah ! C'est toi, Cyrille. C'est vrai, j'avais demandé que tu passes me voir. J'avais oublié… Entre, reste pas dans la porte comme ça. Dépêche-toi, mon garçon, j'ai pas le reste de l'avant-midi à te consacrer.

À ces mots, Cyrille eut la désagréable sensation de se retrouver dans le bureau du préfet de discipline du collège, le père Auguste, qui donnait toujours l'impression d'être importuné par les élèves qui le visitaient. Au point où Cyrille en était venu à penser que le préfet avait probablement raté sa vocation. Mais comme le sacerdoce était un choix de vie irrévocable, tout comme le mariage d'ailleurs, faire marche arrière n'était pas une option possible. Le père Auguste en faisait alors payer le prix aux élèves.

Pendant que Cyrille tentait de contrôler le léger tremblement qui s'était emparé de ses mains en même temps qu'il essayait d'oublier le préfet de discipline, le curé s'était détourné pour enlever sa chasuble, ce qui ne l'empêcha pas de poursuivre en même temps sur sa lancée.

— Grouille, Cyrille, madame curé m'attend pour le dîner. Faut que je prenne le temps de manger. J'ai quatre baptêmes à célébrer durant l'après-midi, pis ça prend de l'énergie pour faire tout ça. Alors, mon garçon ? Quoi de neuf ?

Les yeux au sol, Cyrille fit un pas hésitant, ne sachant trop quoi répondre à une question aussi vague.

Quoi de neuf ? Rien justement, sinon que Cyrille avait l'impression que sa vie allait de mal en pis. Alors que répondre ? Il ne pouvait avouer qu'il n'aimait pas le collège, n'est-ce pas? Malheureusement, il n'y avait que cette vérité qui lui encombrait maintenant l'esprit.

Cyrille sentit la panique le gagner devant le vide sidéral qui entourait cette unique pensée, quand tout à coup, il se rappela son bulletin. Selon sa mère, c'était justement à cause de ses excellents résultats s'il avait été convié par leur curé, il était donc temps de s'en servir.

Cyrille plongea aussitôt la main dans la poche de son paletot en relevant les yeux. Avec un peu de chance, ce simple carnet devrait suffire à rendre l'atmosphère plus légère, et parler des cours était une chose qu'il pouvait faire en toute liberté, car son plaisir d'apprendre ne s'était pas totalement émoussé au fil des dernières semaines. Il jouerait donc la carte de l'enthousiasme devant toutes les nouvelles connaissances acquises en si peu de temps, et celle de l'humilité, puisque c'était aussi quelque chose qu'il avait appris au collège et que, de toute évidence, les supérieurs, quels qu'ils soient, semblaient grandement apprécier. Ainsi, satisfait de sa pupille et de l'image que Cyrille projetait, le curé Pettigrew le renverrait sans doute chez lui sans plus de questionnements.

— J'ai pensé que vous aimeriez peut-être voir mon bulletin, annonça donc Cyrille avec une pointe de fierté dans la voix.

Après tout, il avait beaucoup travaillé pour arriver à de tels résultats. Avec un beau sourire aux lèvres, Cyrille tendit le relevé de ses notes vers son curé.

— Non, non, rétorqua alors le prêtre avec impatience, écartant la proposition de Cyrille et son bulletin du revers de la main. Ton bulletin m'intéresse pas pantoute.

Le ton était brusque. Sans se tourner vers Cyrille, le curé continuait de parler, tout en lissant consciencieusement la chasuble d'un blanc immaculé liseré d'or qui avait rejoint l'étole sur la table.

Interdit, Cyrille remisa ses notes au fond de la poche de son manteau et, dans un geste de protection, il y laissa sa main de plus en plus tremblante.

— Je sais déjà que tes notes sont excellentes, le principal du collège m'en a fait part, déclara alors le curé. Comme c'était ton devoir d'étudier pis de faire de ton mieux, j'estime que t'as pas besoin de félicitations. J'vas laisser ça à tes parents…

Tout en discourant, le curé Pettigrew avait finalement retiré le surplis amidonné, garni de broderie et de dentelle.

« Comme un jupon de femme », songea bien malgré lui le pauvre Cyrille, qui n'avait plus aucun contrôle sur ses pensées.

Au même instant, le curé déposait le vêtement blanc à côté des autres attributs liturgiques et, avec déférence, il se prosterna devant cette garde-robe singulière. Cyrille, qui n'avait jamais été servant de messe et n'avait donc jamais porté une attention particulière à ce qu'il considérait comme des détails sans grande importance, se demanda à quoi pouvait bien servir tout cet attirail.

La foi ne suffisait-elle pas pour faire plaisir au Bon Dieu ?

Il n'eut cependant pas le temps d'approfondir la question. Le curé, qui n'en avait pas fini avec lui, s'était redressé et il fixait son jeune paroissien avec sévérité.

— Non, c'est pas pour tes notes que j'ai demandé à te voir, répéta-t-il, c'est pour ton attitude.

Cyrille eut alors l'impression de tomber des nues.

Son attitude ?

Mais qu'est-ce qu'elle avait, son attitude ?

Le pauvre garçon ne comprenait pas. Il étudiait comme un forcené, car ça occupait le temps ; il assistait rigoureusement à tous les offices, car il n'avait pas le choix ; il se contentait de parler à ses confrères à l'occasion, uniquement par nécessité ; et il ne se mêlait surtout pas aux élèves turbulents, car ils l'intimidaient.

Que pouvait-on exiger de plus de sa part pour qu'il arrive à plaire au principal du collège et au curé Pettigrew ?

Qu'importent les raisons secrètes qui le poussaient à agir, Cyrille Lafrance était tout de même un bon élève, non ?

Le pauvre garçon avait beau se triturer les

méninges, il ne voyait pas en quoi son attitude était inacceptable ou irrespectueuse.

Toutefois, devant l'allure que prenait l'intervention du curé, Cyrille baissa les yeux par instinct. Si une telle image de soumission était de bon aloi devant le préfet de discipline ou le principal du collège, elle ne devrait pas nuire devant un curé.

Tout comme il était sûrement inutile d'essayer d'argumenter.

Cyrille avait déjà tenté l'expérience avec le père Auguste, lorsque celui-ci avait découvert une lettre écrite par lui et destinée à sa cousine Judith, un effort qui s'était soldé par un échec. Qu'importent les raisons qui avaient été invoquées, le jeune étudiant s'était heurté à un mur de sévérité et d'indifférence !

Par réflexe, Cyrille croisa aussi les mains dans son dos, comme il avait appris à le faire devant un supérieur, et il attendit sans dire un mot, tout en fixant la pointe de ses chaussures.

Le petit homme replet, maintenant soulagé de tous ses ornements de célébrant, ajusta le ceinturon de sa soutane, puis il s'approcha de Cyrille en le tançant du doigt.

— Tu manques de rigueur, mon pauvre garçon.

Cette dernière remarque coupa le souffle à Cyrille. Mais qu'est-ce que c'était que cela ? Et d'abord, à quoi le curé Pettigrew faisait-il allusion ?

Soudainement, Cyrille aurait voulu que ses parents soient à ses côtés. La situation prenait une drôle de tournure, une tournure qui ne lui plaisait pas du tout. Il se dit alors qu'il aurait dû insister auprès de sa mère pour qu'elle l'accompagne, elle qui affirmait que le curé de la paroisse ne l'intimidait pas.

Mal à l'aise, Cyrille sentit que les larmes n'étaient plus très loin. Il pencha alors promptement la tête jusqu'à toucher sa poitrine, espérant ainsi cacher son désarroi.

De toute évidence, le prêtre fut insensible au fait que Cyrille courbait de plus en plus l'échine et il continua de pérorer sans reprendre haleine.

— Être au collège est un privilège qui se mérite et ça doit se voir dans ton comportement, disait-il justement, avec cette grandiloquence qu'il gardait pour les sermons d'importance. Tu devrais montrer de l'enthousiasme envers tes confrères et tes supérieurs. Tu devrais t'engager dans certaines activités sociales, autres que les jeux de balle. Le journal du collège, ça ne t'intéresserait pas, par hasard, puisqu'en français tu es dans les premiers de ta classe ? Je ne comprends pas l'indifférence dont tu fais preuve, mon pauvre Cyrille. Malgré cela, je vais être beau joueur et accepter de mettre le tout sous le couvert de la nouveauté. Si le journal ne t'attire pas et que la présence de tes pairs t'incommode, c'est peut-être que tu es de la trempe d'un contemplatif. Qu'est-ce que t'en penses ? Remarque que ça serait tout à ton honneur. Si tel est le cas, retire-toi à la chapelle,

Cyrille. Que je sache, l'endroit n'est pas fermé à clé entre les offices, et personne ne t'en tiendra rigueur, si jamais tu t'y réfugiais pour prier. Demande au Seigneur de t'éclairer. Être au service de Dieu est la plus belle des vocations, je ne le dirai jamais assez, mais c'est aussi un privilège qui se mérite. Et pour l'instant, paraîtrait-il que tu ne montres aucun intérêt digne de ce nom ni aucune disposition à vouloir en acquérir, d'ailleurs. Là, c'est le père Auguste qui s'en est ouvert à moi, après en avoir discuté avec ton directeur de conscience, le père Gérard.

Les autorités du collège venaient de défiler les unes après les autres dans le discours du curé de sa paroisse, et chacun de ces supérieurs semblait être en communication directe avec lui.

Cyrille en était atterré.

Le principal, le père Auguste, le père Gérard… Pourquoi pas le frère Alfred, tant qu'à y être ?

Sans l'ombre d'un doute, le curé Pettigrew était au courant de tous ses faits et gestes, et Cyrille en fut grandement ennuyé. Se savoir ainsi épié, analysé et jugé confortait sa désagréable sensation d'être en prison quand il se retrouvait entre les murs du collège.

Les yeux toujours rivés au sol, le jeune homme n'écoutait plus que d'une oreille distraite le roman-fleuve qu'on était en train de lui servir, se disant, bien à propos, que le curé Pettigrew n'avait rien à envier au préfet de discipline en matière de discours pompeux. Cependant, quand le prêtre haussa le ton, Cyrille sursauta.

— Mais qu'est-ce qui se passe avec toi, Cyrille ? T'es pas conscient de la chance qui t'est offerte ?

Ça y était, le curé abondait maintenant dans le sens de ses parents et, ce faisant, il assoyait son autorité face à l'élève qu'il jugeait récalcitrant.

Le jeune homme dut faire un gros effort pour ne pas soupirer. Devant une emphase qui frôlait l'excès, Cyrille était de moins en moins intimidé. Il commençait à être habitué à ces discours particulièrement vides et servis un peu à toutes les sauces. Voilà pourquoi, en ce moment, c'était plutôt la colère et l'exaspération qu'il sentait grandir en lui.

Mais qu'avaient-ils tous à ne voir que la chance qu'il avait plutôt que de se demander si cela lui faisait plaisir d'être au collège ? Après quelques mois de fréquentation, et une attitude qui semblait en décevoir plusieurs, allez donc comprendre pourquoi personne ne se posait la question. Cyrille se dit qu'elle aurait pourtant été pertinente.

Mais ce souci de prévenance ne vint pas à l'esprit du curé Pettigrew et l'entretien qui n'avait été somme toute qu'un long monologue assommant se termina sur cette note angoissante :

— J'espère qu'aux vacances de Pâques, j'aurai droit uniquement à des remarques élogieuses à ton endroit. Président de ta classe, tiens, ça ne te dirait rien ? Si j'ai bonne mémoire, tu ne laissais pas ta place au couvent du village pour jouer les chefs de groupe. Retrouve ce bel élan, Cyrille, et ne nous reviens pas uniquement avec des notes satisfaisantes. J'en attends nettement plus de toi. Je veux entendre parler de mon jeune paroissien comme d'un modèle à suivre, rien de moins. Je connais ta famille depuis longtemps, et je sais que ton éducation a été irréprochable. De grâce, fais-le voir ! Tes parents se saignent aux quatre veines pour le bien-être de leurs enfants, alors montre-toi digne de leur abnégation. Et maintenant, file, il est temps que j'aille manger, l'après-midi va être plutôt long et chargé.

Quand Cyrille ressortit de la sacristie, une eau tremblante brillait au coin de ses paupières.

Larmes de déception, de rage contenue, de désillusion…

Il prit tout son temps pour descendre la nef, entre le chœur de l'église et son portail, reniflant discrètement. Heureusement, même le bedeau en avait quitté l'enceinte.

Cyrille ne se faisait plus aucune illusion : son sort immédiat en était scellé, rien de moins, et dans quelques heures, il repartirait pour le collège de Trois-Rivières, en compagnie de son oncle Anselme qui, encore une fois, s'était offert pour le reconduire, car ses parents n'avaient ni auto ni cheval.

Chez les Lafrance, on ne manquait de rien, certes, mais on n'était pas riche.

Le soleil, qui avait décidément des prétentions de printemps, lui fit cligner des yeux dès qu'il quitta la pénombre de l'église. Il fut heureux de constater que ses parents ne l'avaient finalement pas attendu. Il aurait été embêté d'avoir à expliquer ses yeux un peu trop brillants.

De la main, il salua le marchand général, et avant que quiconque ne s'approche pour le questionner, Cyrille s'éclipsa en direction de chez lui, les mains enfouies dans ses poches et les yeux au sol.

Dès qu'il rejoignit la rue principale, il accéléra le pas. Malgré le peu d'envie ressentie devant l'obligation de repartir, il avait tout de même des bagages à préparer.

En fin de compte, la décision s'était prise d'elle-même et Cyrille savait qu'il était inutile maintenant d'essayer de convaincre sa mère de lui permettre de rester à la maison. Ce serait une perte de temps, car par la suite, le curé la ferait sûrement changer d'avis, et en conclusion, ce serait lui, Cyrille Lafrance, qui se ferait « tomber sur la tomate ». Il y perdrait alors le peu d'auréole qui lui restait.

Tant pis.

Malgré sa déception, le jeune homme prit une profonde inspiration et se mit à courir. Il ne voulait surtout pas rater le dernier repas convenable qui lui serait servi avant un long bout de temps, et avec Benjamin qui mangeait de plus en plus, les meilleurs morceaux risquaient de lui échapper !

Quand il entra dans la cuisine, Cyrille fut soulagé de voir que la famille n'était pas encore installée à la table. Louche à la main, Marie-Thérèse était postée à côté de la cuisinière et, tout en jasant avec la tante Félicité, elle attendait l'arrivée de son grand garçon pour servir tout le monde.

— Enfin, te v'là ! On commence à avoir l'estomac dans les talons, tu sauras ! Ça a été ben long, mon Cyrille ! Dégreye-toi, mon homme, pis va chercher ton père dans la cordonnerie, on va manger. Pendant le dîner, tu nous raconteras ce que le curé avait de bon à te dire. Il devait être ben content de te voir, non ?

CHAPITRE 2

À Sainte-Adèle-de-la-Merci,
le jeudi 24 janvier 1924

Dans la cuisine de la tante Félicité, par un matin de forte tempête

Depuis le début de la nuit, il ventait tellement fort et la neige tombait si dru que la tante Félicité n'avait pu sortir pour se rendre chez Marie-Thérèse, où elle tentait de se rendre utile, durant quelques heures chaque jour.

— À croire que le Bon Dieu a décidé de me donner un petit répit, soupira la vieille dame qui, sans l'avouer à qui que ce soit, se sentait plutôt fatiguée, depuis quelque temps.

Écartant d'une main le rideau pendu à la fenêtre au-dessus de l'évier, elle regarda les volutes de neige qui s'engouffraient sous le toit de sa galerie, puis elle tendit le cou. Voyant qu'elle ne pourrait jamais atteindre la petite écurie où logeait sa jument, elle décida de remonter se coucher.

— Il y a rien d'autre à faire, murmura-t-elle comme si elle avait besoin d'un prétexte pour se glisser sous les couvertures à une heure aussi indue de la journée. J'irai voir ma Grisette plus tard, quand la neige aura arrêté de tomber pis que Benjamin sera venu pelleter mon perron.

Avant d'attaquer l'escalier qui menait à l'étage des chambres, Félicité tenta de prendre une longue inspiration, sans grand résultat.

— Veux-tu ben me dire...

Il y avait de l'impatience dans la voix de Félicité Gagnon, mais aussi une pointe d'inquiétude. Que se passait-il depuis ces deux dernières semaines pour qu'elle soit à ce point irritable et sans énergie ?

Félicité agrippa la rampe. Non seulement avait-elle le souffle court, mais en plus, elle avait la nette impression que ses jambes allaient flancher.

— Me semble que c'est pas deux bébés comme les jumeaux qui peuvent venir à bout d'une femme comme moi ! constata-t-elle d'une voix haletante, tout en montant lentement, une marche à la fois. Bonne sainte Anne ! J'ai jamais été aussi fatiguée de toute ma vie. Même du temps que j'enseignais la musique à tous les jours, je me sentais pas de même. Mais c'est vrai aussi que j'ai jamais eu des bébés à moi pis que j'ai jamais été obligée de m'en occuper à la journée longue... Ignace, Angèle, les bessons, pis l'ordinaire de la maison, ça fait quand même beaucoup pour quelqu'un qui a l'habitude de vivre toute seule... Ouais, ça doit être ça qui m'éreinte à ce point-là: j'ai pas l'habitude de voir à une grosse famille. Je vois pas d'autre chose. Une bonne sieste, pis j'vas me retrouver comme neuve...

Félicité finit par s'endormir en pensant à Agnès. Y avait-il une tempête à Montréal aussi?

Si la tante avait eu l'électricité et un poste de radio, elle aurait su qu'il s'agissait vraiment d'une grosse tempête, car le mauvais temps recouvrait toute la province de Québec. Alors, à Montréal également, les routes étaient ensevelies sous un lourd édredon blanc, les écoles étaient fermées et la plupart des gens étaient restés chez eux.

Tout comme Agnès, qui ne pouvait même pas envisager de se rendre chez son amie Marie-Paul, qui habitait pourtant à deux rues de chez son oncle Émile. Du moins, était-ce là l'avis de sa tante Lauréanne.

— Si l'école est fermée, ma belle Agnès, ça veut dire qu'on est mieux de pas sortir dehors.

Déçue et désœuvrée, la jeune fille était donc accoudée à la fenêtre de sa chambre et elle observait les volutes de neige qui s'engouffraient dans la ruelle au rythme de la bourrasque qu'elle entendait gémir au coin de la corniche du toit.

— Il y a pas à dire, murmura-t-elle, c'est une vraie grosse tempête. Matante a peut-être un peu raison, finalement… Je sais ben pas si c'est pareil par chez nous ?

Curieusement, depuis son court séjour à la maison familiale, au moment des vacances de Noël, les pensées d'Agnès se tournaient un peu plus régulièrement vers les siens. Il faut dire qu'elle avait été passablement surprise de découvrir à quel point les jumeaux avaient changé en si peu de temps, à peine quelques semaines, et elle avait été attristée de voir les yeux cernés de sa mère, ce qui chez elle trahissait une grande fatigue.

Malgré les rires de son petit frère Conrad qui lui parvenaient depuis l'étage des chambres et le bruit d'une course dans le corridor menant à la cordonnerie, Ignace probablement, Agnès avait cru sentir que la joie de vivre toute simple et légère qui leur était coutumière n'était plus exactement la même. Le regard fiévreux de Marie-Thérèse et la ride de contrariété qui zébrait son front en étaient les fidèles témoins, contredisant éloquemment le sourire qu'elle avait pourtant dessiné à la seconde où elle avait reconnu les visiteurs.

Surprise par une telle constatation, Agnès en avait été d'abord troublée, puis profondément affligée.

Mais que faisait-elle à Montréal ?

Pourquoi s'obstinait-elle à vouloir y vivre à tout prix alors qu'elle pourrait probablement être beaucoup plus utile chez ses parents ? Après tout, son oncle Émile et sa tante Lauréanne n'avaient pas vraiment besoin d'elle !

À cette pensée, Agnès s'était sentie si coupable qu'à l'instant où Marie-Thérèse l'avait serrée très fort tout contre elle, au moment de son arrivée à la maison, la jeune fille avait failli lui glisser à l'oreille de ne plus s'en faire, car elle allait revenir pour de bon afin de l'aider avec les jumeaux.

Un regard lancé vers sa tante Lauréanne qu'elle trouvait si gentille avait toutefois brisé ce bel élan du cœur. Spontanément, Agnès avait plutôt choisi de réfréner cette envie impulsive en se disant qu'avant de prendre une décision aussi lourde de conséquences, elle devrait y songer sérieusement.

Quelques instants plus tard, distraite par la fébrilité contagieuse de Marie-Thérèse en train de leur montrer la nouvelle chambre d'amis, puis emportée par le tourbillon des préparatifs et des festivités du Nouvel An, la jeune fille avait finalement oublié l'espèce de malaise ressenti à son arrivée et elle avait pleinement profité du moment présent.

Après tout, Agnès n'aurait que douze ans dans quelques jours et, depuis quelque temps déjà, la compagnie des filles de son âge était devenue d'une importance capitale et prévalait sur tout le reste. Comment, dans de telles conditions, décider froidement de quitter Montréal et sa nouvelle amie Marie-Paul sans au moins se donner la peine de bien y réfléchir ?

Voilà probablement pourquoi elle n'avait pas cherché à en discuter avec son frère Cyrille. Quand l'occasion se présenterait, elle en jaserait plutôt avec Geneviève ou encore avec Marie-Paul, ses deux grandes amies : celle de Sainte-Adèle-de-la-Merci, qu'elle connaissait depuis toujours, et celle de Montréal, qui avait en quelque sorte remplacé la première, du moins au quotidien et pour le temps où Agnès vivrait en ville. De toute façon, le coin des grands, aménagé à l'étage des chambres lors de la reconstruction de la maison, avait été remplacé par la chambre d'invités. Il aurait donc été difficile pour Agnès et Cyrille de se soustraire aux regards curieux des jeunes et des moins jeunes. Il y avait tellement de monde dans la maison de ses parents que toute tentative d'isolement semblait impossible aux yeux d'Agnès. Et comme dehors, il faisait un froid de canard…

La jeune fille s'était donc contentée d'observer Cyrille de loin, intimidée et peinée, car elle ne reconnaissait pas tout à fait celui qu'elle avait quitté l'été précédent.

Où donc était caché le grand frère plutôt rieur et gentil avec qui elle aimait tant discuter ?

Depuis, cette question lui revenait souvent, dérangeante, encombrante. Ce fut donc en pensant à son frère aîné qu'Agnès échappa un profond soupir. Puis elle sursauta quand la neige se mit à crépiter contre la vitre de sa fenêtre, poussée par un tourbillon de vent.

La tempête était-elle en train de redoubler d'ardeur?

Agnès écarquilla les yeux, pencha la tête pour tenter d'apercevoir la rue qui se confondait aux trottoirs avec toute cette blancheur, puis elle ramena ses pensées sur Cyrille.

Agnès se revit toute petite, alors qu'ils n'étaient que des enfants, Cyrille et elle. Leurs jeux, leurs petits secrets, les parties de cachette dans les grands foins avec les amis du village, l'incendie, leur séjour chez la tante Félicité... Dès qu'Agnès pensait à son enfance, il y avait Cyrille à ses côtés, sage ou rieur, toujours patient, capable d'expliquer les devoirs plus difficiles ou de la rassurer au besoin, quand le tonnerre grondait.

Malheureusement, celui qu'elle avait croisé durant quelques jours à la période des fêtes lui ressemblait si peu.

Bien sûr, Cyrille avait beaucoup grandi, c'était normal, et sa voix était plus grave, mais la différence observée par Agnès ne s'attardait pas à ces détails prévisibles. Elle aussi, elle avait grandi, et personne n'avait l'air surpris. Non, c'était autre chose, comme un changement venu de l'intérieur. Même si Cyrille riait à l'occasion et semblait heureux d'être de passage chez lui, l'élève revenu du collège était plutôt réservé, presque détaché, et il avait l'air tellement préoccupé qu'Agnès en avait été impressionnée.

« Comme un adulte », avait-elle alors pensé.

Agnès n'avait donc rien dit, rien demandé, et encore moins suggéré une promenade à deux, car elle craignait de se sentir tellement gênée devant le nouveau Cyrille qu'elle en perdrait tous ses mots.

Dans le taxi et le train qui les avaient ramenés à Montréal, son oncle, sa tante et elle, Agnès était restée silencieuse, ressassant tout ce qu'elle avait pu constater et ressentir durant sa visite à Sainte-Adèle-de-la-Merci, consternée de devoir admettre qu'au bout du compte, à l'exception des heures passées avec ses cousines, il n'y avait pas eu grand-chose de positif durant les deux derniers jours.

L'examinant à la dérobée, Lauréanne ne s'était toutefois pas inquiétée de ce silence prolongé. Elle s'était dit que sa nièce devait être particulièrement fatiguée après toutes ces heures à chanter et à danser avec la parenté. Comme au même instant, Émile avait tendu la main pour entremêler ses doigts aux siens, Lauréanne avait levé les yeux vers son mari et ne s'était plus vraiment préoccupée d'Agnès.

Au lendemain de leur retour à Montréal, encore sous l'effet de la déception suscitée par son bref voyage, Agnès s'était dépêchée de se rendre chez Marie-Paul.

Cette visite avait été une heureuse initiative, car la présence de cette jeune fille douce et calme avait réussi à atténuer la peine ressentie par Agnès devant le fait que son frère était devenu une sorte d'étranger pour elle, que sa mère était à nouveau très fatiguée, que les jumeaux grandissaient un peu trop vite à son goût, et que son amie Geneviève avait été nettement moins disponible qu'à l'accoutumée.

En effet, sa brève rencontre avec Geneviève avait été une véritable catastrophe, selon Agnès.

— C'est ben certain que j'suis toujours ton amie, Agnès, lui avait lancé impatiemment Geneviève, à la sortie de la messe au matin du jour de l'An. Que c'est tu vas penser là ?

Ces quelques mots avaient fait plaisir à Agnès qui, par moments, se sentait presque coupable d'avoir tant de points communs avec sa nouvelle amie Marie-Paul. Toutefois, le ton employé par Geneviève manquait de conviction.

— Mais c'est pas parce que j'suis contente de te voir que j'vas courir me jeter dans tes bras, par exemple, avait-elle alors ajouté d'une traite. Je passe pas mon temps à m'ennuyer de toi, Agnès Lafrance, pis je reste pas sans bouger en attendant chacune de tes lettres, tu sauras.

— J'ai jamais demandé ça.

— Ben c'est de même que moi je me sens quand tu m'écris que j'suis toujours ta meilleure amie pis que t'espères que c'est la même chose pour moi... T'apprendras, Agnès, que pour moi, ça veut rien dire ça, une meilleure amie. Ou ben t'es une amie, ou ben tu l'es pas. Pis pour répondre à ta question, c'est non. Après-midi, j'ai quelque chose de prévu avec ma famille. On va chez mononcle Roger. Ça fait que je pourrai pas venir dîner chez vous comme tu voudrais.

— Ben voyons donc! Tu viens de le dire: c'est juste durant l'après-midi que tu vas chez ton oncle. Ça t'empêche pas de venir dîner chez nous, ça. Pis ma mère est d'accord, même si c'est le jour de l'An. J'y ai demandé, pis elle a dit oui avec un grand sourire. Envoye, Geneviève, dis oui à ton tour! Je me suis ennuyée de toi, tu sauras, ben gros. Depuis le temps qu'on s'est pas vues, me semble que tu pourrais faire un petit...

— Justement, avait interrompu Geneviève, visiblement agacée par tant d'insistance, tu viens de le dire toi-même: depuis le temps qu'on s'est pas vues... Que c'est tu veux que je rajoute à ça, moi? J'suis pas une catin de cire que tu peux laisser s'empoussiérer sur une tablette en attendant chacune de tes visites. C'est toi-même qui m'as écrit que t'avais des nouvelles amies en ville. Quand j'ai lu ça, ben moi avec, je me suis faite d'autres amies. Ta cousine Judith est pas mal fine, tu sauras. Pis en plus, mes parents seraient sûrement pas d'accord pour que j'aille manger chez vous. Dans ma famille, les grandes occasions, on les fête en famille, justement. C'est comme ça. On se reverra une autre fois! Mes parents m'attendent... Pis je te ferais remarquer, Agnès Lafrance, que si tu t'ennuyais de moi autant que tu le dis, t'aurais pu venir me voir hier, quand t'es arrivée.

L'explication était valable, la pique aussi, même si Agnès avait une très bonne excuse pour ne pas s'être précipitée chez Geneviève, puisqu'elle avait passé son après-midi à aider sa mère. Pourtant, Agnès n'aurait eu aucune difficulté à admettre que son amie n'avait pas tout à fait tort, si toutefois elle avait senti un peu de tristesse dans la voix de celle-ci.

Ce qui n'était pas le cas.

Il y avait surtout de la rancune et de la susceptibilité dans les propos de Geneviève, qui sautillait d'un pied à l'autre en soufflant sur ses doigts gantés, tellement il faisait froid, en ce premier janvier 1924.

Les deux filles s'étaient donc quittées rapidement, et Agnès était retournée chez ses parents la mine basse.

Heureusement, la nombreuse parenté venue fêter l'arrivée de la nouvelle année chez elle avait fait en sorte qu'Agnès avait oublié l'incident. Ce dernier ne lui était revenu à l'esprit que le lendemain en fin de journée, alors qu'elle était de retour à Montréal. Le cœur gros, la jeune fille avait ressassé ces quelques mots échangés sur le parvis de l'église et cela l'avait même empêchée de s'endormir rapidement, malgré la grande fatigue occasionnée par les festivités et le long trajet entre le village et la ville.

En revanche, à son réveil, Agnès s'était précipitée chez Marie-Paul avec, au fond du cœur, un grand besoin de consolation et une pointe de rancune envers Geneviève.

Par la suite, Agnès, Marie-Paul et, bien entendu, sa cousine Louisa, qui la suivait comme son ombre, avaient profité des derniers jours de vacances pour préparer leurs sacs d'école et surtout pour passer de longues heures à patiner dans la cour du presbytère où le vicaire avait eu la gentillesse de faire une petite patinoire pour les filles du quartier, puisque la grande, qui était aménagée par la ville dans la cour d'école, servait en priorité aux garçons qui jouaient au hockey. Quant aux heures restantes, les trois filles les avaient utilisées pour faire de longues promenades en réinventant le monde, comme les adolescents savent si bien le faire !

Ce fut ainsi que le bref séjour d'Agnès à Sainte-Adèle-de-la-Merci s'était graduellement estompé dans sa mémoire, remplacé par le plaisir de retrouver la gentille Marie-Paul et sa cousine Louisa, et l'agrément, non moins grand, de pouvoir s'arrêter au casse-croûte du coin de la rue Ontario, afin de se réchauffer en buvant un chocolat chaud.

À Sainte-Adèle-de-la-Merci, il n'y avait pas de casse-croûte où aller se réchauffer.

Le 7 janvier au matin, c'était donc sans arrière-pensée et avec un enthousiasme sincère qu'Agnès avait repris le chemin de l'école, elle qui aimait apprendre comme d'autres aiment aller au cinéma.

Mais aujourd'hui, alors que la tempête s'entêtait à saupoudrer des pieds de neige sur la ville, Agnès se surprenait à s'ennuyer de son village. À Sainte-Adèle-de-la-Merci, quand les rafales se succédaient, comme aujourd'hui, barbouillant le paysage à grands coups de neige poudreuse, tous les gamins de la paroisse ne trouvaient guère mieux à faire que de se pointer dans la cour d'école pour entreprendre une bataille de boules de neige en règle, ce qui faisait dire à plus d'un parent que le couvent n'aurait jamais dû fermer ses portes.

— On sait ben ! C'est la manière que les bonnes sœurs ont probablement inventée pour avoir une journée de congé, entendait-on sous le couvert de la confidence.

Jusqu'à maintenant, les religieuses du couvent n'avaient jamais démenti la rumeur, qui enflait de plus belle à chaque intempérie.

À Montréal, par contre, quand la tempête faisait rage comme en ce moment, la ville semblait s'assoupir, comme écrasée sous le poids de la neige qui s'accumulait sur les perrons, les trottoirs et les rues, rendant les déplacements plus difficiles. Cependant, cette réalité n'incommodait pas Agnès, qui avait toujours aimé l'hiver. À la ville comme à la campagne, elle profitait des heures de congé pour sortir et s'amuser dans la neige. Par contre, comme cette fois-ci la tante Lauréanne s'était opposée fermement à ce qu'elle rejoigne son amie, la jeune fille passait sa contrariété en faisant l'inventaire des charmes de son village qu'en temps normal, elle trouvait nettement plus ennuyeux que la ville.

Pourtant, après le déjeuner, Agnès avait bien tenté de plaider sa cause auprès de sa tante.

— Ben voyons donc, matante! J'ai pus cinq ans. J'suis quand même capable de reconnaître les coins de rues pis la porte de chez mon amie, malgré la poudrerie. Chez nous, ma mère a toujours voulu que...

— Justement, en parlant de ta mère, avait interrompu Lauréanne sur un ton affolé, faudrait pas oublier que j'suis responsable de toi devant tes parents.

— Ouais pis? Que c'est que ça change, ça?

— Mais ça change toute, ma pauvre Agnès. Je comprends pas que tu voyes pas l'importance de ce que je viens de te dire. Mais s'il me faut entrer dans les détails, j'vas ajouter qu'à matin, compte tenu de l'importance de la tempête, il est pas question que tu sortes. On voit pas à deux pieds devant nous autres, pis le vent veut toute arracher. Tu vas mourir suffoquée, ma pauvre enfant. Je voudrais donc pas avoir à annoncer une mauvaise nouvelle à ton père pis à ta mère! Sans compter la peine que j'aurais, s'il fallait qu'il t'arrive quelque chose de grave. Pis Émile, donc! Pense donc un peu à ton oncle avant de...

— Mononcle Émile? avait alors coupé Agnès,

trop heureuse de pouvoir enfin se glisser dans l'interminable discours de sa tante. Ben parlons-en de mononcle Émile ! Tout à l'heure, il est ben parti pour son travail, lui !

À ces mots, Lauréanne avait levé les yeux au plafond.

— Voir que tu peux comparer ta petite personne un peu feluette à une force de la nature comme mon mari, avait commenté la tante sur un ton exaspéré. Voyons donc, Agnès, ça a pas d'allure de penser pis de parler de même ! Tu sauras, ma fille, que dans la vie, il faut savoir mesurer les pour et...

Ça y était, Lauréanne était partie dans ses exagérations et ses explications plus ou moins tarabiscotées !

Irénée, installé face à sa fille, de l'autre côté de la table, lui avait lancé un regard réprobateur par-dessus le journal de la veille qu'il était en train de lire, tandis qu'Agnès, un peu plus loin, avait préféré attendre que sa tante finisse par se taire. Malgré l'envie de répliquer qui lui chatouillait le bout de la langue, elle n'avait donc rien dit par crainte d'avoir à subir une plus longue diatribe encore.

Toutefois, à la première pause entre deux phrases, au moment où Lauréanne avait dû reprendre son souffle tout en empilant quelques assiettes sales devant elle, la jeune fille avait bruyamment soupiré pour exprimer son désaccord, puis elle était sortie de table en bousculant sa chaise.

Au bruit fait par les pattes de bois sur le prélart usé, Irénée avait rabaissé son journal une seconde fois pour suivre des yeux sa petite-fille, qui quittait la cuisine en traînant les pieds. Ensuite, sourcils froncés, il avait tourné la tête vers sa fille Lauréanne.

Ce qu'elle pouvait l'agacer, parfois, avec ses peurs inutiles et ses excès !

Néanmoins, le vieil homme garda les lèvres closes, et tout comme il avait assisté à la discussion sans intervenir, il choisit de ne rien ajouter. Il savait pertinemment que tenter de faire entendre raison à Lauréanne quand elle s'inquiétait pour des peccadilles finissait toujours en querelle désagréable, et depuis quelque temps, Irénée Lafrance n'avait plus du tout envie de se disputer avec qui que ce soit.

Enfin, presque.

À la suite d'une longue réflexion, Irénée avait décidé que dorénavant, il garderait ses colères pour les choses d'importance. Voilà la résolution qu'il avait prise au matin du jour de l'An, après avoir rêvé, la veille, à sa défunte épouse qu'il n'avait jamais cessé d'aimer profondément. Il y avait aussi la promesse faite à son gendre Émile, le jour où ce dernier lui avait demandé s'il voulait bien revenir à Montréal avec Lauréanne et lui, sans faire de manières.

— Écoutez-moi ben, le beau-père ! Ça fait des mois que Jaquelin pis Marie-Thérèse se sont pas vus, je pense que ça serait une bonne idée de les laisser juste entre eux autres. Avec leur famille.

— Ouais… Je comprends ce que t'essayes de dire, Émile, mais la cordonnerie, elle ? Qui c'est qui va y voir ?

— Jaquelin pis Marie-Thérèse !

Irénée avait froncé les sourcils.

— Avec les enfants pis les bessons ? T'es pas sérieux, toi là ?

— Ben sérieux. Je pense qu'on peut leur faire confiance pis…

— Pas sûr, moi, qu'ils vont s'en sortir sans aide, avait tranché Irénée. C'est de la grosse besogne tout ça !

— S'ils ont besoin d'aide, ils sauront ben le demander.

— Ouais… Pis mon idée de toute vendre pour repartir en neuf ? Autant pour moi que pour Jaquelin… Me semble que ça avait de l'allure, ça aussi. Ça me permettrait d'avoir mon chalet, pis pour Jaquelin, ça y donnerait peut-être la chance de se trouver quelque chose qui serait moins…

— Laissez Jaquelin tranquille, le beau-père. J'ai dans l'idée qu'il aime son travail, pis à deux, Marie-Thérèse pis lui, ils ont prouvé qu'ils pouvaient y arriver.

— Ouais… Tant qu'à ça… Mais mon chalet, lui ? avait insisté Irénée.

— Ça vous démange, hein, le beau-père, l'idée d'avoir un pied-à-terre sur le bord de l'eau ?

— En sacrifice, ouais ! Pas toi ?

— Vous allez peut-être être surpris, mais je dirais pas non à l'idée d'une petite maison au bord du fleuve.

— Ben là, tu parles, le gendre !

— Mais faut d'abord ben penser à notre affaire ! Pour astheure, je peux rien promettre, rapport que j'ai pas la moindre idée de ce que ça peut demander, un investissement comme celui-là, mais je dis pareil qu'on pourrait y voir une fois rendus à l'été.

— C'est-tu sérieux, ça là, ou ben c'est juste une manière de me faire taire ?

— C'est sérieux.

Petit à petit, les traits du visage d'Irénée s'étaient détendus.

— Si je suis ben ce que t'es en train de dire, avait-il alors analysé, j'aurais pas besoin de vendre la cordonnerie pour que...

— Vous pensez pas, vous, que ça serait un peu bête de se départir d'un commerce qui a faite ses preuves, surtout si Jaquelin pis Marie-Thérèse sont capables de le faire rouler ?

— Tant qu'à ça, t'as pas tort, le gendre. C'est vrai qu'une cordonnerie, dans une paroisse comme Sainte-Adèle-de-la-Merci, c'est ben utile... D'accord, Émile, m'en vas me fier sur toi. Mais de ton bord, tu vas me promettre d'y réfléchir sérieusement.

— C'est sûr. Je me doutais ben que vous alliez comprendre ce que je voulais dire... Pis tant qu'à y être...

Avant de poursuivre, Émile avait hésité. Pour l'instant, le ton était cordial. S'il continuait sur sa lancée, ne risquait-il pas de tout faire échouer? Après tout, le but premier de son intervention était de permettre à Jaquelin et Marie-Thérèse de retrouver un peu d'intimité, n'est-ce pas? Malgré cela, Émile avait haussé les épaules en se disant que celui qui ne risque rien n'a rien. Sur cette pensée, il avait donc osé ajouter :

— Il y a aussi quelque chose d'autre que j'aimerais vous demander, le beau-père.

Irénée avait alors regardé Émile du coin de l'œil.

— Me semblait aussi ! Envoye, crache, le jeune, que je voye si j'ai raison de te faire confiance ou pas.

— Oh ! Pas de crainte, le beau-père, ça a rien à voir avec le projet. C'est juste que j'aimerais ça que vous soyez un peu moins chicanier !

— Comment ça, chicanier? J'suis pas chicanier ! Je fais juste dire tout haut ce que d'aucuns pensent tout bas. C'est pas méchant, ça là.

— Peut-être pas pour vous. Mais des fois, je pense que ça fait de la peine aux gens autour de vous. Sans vouloir être impoli, j'ajouterais que ce que vous dites est pas toujours gentil.

— Ouais… Mettons que j'y vas pas avec le dos de la cuillère. C'est pas dans ma nature de tourner autour du pot pis de mettre des gants blancs. Mais si c'est ça que t'appelles être chicanier, m'en vas essayer de faire attention, avait alors promis le vieil homme, qui vouait une réelle admiration à ce gendre qui avait si bien réussi dans la vie.

Voilà pourquoi, depuis l'automne, et à son grand étonnement, il faut l'avouer, Irénée Lafrance avait réussi à tenir sa langue. Grâce à cette nouvelle attitude, l'appartement était plutôt calme, ce qu'Irénée lui-même savait apprécier.

Ça expliquait en grande partie pourquoi, au moment où Agnès avait quitté la pièce, Irénée s'était contenté de replier le journal sans dire un mot, pour ensuite s'approcher du poste de radio avant que l'habitude de tout commenter ne l'emporte sur sa bonne volonté, et qu'il laisse éclater son impatience. N'empêche que le silence qui s'étendit sur la cuisine à ce moment-là était plutôt lourd de reproches silencieux.

Toujours pour arriver à se contenir, Irénée joua nerveusement avec le bouton nacré de l'appareil jusqu'à ce qu'il trouve le poste CKAC qui, toutes les dix minutes, faisait le point sur les tempêtes qui affectaient Montréal. Tout en sortant son paquet de cigarettes de la poche de poitrine de sa chemise à carreaux – il fumait toujours des

Player's car il aimait bien l'image du marin sur le dessus du paquet – le vieil homme s'installa dans sa chaise berceuse en poussant un long soupir de contentement. Un soupir qui fut malheureusement mal interprété par Lauréanne.

— Fatigué, son père?

Cette question, pourtant remplie de sollicitude, fut celle qui fit déborder le vase de la patience limitée d'Irénée, et elle mit le feu aux poudres instantanément. Non seulement sa fille prenait-elle de mauvaises décisions, ce matin, mais en plus, elle ne se mêlait pas de ses affaires.

Irénée leva vivement la tête.

— Ma pauvre Lauréanne, ne put-il s'empêcher de répliquer sèchement, où c'est que tu t'en vas avec ta question insignifiante, veux-tu ben me le dire? Voir que je pourrais être fatigué à neuf heures du matin.

— Pourquoi vous bâillez, d'abord?

— J'ai pas bâillé, j'ai soupiré, c'est pas pareil pantoute.

Conforté par la certitude qu'il n'y était pour rien dans la présente altercation, Irénée poursuivit sur ce ton chargé d'arrogance qu'il employait quand il sentait avoir le droit légitime d'élever la voix.

— Pis c'était pas un soupir d'ennui, tu sauras, maudit batince, c'était un soupir de plaisir. L'un a rien à voir avec l'autre.

— Un soupir de plaisir? Eh ben... On peut savoir pourquoi?

— Oh ! C'est juste à l'idée que j'vas m'allumer une bonne cigarette même si t'aimes pas ça, parce qu'à cause de la tempête, tu pourras pas me chialer dessus pis m'envoyer fumer sur la galerie.

— Voyons donc, son père !

— Quoi ? Ce qui est bon pour Agnès doit ben l'être pour moi avec, non ? Il fait un temps à pas mettre un chien dehors. J'ai rien inventé, c'est toi-même qui l'as dit, t'à l'heure. Ça fait qu'astheure, fiche-moi patience, j'veux écouter la radio en paix.

Déjà navrée d'avoir froissé Agnès avec son interdiction de sortie, Lauréanne ne se donna même pas la peine de chercher une réponse. Si son père avait envie de se chicaner avec quelqu'un, il allait devoir repasser, car en ce moment, elle n'était pas d'humeur à lui donner la réplique !

Le bruit de la neige picossant contre la vitre s'imposa donc tout naturellement, tenant ainsi compagnie à la voix monotone du présentateur des nouvelles. Seul le son des assiettes entrechoquées que Lauréanne était en train de laver arrivait par moments à enterrer les lamentations du vent.

Le temps de fumer sa cigarette, de la déguster, comme il disait, Irénée resta silencieux. Puis, devant la répétition des mêmes prévisions météorologiques, il se lassa de l'émission spéciale. Agacé par le ton alarmiste de l'annonceur, le vieil homme baissa le son de l'appareil et se releva en grimaçant, car l'humidité de la journée lui donnait mal aux os, comme il s'en plaignait régulièrement.

— Voir que le monde va s'arrêter de grouiller à cause d'une tempête de neige, marmonna-t-il.

Puis, pour faire son drôle, il ajouta en se tournant vers sa fille :

— On dirait ben que l'annonceur du radio pis toi, vous êtes allés à la même école, maudit batince ! Tous les deux, vous êtes énervés sans bon sens par une bordée de neige !

Piquée par ces mots narquois, Lauréanne tourna vivement la tête, les deux mains dégoulinantes au-dessus de l'évier.

— C'est pas juste un peu de neige, c'est une couple de pieds qui sont tombés depuis hier soir, rétorqua-t-elle. Au moins trois pieds qu'ils ont dit dans la radio. Vous avez pas entendu ? Je vous gage qu'on serait même pas capables de sortir par la porte d'en avant. À cause du vent qui vient du nord, le banc de neige sur le balcon doit ben monter jusqu'au rebord de la fenêtre.

Irénée haussa les épaules avec nonchalance.

— Pis après ? Il y a pas de quoi en faire toute une histoire. Ça serait pas la première fois qu'on serait obligés de pelleter à partir du corridor à côté de ma chambre. Dis-toi ben, ma fille, que j'ai déjà vu pire. Rappelle-toi du temps de Sainte-Adèle-de-la-Merci ! Ça, c'étaient des sacrifices de belles grosses tempêtes. Des fois, la route du village restait bloquée durant deux ou trois jours, tellement on avait eu de neige.

— Peut-être ben que vous dites vrai, mais me semble qu'à matin, c'en est une pas pire, aussi! C'est depuis hier en fin de soirée que la neige pis le vent lâchent pas. Pis on dirait ben que c'est pas à la veille de s'arrêter. Pour moi, en tout cas, c'est ben suffisant pour pas avoir envie de sortir.

— Ça, c'est toi qui le dis, à cause de ta maudite manie de voir du danger partout. Je le sais ben pas d'où c'est que ça te vient, la peur de toute, mais c'est fatigant! Tu sauras, Lauréanne, que pour d'aucuns, c'est juste de l'agrément, sortir se promener par gros temps. Quand j'étais jeune, je l'ai faite souvent... J'aimais ça me coltailler avec le vent qui me poussait dans le dos pis avec la neige qui me tombait dessus... Me semble que ça vaut pour toi avec, non? Quand t'étais petite, tu te faisais pas tirer l'oreille pour aller t'amuser dans la neige pis...

— Ben là, je vous arrête, son père. Vous vous souvenez pas que j'ai jamais aimé ça, l'hiver pis le frette?

— Ah non?

Sachant à l'avance que l'exercice serait inutile, Irénée ne se força pas pour faire semblant de chercher à travers ses souvenirs, et il répéta sur un ton à la fois dubitatif et interrogatif:

— T'aimais pas ça jouer dehors, toi?

— Pantoute! C'est Jaquelin qui aimait ça. Mais

pas tout le temps, parce que lui, c'était pas la neige qu'il haïssait, c'était le frette. Ouais... Quand il faisait pas trop froid pis avant qu'il se mette à travailler dans la cordonnerie avec vous, Jaquelin est souvent allé jouer dans la tempête avec ses amis. Mais pas moi. Jamais. À ce sujet-là, j'ai ben l'impression que votre mémoire fait défaut, son père.

— Ben pour une fois, m'en vas te donner raison, ma fille, répliqua Irénée du tac au tac. C'est vrai que ma mémoire fait défaut, par bouttes. Mais juste pour une affaire, par exemple : je me rappelle pas vos jeunes années, à toi pis ton frère. C'est fou, hein ? C'est comme si durant un paquet d'années de ma vie, il y avait eu juste une maison à entretenir, une cordonnerie à faire marcher, pis ben ben de l'ouvrage autour de ça. Ouais, de la ben grosse ouvrage qui me gardait réveillé de la rosée du matin jusqu'au serein du soir. Le reste, pfitt, ça s'est envolé je sais pas trop où ! Je me rappelle même pas de vous avoir faite à manger, c'est ben pour dire... Pourtant j'ai dû le faire, maudit sacrifice, rapport qu'on est pas morts de faim personne. C'est-tu maudit, un peu, comment c'est que ça marche la mémoire pis toute ce qui va avec ? Moi, des fois, quand je pense à ça, j'en reviens pas. Astheure, tu vas m'excuser, mais j'vas aller voir si Agnès voudrait pas jouer aux cartes avec moi. Comme elle a pas le droit de sortir, même si elle en avait ben gros envie, faudrait peut-être l'occuper, non ? Sinon, la journée risque de lui paraître ben longue...

Sur ce, Irénée se dirigea vers le corridor avec une drôle de sensation dans la poitrine.

Sans trop comprendre pourquoi, il avait le cœur lourd.

Toutefois, il était soulagé d'avoir enfin dit à Lauréanne qu'une grande partie de leur enfance, à Jaquelin et elle, lui échappait totalement. C'est pourquoi, arrivé dans l'embrasure, il s'arrêta net, et sans se retourner, il ajouta :

— Ouais, c'est drôle pareil de voir comment le monde pense pas toute de la même manière, hein, Lauréanne ?

Puis, le vieil homme quitta la cuisine sous le regard consterné de sa fille, qui en avait oublié la vaisselle qui trempait au fond de l'évier.

Bien au-delà de la tempête qui sévissait et de la décision concernant Agnès qu'elle avait prise peut-être un peu vite, Lauréanne n'avait retenu qu'une chose de ce court échange avec son père : elle venait de comprendre pourquoi ce dernier ne parlait jamais de leur passé familial.

Selon lui, il ne se souvenait pas de toutes ces années où la famille Lafrance était composée d'un père et de ses deux enfants.

Interdite, Lauréanne regarda autour d'elle.

Comment une telle chose pouvait-elle être possible ?

Elle hocha lentement la tête en esquissant une

moue. Ça en faisait tout un paquet d'années disparues dans l'ombre !

Quant aux repas, s'il les avait déjà préparés, comme il semblait le prétendre, son père ne l'avait sûrement pas fait souvent ni pendant très longtemps, puisqu'à la cuisine, c'était la toute jeune Lauréanne qui avait pris la relève de la religieuse du couvent venue soutenir Irénée Lafrance lors du décès de son épouse, à la naissance de Jaquelin.

À ce souvenir, Lauréanne ferma les yeux, comme pour effacer l'image désagréable qui s'était spontanément manifestée.

Sans grand résultat.

En vérité, et malgré toute la meilleure volonté possible, jamais, de toute sa vie, Lauréanne Lafrance ne pourrait oublier cette vieille femme en cornette qui, aux dires de son père, était là pour remplacer leur mère. À l'époque, la fillette avait à peine six ans, mais elle avait cependant très vite compris que son père mentait, ou alors qu'il n'y connaissait rien. Cette femme sèche, sévère et autoritaire ne pouvait en aucune manière remplacer une femme aussi douce et joyeuse que l'avait été sa mère.

De plus, la vieille nonne laissait pleurer son petit frère pendant des heures et des heures, sous prétexte que ce n'était pas encore le moment de son boire et que ça l'aiderait à devenir un enfant puis un homme fort.

— Pis je t'interdis d'aller le voir, avait-elle

même déclaré en tançant Lauréanne de son index noueux.

Dans un premier temps, intimidée par la cornette et la longue robe noire, la petite fille n'avait pas eu l'audace de désobéir. Néanmoins, elle pouvait passer de très longs moments, assise contre la porte de la chambre où son père avait installé le berceau du bébé. Immobile, le cœur gros, elle mêlait ses larmes silencieuses aux pleurs déchirants du nouveau-né. L'image de sa mère décédée lui revenait alors avec une acuité désespérante, ajoutant à sa détresse. Puis un bon jour, épuisée par son propre chagrin, Lauréanne s'était endormie, recroquevillée sur le plancher. À son réveil, Jaquelin pleurait toujours autant et c'est à ce moment qu'elle avait cru entendre distinctement sa mère lui répéter qu'à la naissance du bébé ce serait elle, la grande sœur, qui le bercerait pour calmer ses pleurs.

— T'es ben assez grande pis raisonnable pour que je puisse te confier le bébé, ma belle Lauréanne. Je suis chanceuse de t'avoir pour m'aider, tu sais.

Voilà ce que sa mère lui avait souvent dit durant les mois précédant la naissance de Jaquelin. Bravant alors les interdits, la gamine était entrée dans la chambre sur la pointe des pieds et elle s'était penchée sur le berceau de son petit frère.

Jaquelin était tout rouge et les couvertures s'étaient entortillées autour de son corps minuscule.

Lauréanne n'était pas très grande et le berceau de bois clair lui arrivait presque à la taille. Elle avait donc hésité.

Serait-elle capable, toute seule, de soulever un bébé pour le sortir de son berceau? Toutefois, il n'avait pas l'air très lourd. En fait, il était à peine plus gros qu'une poupée. Alors...

Quand la religieuse était venue dans la chambre pour chercher Jaquelin afin de lui donner sa bouteille, elle avait trouvé Lauréanne assise en tailleur à même le plancher. La petite avait déposé le bébé au creux de ses cuisses et elle le berçait dans un lent mouvement de balancier.

Dans un froufroutement de tissu, la vieille religieuse en colère s'était approchée.

— Veux-tu ben me dire ce que tu fais là, toi?

Sans répondre, Lauréanne avait levé les yeux vers le visage encerclé par la cornette. Le regard que la petite fille avait alors lancé ne laissait planer aucun doute: elle était prête à essuyer les foudres de la vieille religieuse, s'il le fallait, mais elle ne laisserait plus Jaquelin pleurer inutilement.

La nonne avait aisément compris le sens de ce regard. Les lèvres pincées, elle s'était penchée et elle avait repris le bébé d'un geste un peu brusque.

— Petite désobéissante! avait-elle sifflé. C'est

un très vilain défaut. Attends un peu que j'en parle à ton père.

En tout autre circonstance, la menace aurait sans doute porté fruit, puisque Lauréanne craignait les emportements de son père jusqu'à en faire des cauchemars, la nuit. Mais comme à ce moment-là la petite fille avait l'intime conviction d'avoir suivi les conseils de sa mère, elle avait rétorqué d'une voix décidée, malgré les larmes qui la mouillaient :

— Non, j'ai pas désobéi, vous saurez. C'est maman qui m'avait dit que je pourrais bercer le bébé pour le calmer pis c'est en plein ça que j'ai faite.

— Ta mère ! Qu'est-ce qu'elle vient faire là-dedans ? Elle est morte, ta mère, et c'est pus elle qui donne les ordres ici, c'est moi !

La méchanceté de la réplique avait fait déborder les larmes de Lauréanne. Elle ne le savait que trop que sa mère était morte, elle n'avait pas besoin de se le faire répéter.

La gamine s'était alors relevée et elle avait quitté la chambre de Jaquelin pour se réfugier dans la sienne, avec, dans le cœur, l'intuition un peu confuse que c'était à elle de remplacer leur mère auprès du bébé.

Ce fut ce matin-là que Lauréanne avait décidé que la vieille religieuse ne méritait pas d'être aimée et jusqu'au jour de son départ, elle l'avait ignorée la plupart du temps.

Si Irénée Lafrance prétendait avoir perdu la mémoire sur le sujet, ce n'était pas du tout le cas de Lauréanne, qui se souvenait de tout, et même parfois avec une profusion de détails tous plus navrants les uns que les autres.

Un long frisson secoua les épaules de Lauréanne, qui baissa les yeux sur l'évier encore rempli d'eau savonneuse.

Ah oui, il y avait la vaisselle à finir.

En soupirant, Lauréanne plongea les mains dans l'eau refroidie tandis qu'elle étouffait un sanglot.

Comment se faisait-il que son père, lui, ait tout oublié de leur enfance ?

La gamine qu'elle était n'avait-elle pas été à la hauteur de ses exigences pour qu'au moins il en garde quelques bribes, une sensation, un vague souvenir reconnaissant ? Et que dire de Jaquelin qui, à partir de l'âge de douze ans, avait trimé dur, du matin au soir, pour apprendre le métier de cordonnier, sous la férule d'un père exigeant et rarement satisfait ? Car sous le toit des Lafrance, c'était bien de cela qu'il avait été question à l'époque : les exigences de leur père, à la maison comme à la cordonnerie.

Les corvées, le travail bien fait, le respect des règles et des horaires, les repas, le ménage…

Lauréanne inspira profondément, laissant les images du passé se superposer à celles du moment présent, admettant que les diverses époques de sa vie se ressemblaient beaucoup, alors que l'ordinaire d'une maison occupait tout son temps.

Seule l'ambiance créée par un mari amoureux avait réussi à faire toute la différence.

Le temps d'un soupir, Lauréanne eut envie d'avoir son Émile tout près d'elle. À ses côtés, les corvées n'en étaient plus vraiment et c'était avec lui que la vie de tous les jours avait pris un sens nouveau.

Elle esquissa un sourire attendri, puis elle rangea la vaisselle dans l'armoire, essuya l'évier, suspendit son tablier au clou à côté du comptoir, le cœur et l'esprit toujours tournés vers la maison de son enfance.

Pourquoi chercher midi à quatorze heures et vouloir à tout prix donner une signification aux choses et aux événements ? Chez les Lafrance, il n'y avait que de l'ordinaire, comme dans la plupart des familles, Lauréanne était capable de le reconnaître.

Au cœur du village de Sainte-Adèle-de-la-Merci, il y avait eu durant de nombreuses années Lauréanne, Jaquelin et leur père Irénée, une famille comme il y en avait tant et tant dans la paroisse. En vérité, si dans certaines maisons c'était le père qui était absent, à cause d'un accident au moulin ou d'une mort subite, laissant parfois de nombreux enfants dans le besoin, chez les Lafrance, il ne manquait que la mère et sa tendresse. Il ne manquait qu'un peu d'écoute et d'affection. Sinon, avec Irénée Lafrance au gouvernail, Jaquelin et Lauréanne n'avaient jamais manqué de rien. Jamais. Il y avait toujours eu du feu dans le poêle et du pain sur la table. Leur père n'avait jamais lésiné ni sur la farine, ni sur le beurre, ni sur le sucre, comme dans tant d'autres familles.

Si Irénée l'avait oublié, ce n'était pas le cas de Lauréanne. Pour la constance dans le quotidien et pour le sentiment de sécurité qui en avait découlé, elle lui en était même reconnaissante.

Mais à côté de cela, il y avait eu ses mains gercées à cause de la lessive à étendre dehors même en hiver ; et l'interdiction de chanter dans la maison, on ne savait trop pourquoi. Il y avait eu des cris provenant de la cordonnerie quand Jaquelin ne travaillait pas assez vite ; et des remontrances à la cuisine quand les menus n'étaient pas assez variés.

Mais il y avait eu aussi de la joie quand son père lui cousait une paire de souliers tellement beaux que toutes ses amies l'enviaient, ou quand elle avait le droit de se choisir une jolie robe dans le gros catalogue du magasin général, parce que chez les Lafrance, on n'était pas des miséreux !

Oui, c'est de cela qu'avait été faite l'enfance de Lauréanne, des petites misères cousues à côté des petits plaisirs, comme dans une immense courtepointe qui avait en trame de fond le grisâtre de l'intransigeance paternelle.

Alors, tandis que la tempête frappait de plein

fouet la ville où Lauréanne était venue se réfugier loin de son village dès qu'elle avait été assez vieille pour le faire, parce qu'elle en avait assez des ordres et des propos impatients, quelques larmes lui montèrent aux yeux.

Du revers de la main, Lauréanne s'empressa de les essuyer, car son père n'était pas bien loin et il risquait de revenir à la cuisine d'un moment à l'autre.

Chez les Lafrance, on ne pleurait pas, car Irénée ne tolérait aucune larme. Il avait toujours dit que les larmes ne changeaient rien à une situation.

— Viens pas me faire accroire que ton bobo va faire moins mal si tu pleures! avait-elle souvent entendu, quand elle se coupait ou soignait ses gerçures. Envoye, essuie-moi ça, c'te face-là, pis continue ce que t'étais en train de faire. Ça va finir par passer.

Toute petite, Lauréanne en avait voulu à son père d'être aussi dur avec elle et son frère. Avec le temps, elle avait fini par admettre qu'Irénée Lafrance n'avait peut-être pas tout à fait tort: les larmes n'avaient jamais changé aucune situation.

À preuve, quand le médecin lui avait annoncé qu'elle n'aurait probablement jamais d'enfant, Lauréanne avait versé toutes les larmes de son corps, Émile aussi, et malheureusement pour eux, leur chagrin n'avait rien changé au fait qu'ils étaient toujours sans famille.

Alors de mois en mois et d'année en année,

Lauréanne avait appris à garder ses larmes pour elle. Émile était trop gentil, il ne méritait pas d'être malheureux à cause d'une femme inconsolable qui ne s'était toujours pas faite à l'idée d'une vie sans enfants. Cela faisait bien longtemps, maintenant, que Lauréanne avait accroché un sourire perpétuel à son visage pour que son Émile soit un homme heureux malgré tout.

La présence d'Agnès lui avait enfin donné une véritable raison de sourire, mais au fond, ce n'était qu'un leurre, et Lauréanne le savait bien. Tout comme elle se doutait que sa belle-sœur Marie-Thérèse avait eu pitié d'elle quand elle avait accepté que sa fille reste à Montréal.

Dehors, la tempête continuait de s'acharner sur la ville et Lauréanne eut alors une pensée pour son mari. Si la neige n'arrêtait pas de tomber, serait-il en mesure de revenir à la maison? Rien n'était moins sûr. C'était déjà arrivé, d'ailleurs, qu'Émile doive dormir à la brasserie à cause du temps exécrable qu'il faisait. Doté d'une bonne nature, Émile en avait ri.

— On s'est ben amusés! T'aurais dû nous voir, Lauréanne: on aurait juré une bande de ti-culs! C'est drôle à dire, mais ça m'a faite du bien. Ça a comme remplacé l'enfance que j'ai pas eue du temps de l'orphelinat... Astheure, si tu me faisais réchauffer une bonne soupe, ma femme, ça serait apprécié! On a peut-être ri comme des bossus une bonne partie de la nuit, mais on a pas mangé ben gros. Je meurs de faim !

À ce souvenir, Lauréanne tourna les yeux vers la fenêtre et imagina son mari au travail. En pensée, elle voyait fort bien la grande salle où besognait Émile puisqu'elle l'avait déjà visitée.

Émile Fortin, son Émile.

C'était un homme simple, intelligent et débrouillard, qui prenait la vie comme elle se présentait, trouvant toujours matière à être heureux. Exactement ce dont la jeune Lauréanne avait eu besoin quand elle était arrivée à la ville. Entre eux, ça avait été le coup de foudre et cet amour intense existait toujours après de nombreuses années de mariage.

Comme elle le connaissait, en ce moment où elle pensait à lui, son mari ne devait même pas se préoccuper de la tempête qui sévissait à l'extérieur.

Mais elle, oui.

L'univers de Lauréanne Lafrance tournait autour de tous ces petits détails du quotidien, allant du temps qu'il faisait à la brassée qu'elle devait laver, de la soupe aux pois qu'elle mettait à congeler sur la galerie en hiver au pain qui manquait parfois de farine pour bien lever à cause d'une journée trop humide en été.

Rien de plus, rien de moins.

C'était sa vie et elle y tenait comme à la prunelle de ses yeux.

Alors Lauréanne allait préparer une soupe. Pour Émile. Qu'il revienne ce soir ou demain matin ne changeait rien au fait qu'il aurait faim.

Puis, être occupée, ça éloignait les pensées sombres, n'est-ce pas ? Et voir au présent écarterait peut-être le passé qui, ce matin, s'était imposé sans invitation.

Lauréanne sortit les légumes du réfrigérateur et la carcasse du poulet qu'ils avaient mangé l'avant-veille. Elle l'avait gardée au frais pour préparer un bouillon. Ainsi, quand son père reviendrait à la cuisine pour jouer aux cartes avec Agnès, il serait satisfait de voir que sa fille ne perdait pas son temps.

Malgré tout ce qu'elle pouvait en dire, et même quand elle prétendait le contraire, Lauréanne continuait, encore et toujours, à vouloir plaire à son père…

CHAPITRE 3

À Trois-Rivières, le jeudi 7 février 1924,
dans le dortoir des petits

En compagnie de Cyrille, avant même que le frère Alfred n'ait sonné la cloche du réveil

Jusqu'à maintenant, Cyrille avait fort mal dormi, et la nuit lui semblait interminable.

En fait, il n'avait eu droit qu'à des périodes de somnolence agitées, entrecoupées de sursauts et d'interrogations, devenues de plus en plus angoissantes au fur et à mesure que la nuit avançait. Voilà pourquoi, sans avoir la moindre idée de l'heure qu'il pouvait être, Cyrille savait qu'il ne se rendormirait pas. Pourtant, dehors, il faisait toujours noir. Les quelques oiseaux qui habituellement manifestaient leur présence au lever du jour étaient encore silencieux; et la lampe de la cellule où dormait le frère Alfred était toujours éteinte.

Cyrille se retourna sur le côté, les yeux grand ouverts.

Mais où donc avait-il mis ce fichu devoir ?

L'inquiétude s'était emparée de lui dès l'heure de l'étude, hier en fin d'après-midi, au moment où il avait cherché en vain son travail de botanique. Pourtant, c'était tout confiant que quelques instants auparavant, il avait soulevé machinalement le couvercle incliné de son pupitre afin de récupérer le document étoffé qu'il devait remettre ce jeudi. Comme il avait terminé ses devoirs de la journée avec un bon moment d'avance, Cyrille s'était dit que jeter un dernier regard à sa recherche ne serait pas superflu. En cas de besoin, il pourrait y apporter quelques retouches durant la soirée. De la main, il avait donc fourragé sous les cahiers et les bouquins pour retrouver cette pile de feuilles soigneusement agrafées, comme demandé par son professeur.

Cette première fouille décontractée était restée sans résultat.

Dès que la cloche annonçant la fin de la période de l'étude avait sonné, Cyrille avait vidé son pupitre au grand complet, mais toujours rien !

Le travail avait mystérieusement disparu.

Pourtant, le jeune homme aurait juré l'avoir mis tout au fond du tiroir pour être bien certain de ne pas perdre ni froisser ce que le père Charles avait appelé « un travail long ».

Cyrille avait pris cette appellation à la lettre,

d'ailleurs, et il s'y était attelé avec zèle, obtenant comme résultat un nombre de pages plutôt respectable. Pour être long, le travail de Cyrille était très long !

La recherche lui avait demandé des heures de consultation à la bibliothèque, suivie d'une rédaction tout aussi laborieuse. Il voulait faire une composition originale, s'interdisant toute retranscription mot à mot.

Le professeur allait sûrement l'apprécier !

Enfin satisfait de son ouvrage, au bout de nombreuses heures, Cyrille avait recopié le tout minutieusement sur les belles feuilles blanches distribuées par le père Charles lui-même, professeur attitré aux différents cours de botanique offerts par le collège de Trois-Rivières. Cyrille avait même ajouté un dessin explicatif dont il était très fier, et ce fut ainsi que le jeune homme n'avait pas vu le temps passer durant ces deux dernières semaines.

Comme il l'avait fait avant Noël, consacrer des heures assidues aux différents travaux scolaires permettait à Cyrille de ne pas trop s'ennuyer. Il faut toutefois spécifier que depuis les fêtes de fin d'année, il n'y avait pas eu que les études pour aider Cyrille à passer le temps !

Malheureusement, depuis hier, le pauvre garçon avait replongé tête première dans ce bain d'aversion qu'il avait déjà entretenue pour ce collège de malheur. Encore une fois, il avait l'impression de ne pas être vraiment à la hauteur et on allait certainement le lui reprocher. Cependant, jusqu'à ce moment bien précis où il s'était mis à chercher fébrilement son travail, rien ne laissait croire que Cyrille allait connaître un tel émoi.

Imprégné des paroles de son curé et devinant aisément qu'une bonne attitude plairait aussi à ses parents, Cyrille était finalement revenu au collège pétri des meilleures intentions. Cette fois-ci, sachant tout de même ce qui l'attendait au bout du chemin, au lieu de rester renfrogné dans son coin, il avait engagé la conversation avec son oncle Anselme, venu le reconduire. Avec entrain, il avait même décrit le collège avec certains détails cocasses.

— Vous devriez voir les ongles du préfet de discipline, mononcle ! Ils sont longs pis pas très propres.

— Ouache !

— Comme vous dites ! Ma mère elle, quand on a les ongles sales, elle dit qu'on est en deuil de notre chat.

— Elle dit ça, ta mère ?

— Ouais.

— Ben tu sauras, le jeune, que ça vient de ta grand-mère, cette expression-là. Dès qu'on se présentait à la table avec les ongles sales, ta grand-mère Gagnon nous répétait ça pis fallait se laver les mains avant de manger.

— Ben ma mère fait pareil pis elle dirait sûrement que le père Auguste est en deuil de son chat en permanence. Il mangerait pas souvent chez nous !

La description avait bien fait rire l'oncle Anselme. Cette attitude nouvelle laissait donc supposer que Cyrille n'était plus tout à fait en désaccord avec l'idée de retourner au collège pour de longs mois. Pourtant, c'était bien le même Cyrille qui, quelques heures auparavant, était ressorti de la sacristie complètement démoralisé.

Néanmoins, le temps de faire son bagage, le jeune homme avait eu le loisir de bien réfléchir à son sort.

Tant qu'à être obligé de poursuivre ses études, autant le faire dans une atmosphère agréable, non ? Il en serait le principal gagnant.

Oh ! L'espoir de remplacer son père à la cordonnerie ne l'avait pas quitté, on ne change pas d'idée en si peu de temps, mais si Cyrille ne pouvait réaliser son rêve tout de suite, il n'allait pas se morfondre durant des mois sous prétexte qu'il était déçu. L'attitude débonnaire et joviale de son oncle Anselme, tout au long de la route, avait grandement ajouté à cette nouvelle façon de voir les choses. On voulait qu'il s'implique, alors il allait s'impliquer !

Quelques jours plus tard, Cyrille s'était donc présenté comme candidat à la présidence de sa classe, en remplacement du jeune Roberto qui n'avait pas eu le choix d'interrompre momentanément ses études, à cause d'une maladie du sang, leur avait-on appris.

Dès le premier jour de classe, leur titulaire avait expliqué l'obligation de tenir de nouvelles élections, chose faite de façon exceptionnelle, puisque le poste était habituellement obtenu pour toute une année scolaire.

Cyrille y avait vu un signe du Ciel, une espèce de message tout à fait conforme à l'essence principale du discours de son curé. Le jeune homme n'avait rien oublié du long sermon que lui avait servi l'abbé Pettigrew. Il n'avait qu'à fermer les yeux pour revoir le curé de sa paroisse au moment où il lui mentionnait, en le tançant du doigt, qu'une telle responsabilité aurait tout pour lui plaire.

Faisant abstraction de cette gêne inhabituelle qui s'était emparée de lui à la rentrée de septembre, Cyrille avait serré les dents et il avait foncé.

— Moi aussi, monsieur, avait-il clamé en levant le doigt.

Toutes les têtes de la classe s'étaient alors tournées vers Cyrille, qu'on avait jusqu'à ce jour rarement entendu parler. Devant tant de regards braqués sur lui, le pauvre Cyrille avait senti le rouge lui monter aux joues.

Par la suite, il y avait eu cinq jours d'une cabale intensive entre les trois candidats qui s'étaient présentés.

En premier lieu venait Fulbert Morissette, fils de médecin, cette précision semblant faire partie intégrale du nom désuet de cet élève; ensuite s'était présenté Pierre Rochon, appelé familièrement Pierrot par quelques intimes; et pour compléter le trio, il y avait Cyrille Lafrance, qui n'était, ma foi, que Cyrille Lafrance.

Tout au long de la semaine, ça avait été à qui aurait les affiches les plus attirantes et les engagements les plus prometteurs, le titulaire réservant quelques minutes au début de chaque journée pour que les candidats puissent faire valoir leurs qualités respectives. Bel exercice pour quelqu'un qui, comme Cyrille, cherchait à prendre le dessus sur une timidité qui lui était devenue presque naturelle à la suite de la rentrée de septembre. De plus, il se disait que Judith serait peut-être fière de lui s'il l'emportait et cette perspective suffisait pour lui donner un peu d'aplomb, quand il s'adressait à la classe.

Au final, Cyrille avait été battu par Fulbert, soit, mais ce dernier avait offert un bonbon clair à tous les élèves de la classe, lors de la récréation précédant le moment du vote. Ce geste de séduction ultime avait probablement pesé lourd dans la balance des voix, même si, aux yeux de Cyrille, il était à la limite de l'honnêteté. Des trois candidats, Fulbert Morissette était bien le seul à avoir les moyens financiers d'appâter ainsi les garçons de toute une classe, même si Cyrille s'interrogeait encore sur l'événement. De quelle façon Fulbert avait pu se procurer des bonbons était encore une énigme. Après tout, aucune sortie n'était autorisée sans la présence du frère Alfred et Cyrille ne voyait surtout pas leur surveillant arpenter les rues de Trois-Rivières en compagnie de Fulbert pour acheter des friandises.

Néanmoins, l'écart entre Fulbert Morissette et Cyrille Lafrance n'avait été que de trois voix, le pauvre Pierre ne récoltant, pour sa part, que deux misérables bulletins : le sien et celui de son meilleur ami, Xavier Chamberland.

— Et alors ? Pierre, c'est mon ami, et je sais qu'il aurait fait un excellent président, avait dit Xavier après le vote.

Même battu, Cyrille avait été agréablement surpris par le résultat qu'il avait obtenu.

Mais qu'est-ce qu'il n'avait pas vu ou compris durant ces derniers mois, alors qu'il avait erré dans ce grand collège comme une âme en peine ?

Lui, Cyrille Lafrance, serait-il finalement autre chose qu'une ombre indésirable se coulant subrepticement dans les rangs des élèves de la classe d'Éléments latins B ? Après tout, douze garçons de ladite classe venaient tout juste de voter pour lui, c'était quand même quelque chose, non ?

Ce résultat plus que satisfaisant avait donc raffermi la résolution de Cyrille de participer davantage à la vie du collège, comme cela lui avait été suggéré par le curé Pettigrew.

En prime, s'il se donnait la peine de bien regarder autour de lui, Cyrille trouverait peut-être quelques personnes susceptibles de devenir des amis.

Pourquoi pas ?

À partir de ce jour, Cyrille avait enfin admis qu'il n'avait pas vraiment approfondi la question et qu'il n'avait fait aucun effort pour analyser la situation froidement et y apporter des correctifs. De septembre à décembre, il s'était contenté de cultiver son ennui et de s'apitoyer sur les différentes déceptions qui avaient jalonné son court chemin de collégien.

Au bout du compte, le curé Pettigrew avait peut-être bien raison, et si Cyrille avait été aussi malheureux, il en était probablement le seul responsable.

Il était temps que tout cela change, d'autant plus qu'à Sainte-Adèle-de-la-Merci, la plupart des garçons de son âge étaient tous un peu ses amis, puisque Cyrille n'avait jamais revendiqué la moindre exclusivité en la matière. Il était de toutes les parties de ballon, de tous les événements scolaires et paroissiaux, alors que sa maturité en avait fait l'un des élèves préférés des professeurs sans que cette réalité suscite la moindre jalousie, car Cyrille Lafrance ne connaissait pas le sens du mot « vantardise ». Au contraire, on aimait bien être choisi par lui quand venait le temps de former des équipes de sport ou de travail. Il était enthousiaste, il avait souvent de bonnes idées, une mémoire phénoménale, et plusieurs le considéraient à juste titre comme un chef naturel.

Où donc était caché ce jeune garçon déluré au moment de son arrivée, en septembre dernier ? Cyrille l'ignorait, alors que tout doucement, il s'éveillait à une autre vie.

À sa défense, Cyrille pourrait tout de même dire que lors de cette rentrée, intimidé par tous ces inconnus qui semblaient venir d'un milieu social tellement différent du sien, il avait préféré se retrancher derrière un paravent d'indifférence. La froideur intransigeante de la direction et les règlements de toutes sortes l'avaient fait se protéger en affichant une réserve qui s'était vite transformée en effacement.

Jamais de toute sa vie, Cyrille n'avait été aussi malheureux que durant le premier semestre passé au collège de Trois-Rivières !

Son seul désir, quand il avait quitté le collège à Noël, avait été de ne plus remettre les pieds dans ce sinistre bâtiment. Cyrille Lafrance n'avait jamais autant prié et imploré le Ciel de lui venir en aide, en pure perte ! Il avait donc reçu comme une douche glacée et le discours intransigeant de son curé, et le refus d'obtempérer catégorique et sans appel de sa mère.

Toutefois, c'était probablement ce dont Cyrille avait besoin, puisque cela l'avait réveillé.

On voulait qu'il réagisse, qu'il participe davantage ?

Soit, il allait s'en occuper. Quant aux notes, on n'avait encore rien vu ! Il serait le premier en tout, rien de moins. S'il le voulait vraiment, Cyrille Lafrance savait pertinemment qu'il en était capable.

Ainsi, à l'été, quand il serait de retour pour les grandes vacances, ses parents et le curé Pettigrew n'auraient d'autre choix que de le féliciter et d'admettre enfin que le jeune homme avait su se prendre en mains et qu'il n'était plus un enfant. Pour Cyrille, le résultat découlant de ses efforts avait la clarté d'une eau de source : il serait désormais, aux yeux de tous, un jeune homme sérieux, capable de prendre lui-même les décisions concernant son avenir, à savoir devenir cordonnier.

Jusqu'à hier, en fin d'après-midi, le plan avait marché exactement comme Cyrille l'espérait. S'il n'avait pas encore de véritables amis, il s'investissait davantage dans ses relations, ce qui était déjà nettement mieux qu'au semestre dernier, et Cyrille se disait que la camaraderie viendrait bien à son heure. Ou pas. À ses yeux, l'essentiel ne se jouait pas à ce niveau.

Retenant un soupir d'angoisse, Cyrille se retourna silencieusement dans son lit. La lune avait passé le coin du bâtiment et elle éclairait présentement la longue rangée de peupliers de Normandie qui montaient la garde le long de l'allée menant au collège. Pour avoir souffert d'insomnie à l'occasion, Cyrille savait que l'aube ne devrait plus tarder.

Une crampe au ventre le fit grimacer.

Mais où donc était ce satané devoir qu'il devait remettre au premier cours de l'avant-midi ?

Non seulement Cyrille était-il inquiet à la pensée qu'il devrait fournir une explication valable quand viendrait le temps de rendre un travail qu'il ne retrouvait pas, mais en plus, il avait perdu sa soirée à fouiller partout dans ses affaires au lieu de pondre l'article qu'il avait promis au responsable du journal étudiant. En effet, puisqu'une collaboration au journal était l'une des suggestions du curé Pettigrew, Cyrille avait estimé qu'à défaut d'être président de sa classe, il n'avait absolument rien à perdre à essayer d'écrire quelques articles. De toute façon, il aimait bien composer des textes clairs et originaux. Au besoin, il savait même se montrer drôle ou sarcastique, sans tomber dans la grivoiserie ou la moquerie facile. Jusqu'à ce jour, aucun de ses papiers n'avait été censuré.

En fait, la seule chose à laquelle Cyrille n'avait toujours pas souscrit, c'était de prier avec ferveur pour que l'appel de la vocation se fasse entendre. Du plus profond de son cœur et en toute honnêteté, Cyrille savait qu'il n'avait pas l'étoffe d'un curé.

La chevelure de soleil de sa cousine Judith était beaucoup trop jolie et l'envie d'y glisser ses doigts de plus en plus forte pour qu'il puisse concevoir toute une vie sans avoir au moins l'espoir de réaliser cette tentation.

Avec Judith ou une autre, soit dit en passant, car pour l'instant, le choix de l'heureuse élue n'avait qu'une importance relative !

N'empêche qu'il feignait de démontrer un certain intérêt pour la prêtrise chaque fois qu'il se retrouvait en présence du père Gérard, son directeur de conscience. Cyrille devait être un excellent comédien, car jusqu'à maintenant, le prêtre n'y avait vu que du feu !

Toutefois, en ce moment, Judith, ses parents, le curé, la prêtrise et même la cordonnerie n'avaient que peu d'importance à côté de ce travail de botanique mystérieusement disparu.

Cyrille dut attendre jusqu'à la cloche du frère Alfred pour qu'un événement lui fasse momentanément oublier son travail.

À l'autre bout du dortoir, Xavier Chamberland, l'ami de ce Pierrot battu à plate couture lors des élections, tentait désespérément d'attirer l'attention de quelqu'un.

Le garçon était plutôt malingre. Il avait la peau laiteuse et ses cheveux d'un blond filasse, tirant sur le roux, tombaient comme des baguettes de tambour de chaque côté de sa tête. Sans ses lunettes épaisses comme des fonds de bouteilles, Xavier ne voyait à peu près rien.

Comme un tic nerveux, et parce que ses verres

devaient être très lourds, le pauvre garçon passait son temps à remonter ses lunettes sur son nez étroit, d'une adroite pression de l'index gauche.

Dans son dos, on l'appelait « la taupe ».

En ce moment, c'était ce même jeune homme qui semblait jeter son regard de grand myope dans la direction de Cyrille. Ce dernier, aussi discrètement que possible, promena les yeux autour de lui.

Personne ne donnait l'impression d'avoir remarqué le manège de Xavier. On s'affairait plutôt à replacer ses couvertures et à sortir ses vêtements pour la journée.

Après un dernier regard à la ronde, Cyrille revint à Xavier.

Serait-ce à lui que s'adressaient ces signes de la main plutôt furtifs ?

Tout aussi subtilement, Cyrille se toucha la poitrine avec l'index, tout en fronçant les sourcils.

Le sourire de Xavier ne laissa place à aucun doute. C'était bien à Cyrille qu'il voulait parler.

Quand le frère Alfred tapa dans ses mains pour inviter les élèves à se mettre en rang afin de se diriger vers la salle de toilette, les deux garçons en profitèrent pour se glisser l'un derrière l'autre.

Ce fut à cet instant que le miracle se produisit.

— Je sais où est ton travail, murmura Xavier à l'oreille de Cyrille, dont le cœur se mit à battre comme un fou, tellement le soulagement ressenti était intense. Entre gens de la campagne, il faut bien s'entraider, non ? ajouta Xavier dans un souffle, car il craignait d'être réprimandé, puisqu'on devait garder un silence de tombe dès qu'on se mettait en rang.

Cyrille dut faire un effort titanesque pour ne pas se retourner, sauf qu'il haussa les sourcils, franchement surpris.

Tiens donc ! Xavier Chamberland viendrait lui aussi d'un village ? Sa manière de s'exprimer, un brin recherchée, n'en laissait rien voir, pourtant.

D'un léger haussement des épaules, Cyrille laissa entendre qu'il avait bien compris.

À l'heure du déjeuner, précédé de son plateau où un bol de gruau grisâtre fumait à côté d'un verre de lait, Cyrille se dirigea d'un bon pas vers une table située tout au fond de la pièce et il demanda gentiment s'il pouvait s'asseoir à côté de Xavier.

Pour un garçon aussi chétif que lui, Xavier Chamberland avait empilé un nombre impressionnant de pains grillés sur une assiette. Il était en train d'étaler avec minutie sur chacune de ses rôties le peu de beurre qui leur était alloué à chaque repas.

— Installe-toi, Cyrille, fit-il sans réellement lever la tête, le nez à quelques pouces seulement de ses tartines. J'espérais que tu arriverais assez vite pour t'asseoir juste à côté de moi. Comme ça, je n'aurai pas besoin de parler trop fort.

L'explication fut brève.

Hier, en sortant de la bibliothèque où il avait passé une bonne partie de la soirée à recopier son travail de botanique, Xavier avait remarqué, bien en évidence sur la corbeille à papier remplie à ras bord, une liasse de feuilles blanches ressemblant étrangement à celles données par leur professeur pour mettre le travail de botanique au propre.

Curieux, il s'était approché.

Effectivement, c'était une copie du devoir de botanique et l'écriture en page couverture était si soignée que Xavier en avait vite déduit qu'il ne pouvait pas s'agir d'un brouillon. C'est à ce moment qu'il y avait lu le nom de Cyrille.

— Comme on est dans la même classe, je l'ai ramassé, bien entendu. Je l'ai mis dans mon casier avec mon travail pour te le redonner ce matin.

— Pourquoi t'en as pas parlé hier soir?

Malgré son grand soulagement et la vive reconnaissance qu'il éprouvait à l'égard de Xavier, Cyrille lui en voulait tout de même un peu de l'avoir laissé dans l'ignorance durant toute une nuit.

— Comment tu penses que je me sentais, moi, quand j'ai vu que mon travail avait disparu? J'en ai quasiment pas fermé l'œil de la nuit.

— Je m'en doute un peu. Mais quand je suis rentré dans le dortoir, tu avais l'air de sommeiller. Je n'ai pas voulu te déranger.

— C'est ben correct, pardonna aussitôt Cyrille. Mais je dormais pas. J'essayais juste de me calmer.

— Si j'avais su, je...

— C'est pas grave, renchérit Cyrille en interrompant Xavier. L'important, c'est que t'as été assez curieux pour vérifier les papiers, pis en faisant ça, ben, t'as retrouvé mon travail. Pour moi, il y a juste ça qui compte. Merci, Xavier. Merci ben gros.

La voix de Cyrille était aussi grave que sa gratitude était grande.

— Je t'en devrai une. N'importe quand.

— Allons donc ! Ce n'est pas nécessaire, tu sais. Je n'ai pas fait ça pour recevoir quelque chose en retour. Le simple fait de savoir que je t'ai rendu service, ça me suffit. Ce qui me chicote, par exemple, c'est comment ta recherche a fait pour se retrouver aussi loin de ton pupitre, dans la corbeille à papier de la bibliothèque.

La question était pertinente et elle ramena Cyrille au tout début de l'année, alors que la lettre écrite pour sa cousine Judith et cachée dans son casier sous une pile de dictionnaires avait atterri sur le bureau du préfet de discipline comme par magie.

À ce souvenir, Cyrille poussa un soupir chargé d'impatience, puis il échangea un regard d'incompréhension avec Xavier.

— Aucune idée de ce qui a pu se passer, conclut-il alors. La dernière fois que j'avais vu mon travail, c'était au début de la semaine, pis je te jure qu'il était ben là, rangé au fond de mon tiroir. Ça, j'en suis certain. Ce qui s'est passé par la suite, j'en ai pas la moindre idée, pis j'ai ben l'impression qu'on le saura jamais... Pourtant, me semble que j'ai pas vraiment d'ennemis... rapport que j'ai pas tellement d'amis non plus.

— Ça, vois-tu, on l'a tous un peu remarqué.

— Ah oui ?

— Oui. On parlait justement de toi, Pierrot et moi, l'autre jour.

— Eh ben...

Il y avait une bonne dose de suspicion et d'incrédulité dans le timbre de voix de Cyrille, à un point tel que Xavier se sentit obligé d'insister.

— C'est vrai, tu peux me croire. Et j'ajouterais que Pierrot et moi, on n'est pas les seuls à se poser des questions sur ton compte.

— Ben voyons donc ! Là, t'exagères sûrement.

Apprendre qu'il était devenu un sujet de conversation dépassait la perception que Cyrille avait de sa place au collège, une place plutôt effacée, hormis lors de la remise des différents travaux et examens, où ses notes le propulsaient généralement sous les feux de la rampe. Devant le regard dubitatif de Cyrille, Xavier persista.

— Je n'exagère pas du tout, affirma-t-il. Pourquoi penses-tu qu'il y a autant de gars de la classe qui ont voté pour toi ?

Xavier venait de marquer un point en émettant une interrogation que Cyrille lui-même n'arrêtait pas de ressasser depuis le jour des élections.

— Ouais, t'as pas tort quand tu dis ça, admit Cyrille avec cependant une petite pointe d'hésitation dans la voix.

Puis, après un court silence, il ajouta :

— C'est vrai que j'ai obtenu pas mal de votes, mais je sais pas pourquoi, par exemple.

— C'est peut-être parce que tu as l'air d'un gars gentil, d'un gars intéressant.

— Tu penses vraiment ce que tu dis ?

— Vraiment, oui.

— Ben là...

Cyrille avait l'impression de s'éveiller d'un long sommeil. Il regarda autour de lui et à le voir faire, Xavier dut admettre que son confrère de classe paraissait vraiment éberlué par ses propos. Il égrena un rire discret.

— Des fois, dans la vie, on se trompe totalement sur les gens, annonça-t-il alors. Bien des choses ne sont que des suppositions ou des préjugés. Mais il ne faut pas t'en faire avec ça, Cyrille, c'est du passé.

Curieusement, celui qu'on appelait dédaigneusement « la taupe » et souvent sur un ton dérisoire semblait être un garçon plutôt sûr de lui.

Cyrille en fut surpris. Il ne s'attendait vraiment pas à cela.

« Par contre, Xavier a peut-être raison, se dit alors Cyrille. On se contente souvent d'une première impression pour se faire une opinion pis, au bout du compte, on s'aperçoit qu'on s'était complètement trompé. »

Le temps de cette courte réflexion, et Cyrille sentit ses épaules s'alléger. La tension qui l'habitait depuis qu'il vivait au collège donnait l'impression de vouloir s'en aller, tout doucement, mais quand même...

Cyrille rendit alors son sourire à Xavier, sans pour autant donner suite à ses propos. Mais pour Xavier Chamberland, un sourire était déjà une réponse en soi.

— Disons qu'à partir de maintenant, tu as un ami, proclama ce dernier sur un ton solennel, tout en tendant la main à Cyrille. Et je le répète : au nombre de garçons qui ont voté pour toi quand on est revenus de nos vacances, en janvier dernier, il y en a peut-être beaucoup d'autres qui aimeraient ça, devenir tes amis.

— Tu penses ?

— J'en suis certain. Mais comme tu ne parles quasiment jamais, on est tous un peu intimidés devant toi.

— Moi ? Intimidant ? Voyons donc ! Ça se peut pas.

— Intimidant, tout à fait... Moi le premier, j'étais gêné devant celui qui a toujours de bonnes notes et qui semble planer au-dessus du commun des mortels. Ce matin, à jaser avec toi, je me rends compte que tu es gentil et pas compliqué du tout. Je ne m'attendais pas à ça. Maintenant, il faut se dépêcher à manger si on veut avoir le temps de passer par la salle des casiers avant de monter à la classe sans être en retard. Mais avant, si tu permets, j'aurais peut-être un conseil à te donner.

— Lequel ?

— Ce soir, au lieu d'aller lire dans la bibliothèque comme tu as l'habitude de faire, viens donc jouer aux pichenottes ou aux cartes avec nous autres dans la salle des pas perdus. Tu vas vite constater que j'ai raison quand je dis que je ne suis pas le seul à vouloir être ton ami.

DEUXIÈME PARTIE

Printemps 1924

CHAPITRE 4

À Sainte-Adèle-de-la-Merci,
le vendredi 21 mars 1924,
par une journée de pluie froide

Dans la chambre à coucher de la tante Félicité

En janvier dernier, Félicité avait sincèrement cru que sa fatigue n'avait été que passagère. À preuve, deux jours de repos forcé, lors de la plus grosse tempête de la saison, lui avaient permis de retrouver la forme. Oh ! Elle n'avait pas la prétention de dire qu'elle était aussi vive qu'à vingt ans, mais après ce bref passage à vide, elle avait repris ses activités coutumières et à l'exception de sa respiration restée haletante, elle ne se plaignait de rien. La vieille dame s'était alors convaincue assez facilement qu'à son âge, il était normal de voir apparaître toutes sortes de petits problèmes ennuyeux et elle n'y avait plus vraiment pensé.

Mais voilà que depuis environ deux semaines,

la pauvre femme devait s'arracher du lit, le matin sur le coup de sept heures, aussi à plat qu'elle s'y était couchée la veille au soir.

Elle trouvait la sensation tout à fait pénible et plutôt déprimante.

Allait-elle continuer de vivre ainsi, d'une période d'abattement à une autre, jusqu'à la fin de sa vie sous prétexte qu'elle vieillissait ?

« Plutôt décourageant », constatait-elle, amère, jour après jour.

Il faut dire que rien ne l'avait préparée à ce ralentissement.

Aussi loin que sa mémoire assez fidèle acceptait de remonter, Félicité aurait pu jurer qu'il ne lui était jamais arrivé auparavant de se sentir aussi fatiguée. Ni du temps de ses études, ni du temps de son travail à titre de professeur de musique au couvent de la paroisse, ni depuis le jour où elle avait pris sa retraite. Même les maladies infantiles, quasi inévitables, n'avaient été que de brefs interludes dans sa vie de petite fille, sans qu'elle en garde de vilains souvenirs ni la moindre séquelle. Vite endormie et tôt levée, Félicité Gagnon n'avait jamais vraiment accordé la moindre importance aux mots « sommeil » et « santé », car elle n'en avait jamais senti le besoin.

Depuis toujours, elle dormait bien, elle mangeait bien, et somme toute, malgré quelques aléas inévitables, comme tout le monde, elle avait jusqu'à tout récemment fort bien vécu sans avoir à se soucier de sa santé.

Mais voilà qu'un bon matin, au début du mois de mars, sans le moindre préavis, elle s'était réveillée avec la tête lourde et son cœur battait la chamade. Surprise et inquiète, Félicité était restée au lit quelques minutes de plus en écoutant sa respiration. À cet essoufflement qui l'incommodait depuis un mois venait de s'ajouter un sifflement de bouilloire.

— Bonne sainte Anne ! Que c'est qui m'arrive à matin ?

À croire que subitement, ses poumons n'arrivaient plus à pomper l'air correctement, comme ils le faisaient sans relâche depuis le jour de sa naissance. Pourtant, même si elle n'y connaissait rien et qu'elle agissait uniquement par instinct, Félicité avait la certitude qu'une bonne inspiration permettrait à son cœur un peu fou de se calmer.

Voilà pourquoi, depuis deux semaines, elle avait décidé d'étirer les moments passés au lit. Bien couchée sur le dos, les mains croisées à la hauteur du nombril, elle s'appliquait à essayer de respirer profondément.

Une fois, deux fois, trois fois...

Un jour sur deux, cette méthode améliorait sensiblement sa condition. Le cœur se calmait petit à petit tandis que sa respiration devenait plus profonde. Tout heureuse, Félicité sautait alors en bas de son lit.

Malheureusement, ce matin était un mauvais matin et le cœur continuait de cavaler allègrement.

Voyant que l'exercice de respiration ne changeait rien du tout à son état, Félicité repoussa vivement ses couvertures et elle se leva d'un bond. Étourdie, elle retomba sur le matelas, furieuse contre cette condition imbécile qui l'empêchait de se sentir aussi efficace que de coutume. Cette espèce de langueur fébrile, s'il était possible d'accoupler ces deux mots sans trop de distorsion, commençait à l'exaspérer.

— J'suis toujours ben pas pour espérer une autre tempête pour pouvoir rester chez nous à rien faire ! Marie-Thérèse m'attend, pis j'ai promis d'être là ben de bonne heure, aujourd'hui.

Cependant, ce matin, la pauvre Félicité avait l'impression désagréable d'avoir le cerveau en marmelade, incapable de décision spontanée. Pour une fois, et juste pour un tout petit moment, elle s'accorda la permission de s'allonger, de remonter la couverture et de refermer les yeux. Le temps, se dit-elle, de faire cesser le tournis. Après, elle se préparerait parce que beau temps mauvais temps, elle quittait sa maison, sept jours par semaine, pour aider Marie-Thérèse, qui comptait sur sa présence afin de s'occuper des enfants et des repas, au moins durant les heures qu'elle-même passait à la cordonnerie, aux côtés de son mari Jaquelin.

Cette routine essoufflante avait commencé au lendemain du départ de Cyrille pour le collège.

Tandis que Félicité, depuis la fenêtre, surveillait la carriole de son neveu Anselme qui s'éloignait sur la rue principale du village en emmenant Cyrille vers Trois-Rivières, Marie-Thérèse lui avait demandé, un peu hésitante, si elle accepterait de venir l'aider à la maison.

— Ça me rendrait vraiment service, matante.

Sans prendre la moindre seconde de réflexion, Félicité avait délaissé la fenêtre pour accepter de bon cœur.

— Voir que tu pourrais pas compter sur moi! C'est sûr, ma Thérèse, que j'vas faire mon possible pour t'aider. Que c'est tu veux que je fasse pis quand c'est qu'on commence?

La vieille tante s'était alors engagée à prendre la responsabilité de la maisonnée toute seule, du lundi au vendredi, et avec Benjamin pour la seconder, le samedi. Quant aux dimanches, l'habitude était prise depuis quelques semaines déjà, et c'était la première messe du matin qui continuerait de l'obliger à se lever relativement tôt. Sinon, les autres jours, Félicité devrait se présenter chez Marie-Thérèse vers huit heures et elle y resterait jusqu'à deux heures, alors que les jumeaux étaient mis au lit pour faire leur sieste.

Repas tous les jours, lavage à l'occasion, de bons moments consacrés quotidiennement à Ignace et Angèle qui n'en finissaient plus avec leurs questions de toutes sortes, plus les soins à donner à deux bébés qui commençaient à percer leurs dents, ce qui les rendait plutôt maussades, tout reposait sur les épaules osseuses de la tante Félicité, qui se faisait un point d'honneur de ne jamais déranger Marie-Thérèse quand celle-ci était à la cordonnerie.

Les semaines avaient passé et si ce n'avait été de l'incroyable fatigue qu'elle avait ressentie en février et qui semblait vouloir revenir, Félicité Gagnon aurait pu se vanter d'être passée maître en activités domestiques, elle qui avait toujours été célibataire et qui avait vécu somme toute de manière plutôt sobre !

Cependant, quand neuf personnes se retrouvent à la même table pour un repas, la sobriété n'est plus de mise, Félicité l'avait vite compris.

Un jeune garçon dans la force de l'âge comme l'était Benjamin ne se serait jamais contenté d'une soupe pour dîner. Conrad non plus. Les bouillons aux légumes et autres potages, ceux dont Félicité faisait souvent tout un repas, étaient beaucoup trop vite avalés et trop légers pour des gamins qui poussaient comme de la mauvaise herbe, selon les dires de Marie-Thérèse. Même en y ajoutant une tartine, ce n'était qu'une mise en appétit pour eux ! Et que dire de Jaquelin, qui dévorait tout ce qui se présentait devant lui ! Malgré sa délicate constitution, cet homme-là mangeait comme un ogre. À croire qu'il voulait rattraper toutes ces années où il s'était contenté d'un bol de soupane pour le repas du midi. Quant à Marie-Thérèse, elle menait sa vie tambour battant de l'aube au crépuscule depuis son retour de Montréal. Elle avait donc très bonne fourchette !

— Que c'est vous voulez que je vous dise, matante ? J'ai faim ! Pis c'est tellement meilleur le manger qu'on a pas eu à préparer !

La pauvre Félicité, un peu dépassée par tout ce travail qu'elle n'avait pas soupçonné, avait dû apprendre à décupler les portions en additionnant les légumes et en multipliant les pommes de terre qui rendaient le moindre ragoût plus consistant. Elle avait ainsi l'impression de devoir mettre ses recettes personnelles à la mode du jour. Nombreuses étaient les journées où la pauvre Félicité se sentait totalement dépassée par ces banalités du quotidien d'une grande famille, mais elle avait tenu bon, et cahin-caha, une certaine routine s'était installée.

Alors, ce n'était pas étonnant, à plus de soixante-dix ans, de se sentir encore un peu fatiguée au saut du lit !

C'était là le diagnostic posé par Félicité Gagnon elle-même, après une très courte réflexion, quand, endormie et nauséeuse, elle repoussait draps et couvertures au son du cadran qu'elle remontait religieusement tous les soirs, tant elle craignait de passer tout droit !

— Arrête de te plaindre pis lève-toi !

Elle n'allait tout de même pas consulter le médecin pour si peu, n'est-ce pas ? Ce n'était pas un peu de fatigue accumulée qui allait l'envoyer au plancher !

C'est pourquoi, en ce matin de mars, après quelques instants supplémentaires au lit, Félicité se redressa contre ses oreillers.

Elle vit alors que la journée serait grise. Le ciel aperçu entre les pans de rideaux de sa fenêtre semblait lourd et sombre. La clarté qui en filtrait était plutôt anémique.

À deux ou trois reprises, Félicité essaya d'inspirer le plus d'air possible. Le bruit monotone des giboulées de mars qui se déversaient sur son toit de tôle lui donna aussitôt l'envie de refermer les yeux.

Que n'aurait-elle pas donné pour une heure, une toute petite heure de sommeil supplémentaire ?

Mais c'était impossible, surtout ce matin.

Faisant contre mauvaise fortune bon cœur, Félicité écarta le drap et, s'asseyant au bord du matelas, elle chercha ses pantoufles du bout des orteils, les yeux perdus dans le vague.

Aujourd'hui, elle avait promis à Marie-Thérèse qu'elle arriverait plus tôt, car monsieur Touche-à-Tout avait laissé entendre qu'il passerait chez les Lafrance dès son déjeuner terminé. Il avait une commande à livrer et une autre à prendre en note, puisque Jaquelin, en compagnie de Marie-Thérèse, espérait pouvoir profiter de cette visite matinale pour choisir le cuir fin qui leur permettrait de coudre les souliers et les bottines qu'on ne manquerait pas de leur commander pour la belle saison.

— La fin de l'hiver pis le printemps, c'est une grosse période de l'année pour nous autres, matante, s'était excusée Marie-Thérèse, la veille en après-midi au moment où Félicité s'apprêtait à retourner chez elle. C'est pour ça que ça serait ben fin de votre part d'arriver un peu plus tôt demain.

De toute évidence, la vieille femme était épuisée par le travail abattu depuis le matin. Au regard exténué que cette dernière avait levé vers elle, Marie-Thérèse s'était sentie coupable d'ajouter ainsi à la charge habituelle de sa tante. Mais avait-elle le choix? Pour se disculper, elle s'était alors dépêchée d'ajouter:

— Avec les jumeaux qui grandissent pis qui commencent à se traîner un peu partout, je devrais être capable de me débrouiller toute seule bientôt. Craignez pas, matante, ça achève, tout ça. Au besoin, j'amènerai Albert pis Albertine avec moi dans la cordonnerie. J'suis sûre qu'ils vont aimer ça, jouer avec les retailles de cuir. Si je leur donne une couple de chaudrons en plus, avec mes cuillères en bois pis des blocs, on devrait arriver à les occuper sans trop de problèmes. Après tout, ils sont deux pour jouer ensemble, pis en plus, c'est des bons bébés. Il y a Ignace, aussi, qui grandit. Il devrait être en mesure de s'en occuper un peu. Sont grouillants, surtout Albert, mais c'est normal. On mettra des chaises en bas de l'escalier pour leur éviter les tentations de monter pis les risques d'accident. En plus, Jaquelin est ben d'accord avec moi pour dire qu'il serait temps qu'on se débrouille tout seuls, pis qu'on vous laisse un peu tranquille.

— Il y a pas de presse, ma Thérèse, il y a pas de presse, avait alors assuré la tante Félicité qui, toutefois, ne croyait pas un traître mot de ce qu'elle était en train d'affirmer. Tant que tu vas avoir besoin de moi, ma belle, m'en vas être là pour toi.

Cette dernière phrase, c'était ce que la tante souhaitait de tout cœur. Être proche de sa nièce, l'aider comme une mère l'aurait fait, la voir grandir et s'établir dans la vie avec son Jaquelin, avait comblé ce désir d'enfanter qui ne s'était jamais réalisé dans le cas de Félicité, et c'était toujours avec une générosité un brin teintée d'égoïsme qu'elle s'offrait à soutenir Marie-Thérèse et sa famille.

Néanmoins, en ce moment, la réalité de la vieille dame était tout autre, et elle en voulait à la vie en général et au Bon Dieu en particulier de lui avoir réservé cette drôle de maladie qui semblait vouloir la garder fatiguée en permanence, alors qu'en fait, elle aurait eu besoin d'être débordante de vitalité.

— Bon, se gourmanda-t-elle à voix basse, assez perdu de temps à jongler ! Ça me ressemble pas pantoute de gratter le bobo, pis c'est pas ça qui va changer quoi que ce soit. Faut que je me grouille parce que Marie-Thérèse doit déjà m'attendre. Pour une fois, je prendrai mon thé chez elle.

La vieille dame se tira donc du lit en grimaçant et en bâillant.

Quinze minutes plus tard, Félicité refermait la porte de sa maison en frissonnant. Le temps de donner un peu d'eau à sa vieille jument, de lui gratter les oreilles en lui promettant une promenade dès le retour du soleil, et elle se dirigea vers la belle maison blanche qui abritait désormais la cordonnerie et le foyer des Lafrance.

Quiconque aurait vu passer cette vieille femme un peu courbée, enveloppée de son manteau noir et cachée sous un immense parapluie, aurait aisément constaté qu'elle marchait d'un pas traînant, comme mal assuré. Tous ceux qui connaissaient bien Félicité Gagnon auraient été surpris de la voir si lente alors qu'en temps normal elle avançait toujours d'un pas décidé. Peut-être se seraient-ils inquiétés, peut-être l'auraient-ils même abordée, et rien de ce qui allait bientôt se passer ne serait arrivé.

Peut-être.

Malheureusement, ce matin-là, personne ne

s'attardait à regarder les passants croisés sur le trottoir, car il faisait bien trop gris et que la pluie était si froide et désagréable. Tous marchaient donc à pas pressés, les yeux au sol, et personne ne salua la tante Félicité.

Quant à Marie-Thérèse, elle l'attendait déjà avec impatience, la petite Albertine pendue à son cou. Alors elle non plus ne remarqua rien. Ni le teint cireux de sa tante ni ses narines pincées à force de tenter de reprendre son souffle. De toute façon, comment Marie-Thérèse aurait-elle pu savoir que Félicité Gagnon n'allait pas bien ? Par pudeur ou par souci de ne rien laisser transpirer de sa fatigue, Félicité redressait toujours les épaules à l'instant où elle passait le seuil de la porte donnant dans la cuisine, alors qu'instinctivement, un sourire se greffait à son visage amaigri. Ce matin, comme tous les autres matins, Marie-Thérèse l'accueillit donc par un sourire soulagé.

— Quel temps de fous, hein, matante ? On sait pas trop si c'est encore l'hiver ou ben si c'est le printemps qui nous montre le bout de son nez. Mais c'est pas le diable ben agréable, comme température. On dirait que c'est un passage obligé à chaque année. Vous êtes ben fine de sortir pareil pour venir nous aider.

— C'est pas deux gouttes de pluie qui vont venir changer mes habitudes. Tu devrais me connaître mieux que ça.

Félicité ronchonnait même si la fougue habituelle

n'y était pas. Pressée par le temps, déjà dans la cordonnerie en esprit, Marie-Thérèse n'y vit que du feu.

— En tous cas, merci, c'est ben apprécié. Astheure, vous allez devoir m'excuser tusuite. Ça me tanne de vous laisser vite de même, mais monsieur Touche-à-Tout est déjà arrivé.

— Je le sais, j'ai vu son camion devant la maison, coupa Félicité en enlevant son manteau. Il y a pas à dire, c'est un homme occupé !

Tout en parlant, Félicité tendit les bras.

— Donne-moi ça, ce bébé-là, pis file rejoindre ton mari.

— Merci, matante.

Marie-Thérèse se dirigeait déjà vers le couloir menant à la cordonnerie quand elle s'arrêta brusquement en levant le doigt comme si elle venait de se rappeler quelque chose d'important.

— Ah oui, j'oubliais... Pour le dîner, lança-t-elle par-dessus son épaule, il y a un restant de rôti de porc dans la glacière. C'est ce qu'on a mangé hier soir. Vous avez beau en faire ce que vous voulez.

— Veux-tu ben arrêter de t'en faire pour des niaiseries, Marie-Thérèse Lafrance ! Je suis capable de voir toute seule ce que tu caches dans ta glacière. J'suis pas aveugle. De toute façon, me semble que j'suis pas trop manchote dans une cuisine pis, à ce que je sache, personne a crevé de faim depuis que c'est moi qui fais à manger le midi.

— Mais j'ai jamais pensé ça, matante !

— Peut-être, je te l'accorde, mais fallait que je te le dise pareil... Bon, assez placoté ! Envoye, chenaille, sors d'ici, pis va retrouver les hommes dans la cordonnerie. C'est là que tu peux être le plus utile pour astheure.

— Laissez-moi quand même ajouter qu'Ignace pis Angèle jouent chacun dans sa chambre. À cause de la pluie, je leur ai permis de sortir la grosse caisse de blocs pis la boîte avec la poupée de carton pis toute son linge en papier qui va avec. Vous devriez pas avoir trop de trouble avec ces deux-là, pis faites-vous-en pas, j'vas m'occuper de toute ramasser plus tard. Mais quand même, ça serait une bonne idée d'aller jeter un coup d'œil de temps en temps. Astheure c'est vrai, je vous fausse compagnie jusqu'au dîner.

Félicité attendit que Marie-Thérèse disparaisse pour de bon dans la cordonnerie avant de déposer en grimaçant la petite Albertine sur le plancher. Elle avait les bras tout tremblants d'avoir dû porter le poupon durant de si longues minutes et la courte conversation qu'elle venait d'avoir avec Marie-Thérèse lui avait donné mal à la tête.

Le bébé, tout heureux de se sentir enfin libre, fila à quatre pattes vers l'autre bout de la cuisine pour rejoindre son frère Albert qui était fort occupé à essayer d'empiler deux chaudrons.

Poussant un soupir de soulagement, Félicité s'approcha de la cuisinière pour mettre un peu d'eau à chauffer. Tant qu'elle n'aurait pas bu sa tasse de thé, elle ne vaudrait pas grand-chose.

Les deux mains appuyées sur le comptoir et les yeux fermés, Félicité s'appliqua à pomper son air.

Décidément, ce matin, ça n'allait pas très bien.

Le temps que la bouilloire se mette à siffler, elle resta ainsi, accotée sur le comptoir. Ensuite, comme une automate, elle mesura le thé, versa l'eau dans la théière, puis elle attendit la parfaite infusion en refermant les yeux, comme si, ce faisant, elle récupérait un peu de ce sommeil si précieux et qui semblait tant lui manquer.

Au bout du compte, Félicité dut avaler deux bonnes tasses de thé très fort pour arriver à ressentir un brin d'énergie, malgré les battements de son cœur qui semblaient s'être accélérés, si la chose pouvait être possible.

— Veux-tu ben me dire, souffla la vieille dame, en jetant un regard machinal vers les bébés.

Puis elle tourna les yeux vers la théière et elle esquissa une moue.

— Bonne sainte Anne ! Ça se pourrait-tu que je soye devenue allergique au thé ? C'est peut-être ça, mon problème. Je bois trop de thé !

Heureusement, tous les enfants étaient particulièrement sages, ce matin. Comme elle n'entendait aucun bruit suspect provenant de l'étage, Félicité ne se posa pas de question inutile. Un autre coup d'œil sur les jumeaux qui étaient toujours fort occupés avec leurs casseroles, et elle décida de voir tout de suite au dîner. Elle profiterait du léger regain d'énergie qu'elle ressentait pour peler des légumes, qu'elle ajouterait à des cubes de rôti de porc pour faire un hachis. S'il restait un peu de sauce du dernier souper, ce serait encore meilleur. Ensuite, quand le repas aurait commencé à mijoter, elle irait voir ce que faisaient Ignace et Angèle, avant de donner le bain aux jumeaux dans l'évier de la cuisine.

Pour une matinée où Félicité se sentait aussi vermoulue qu'un vieux morceau de bois offert depuis des années aux intempéries, elle décréta intérieurement que ce programme était amplement suffisant pour occuper les quelques heures à venir.

« Avec un peu de chance, se dit-elle en soupirant, pis si j'arrive à tout faire, Marie-Thérèse s'apercevra de rien. »

Car c'était là une obsession de plus !

Que Marie-Thérèse se rende compte que sa tante filait un mauvais coton, et c'était comme rien qu'elle l'obligerait à consulter le médecin, ce que Félicité voyait comme un recours ultime, un peu dispendieux à son goût, et absolument inutile. Consulter pour se faire dire de prendre du repos ? Voyons donc ! Elle le savait déjà. « Par contre, ajouta-t-elle mentalement avant de se relever de table, comme demain on est samedi pis que Benjamin ira pas à l'école, j'vas prétexter un début de grippe pour rester chez nous... Ouais, c'est une bonne idée, ça. M'en vas faire comme durant la tempête pis j'vas rester couchée. Comme ça, j'vas pouvoir aller jusqu'au boutte de ma fatigue... M'en vas dormir aussi longtemps que j'vas me sentir fatiguée. Après, je devrais aller mieux. »

Et s'il le fallait, pour une fois, elle irait jusqu'à escamoter la messe du dimanche. Le Bon Dieu ne lui en voudrait pas pour si peu. De toute façon, comme Félicité l'avait toujours pensé, le Seigneur n'était pas trop regardant pour toutes ces simagrées d'Église. Elle dirait donc son chapelet, bien emmitouflée dans ses couvertures, et ça devrait suffire comme preuve de sa bonne volonté, surtout que sa ferveur n'aurait d'égal que son désir de retrouver la grande forme.

Par réflexe, Félicité jeta encore une fois un regard sur les jumeaux. Elle avait la hantise qu'à cause de sa négligence, il leur arrive un incident. Par miracle, ce matin, ils étaient calmes et ils semblaient toujours aussi intéressés par leurs babioles.

Quand elle eut siroté la dernière goutte du liquide ambré, Félicité se releva de peine et de misère. Elle avait l'impression que ses jambes étaient lestées de plomb et raides comme une barre.

Serait-ce un peu d'arthrite? À son âge, ce ne serait pas surprenant ni si dramatique.

Félicité tenta de prendre une grande inspiration, mais n'y parvint pas. Ce matin, sa respiration restait toujours haletante. Curieux. Tant pis, elle pèlerait les légumes en revenant s'asseoir à la table.

Toutefois, elle n'arriva pas à respecter l'horaire qu'elle s'était fixé et ce matin-là, les légumes restèrent dans la glacière, et les pommes de terre dans le caveau.

À l'instant où la tante Félicité posa la main sur la poignée de la lourde porte en bois, ses jambes fléchirent tandis qu'elle avait la sensation de tomber dans un grand trou noir. Elle n'eut que le temps de penser qu'elle allait enfin pouvoir se reposer et aussitôt, elle se sentit glisser vers le plancher en bois verni, une incroyable douleur lui transperçant la poitrine.

Était-ce cela, mourir?

Ce fut Ignace qui la trouva quelques instants plus tard.

Attiré à la cuisine par l'envie de croquer une pomme, le gamin de cinq ans avait dévalé l'escalier au pas de course pour s'arrêter tout juste devant la tante Félicité, qui semblait dormir à même le plancher.

Il fronça les sourcils, regarda autour de lui comme s'il cherchait une solution, mais il ne vit que les jumeaux. Alors Ignace revint à la tante Félicité.

Mais que faisait-elle sur le plancher de la

cuisine, à dormir devant la glacière, là où sa mère avait l'habitude de conserver les quelques fruits et légumes qu'elle avait sortis du caveau ?

Le petit garçon était stupéfait.

Quand il lui arrivait encore de s'endormir ainsi, un peu n'importe où, c'était qu'il était vraiment très fatigué.

Mais les grandes personnes n'étaient pas censées être fatiguées comme les enfants. Ça, c'était sa mère qui le lui avait dit, quand Ignace avait demandé à Marie-Thérèse pourquoi celle-ci ne faisait jamais de sieste.

— Les adultes ont ben en masse d'une nuit pour se remettre en forme, avait-elle expliqué. Toi, c'est parce que tu grandis que t'as besoin de te reposer plus souvent, même durant la journée, des fois.

Ignace avait beau ne pas être assez grand pour aller tout de suite à l'école, il savait tout de même que ça faisait longtemps que la tante Félicité ne grandissait plus. Donc, ce n'était pas normal qu'elle se soit endormie ainsi, sur le plancher.

Inquiet, le petit garçon tourna les talons et fila vers la cordonnerie.

— Mamannn !

Ce fut le branle-bas de combat dans la maison, menée de main de maître par Gédéon Touchette, qui n'avait pas encore quitté la cordonnerie de Jaquelin Lafrance au moment où Ignace arrivait dans la pièce, tout anxieux. Profitant de l'énervement général qui s'ensuivit, et flairant surtout la bonne histoire à raconter, monsieur Touche-à-Tout avait suivi Marie-Thérèse comme son ombre quand cette dernière s'était précipitée vers la cuisine.

— J'ai déjà vu ça, affirma-t-il, catégorique, à l'instant où il aperçut Félicité. Avec sa face toute bleue, je dirais que ça ressemble à une crise de cœur… Grouillez-vous, Jaquelin, allez chercher des coussins pis des oreillers. Faut commencer par lui soulever la tête, pis si elle reprend sa connaissance, on peut y donner une petite gorgée de fort, si vous en avez. C'est ça que le docteur avait faite quand Josaphat Couture s'est écrasé dans le magasin général de monsieur Lafortune, à Saint-Ambroise. J'étais là, pis j'ai toute vu. Par après, le docteur avait expliqué que…

Marie-Thérèse n'écoutait plus. Cherchant son mari du regard, elle insista avec nervosité.

— Bonté divine, Jaquelin, reste pas planté là ! T'as entendu la même affaire que moi, non ? Envoye, cours dans notre chambre pis rapporte toute ce que tu peux trouver. Les coussins, les oreillers, les couvertes. Même avec un seul bras, t'es capable de tout ramener d'un coup !

Tout en parlant, Marie-Thérèse s'était accroupie aux côtés de sa tante bien-aimée, et doucement, elle tentait de lui soulever la tête. N'était-ce pas là ce que monsieur Touche-à-Tout avait conseillé de faire ?

De grosses larmes perlaient au bord des cils de Marie-Thérèse qui, depuis sa plus tendre enfance, était infiniment plus proche de cette tante dévouée que de sa propre mère, toujours occupée avec sa nombreuse famille.

Marie-Thérèse renifla et essuya rapidement son visage ruisselant du revers de la main.

Tout était de sa faute !

Elle n'aurait jamais dû demander un tel service à une femme aussi âgée, d'autant plus que sa tante Félicité n'avait aucune expérience véritable dans les soins à donner aux tout-petits. Oh ! Elle avait parfois bercé ses nouveau-nés et elle avait occasionnellement fait manger un tout jeune enfant. Mais sa connaissance en puériculture s'arrêtait là. Avoir la responsabilité de deux bébés vigoureux comme les jumeaux devait l'angoisser, et la routine un peu affolante d'une grosse famille devait la fatiguer sans bon sens !

Avec mille et une précautions, Jaquelin aida sa femme à soulever un peu plus la tête de la tante Félicité pour arriver à glisser oreillers et coussins qui la maintiendraient en position semi-assise. De son côté, Gédéon Touchette était retourné dans la cordonnerie pour y prendre son manteau.

— Il y a pas à dire, énonça-t-il dès qu'il revint, tout en endossant son paletot, c'est quand arrivent des urgences comme celle-là qu'on s'aperçoit que c'est ben pratique d'avoir un téléphone dans la maison. Vous devriez y penser sérieusement, monsieur Jaquelin. Avec votre grosse famille, on sait jamais quand ça pourrait servir. C'est ben vite arrivé, un accident ! Heureusement pour madame Félicité, j'suis là, pis j'ai un camion. Je file au magasin général de monsieur Ferron pour aller appeler le docteur Gosselin de Saint-Ambroise. Aussitôt que c'est faite, j'vas revenir vous dire comment ça va se passer.

Bien entendu, devant tout ce remue-ménage dans la cuisine, les jumeaux en avaient profité pour se mettre à hurler, et Jaquelin se précipita vers eux pour tenter de les calmer, tandis que la petite Angèle, alertée par le bruit, arrivait en trombe de sa chambre, se laissant glisser sur les fesses tout le long de l'escalier pour faire plus vite.

— C'est quoi le bruit, moman ?

Devant le silence de sa mère, trop occupée à surveiller sa tante pour prendre conscience de la présence de sa fille, Angèle allait insister quand elle vit la tante Félicité couchée sur le plancher. La gamine se mit aussitôt à pleurer, et spontanément, elle vint se blottir contre son frère Ignace, qui regardait la scène, tout impressionné. Maladroitement, ce dernier passa le bras autour des épaules de sa petite sœur.

— Faut pas pleurer, Angèle, conseilla-t-il, comprenant par instinct qu'en ce moment, c'était lui, le « grand », capable de réconforter un plus petit. Moman va toute arranger ça. Elle sait toute faire, moman, toute toute ! Tu le sais comme moi.

Ignace avait trouvé l'argument de taille, le seul qu'il connaissait en des circonstances aussi troublantes. Sa mère était bien la seule et unique certitude capable de rassurer la petite Angèle en même temps que lui-même.

— C'est vrai, acquiesça Angèle en reniflant. T'as raison, Ignace. Moman connaît toute ce qu'il faut faire quand ça va mal.

La poitrine moins oppressée depuis qu'elle avait le haut du corps soulevé par les oreillers, Félicité entrouvrit les yeux à ce moment-là. Voyant sa nièce penchée au-dessus d'elle, visiblement très inquiète, la vieille femme tenta un sourire maladroit.

— Ben coudonc, souffla-t-elle, v'là que c'est toi qui me veilles, astheure. C'est le monde à l'envers. Si j'avais su ça, au jour de ta naissance, je...

— Taisez-vous, matante, intima gentiment Marie-Thérèse. Faut surtout pas vous fatiguer.

— Oh ! Pour être fatiguée, j'suis ben gros fatiguée, tu sauras, répliqua la tante Félicité tout haletante, mais néanmoins incapable de se taire. Ça fait même un petit boutte que j'suis fatiguée sans bon sens, mais je voulais pas t'inquiéter avec ça...

Sur ce, Félicité essaya de regarder autour d'elle. Elle tenta de se soulever sur un coude, éprouva une douleur inhabituelle à la poitrine et, affolée, elle se laissa retomber sur la pile de coussins et d'oreillers.

— Veux-tu ben me dire que c'est que je fais là, sur le plancher ? Me semble que j'avais quelque chose à faire pis, tout d'un coup, je me suis...

— S'il vous plaît, arrêtez de parler, implora Marie-Thérèse d'une voix mouillée par les larmes qu'elle tentait désespérément de retenir. Monsieur Touchette est parti appeler le docteur.

À ces mots, Félicité Gagnon commença à s'agiter.

— Comment ça, le docteur ?

La vieille dame parlait d'une voix chancelante. D'une main tremblante, elle tenta de repousser Marie-Thérèse.

— J'ai pas besoin de docteur, tu sauras, ma Thérèse, j'suis juste un peu fatiguée. On appelle pas un docteur pour ça, pis...

— Chut !

Marie-Thérèse avait posé délicatement une main sur la bouche de sa tante pour l'obliger à se taire et, d'une légère pression de l'autre main sur son épaule, elle lui fit comprendre qu'il valait mieux rester couchée.

— Ben moi je pense que votre malaise, c'est un peu plus que de la fatigue, matante, déclara-t-elle de cette voix calme et grave qu'elle employait quand elle avait quelque chose d'important à expliquer aux enfants. Mais je me trompe peut-être, ajouta-t-elle quand elle vit sa tante recommencer à s'agiter. Vous le savez ben que j'suis pas ferrée en matière de maladies.

Ça m'a toujours impressionnée, rapport que j'ai jamais été malade. Ça fait que pour en avoir le cœur net, on va demander au docteur Gosselin de Saint-Ambroise de nous donner son avis. Vous avez rien contre, hein, matante ? Après, on verra ben ce qu'il faut faire.

Ce fut à ce moment et sur ces mots que Félicité Gagnon décida de ne plus combattre, trop épuisée, justement, pour tenir tête à qui que ce soit. Jusqu'à maintenant, Marie-Thérèse avait toujours été une bonne fille, faisant preuve de discernement quand venait le temps de faire des choix importants. Elle allait donc s'en remettre à elle... et à la grâce de Dieu !

Le simple fait de savoir qu'on allait prendre les décisions à sa place fut d'un grand réconfort pour Félicité. Il fallait remonter à son enfance pour que quelqu'un pense à elle, s'occupe d'elle, et voie à tout décider pour elle. Sa vie d'adulte et de célibataire, qu'elle aurait voulue tout autre, avait été trop souvent une vie de solitude où le moindre choix à faire ne dépendait que d'elle et, par moments, elle avait trouvé cela très lourd à porter, même si sa fierté lui avait fait cacher toutes ces journées de grande tristesse où elle se sentait un peu abandonnée.

Après, on s'était souvent demandé, autour de Félicité Gagnon, d'où lui venait sa grande générosité, sa profonde empathie. Ce qui avait été finalement un mode de vie reconnu par tous, dans la paroisse, et surtout grandement apprécié, avait été au départ la seule façon trouvée par la jeune femme pour ne pas se sentir seule tout le temps.

Toutefois, pour les choses du cœur, par sa grande fidélité, Marie-Thérèse avait été l'unique permanence de sa vie et subitement, Félicité eut peur que tout cela s'arrête maintenant, tout de suite. C'était peut-être ce que son cœur galopant essayait de lui faire comprendre, depuis ces derniers jours : le voyage était sur le point de se terminer, parce que sa vieille carcasse arrivait à sa destination finale.

Déjà !

À cette pensée, Félicité se sentit tout étourdie, alors qu'elle avait l'impression de voir se dérouler dans sa tête des tas d'anecdotes ayant ponctué le passage des ans. Son enfance, ses études à Montréal, une certaine Monique qui avait eu tant d'importance à ses yeux. Sa bonne amie, comme elle l'appelait. Par la suite, il y avait eu sa décision de revenir au village et d'y rester, malgré les larmes chaudement versées. Plus tard, bien des années plus tard, la naissance d'une nièce appelée joliment Marie-Thérèse avait posé un véritable rayon de soleil sur son existence. À travers ses rires, ses pleurs et ses questions d'enfant, la petite fille avait enfin donné un sens véritable à la vie de Félicité Gagnon.

Malgré cela, à bien y penser, l'existence n'avait

pas été facile tous les jours, pas facile du tout. Et pourtant...

Et pourtant, si c'était à refaire de la même manière, Félicité Gagnon le referait sans hésiter à cause de Marie-Thérèse.

La vieille femme jeta un regard affolé autour d'elle.

Elle ne voulait pas mourir, elle n'était pas prête à mourir et la pensée qu'elle ne le serait peut-être jamais ne lui traversa même pas l'esprit. Tout ce qu'elle voyait, tout ce qu'elle ressentait au plus profond de son vieux cœur fatigué, c'était que sa Marie-Thérèse avait encore besoin d'elle.

Alors, autant pour se rassurer elle-même que pour rassurer sa nièce assise à même le plancher à ses côtés, et tant pour conjurer le mauvais sort que pour faire un pied de nez au destin, d'ailleurs, Félicité Gagnon murmura :

— C'est pas juste, ma Thérèse, pas juste pantoute.

— Que c'est qui est pas juste comme ça, matante ?

— La vie, ma belle. C'est la vie elle-même qui est pas juste.

— Ben voyons donc, vous ! Pourquoi vous dites ça ?

Félicité Gagnon avait réussi à mettre juste ce qu'il fallait de maussaderie dans sa voix pour faire oublier un peu de ses inquiétudes à Marie-Thérèse.

— Je dis ça, ma Thérèse, parce qu'une fois

qu'on est rendu à mon âge, on a déjà ben assez de savoir que la fin approche.

Ces quelques mots eurent l'effet d'une gifle en plein visage et les yeux de Marie-Thérèse se remplirent aussitôt de larmes.

— Voulez-vous ben vous taire, matante ! Faut pas dire des affaires de même, voyons donc. Pis arrêtez de parler, vous êtes toute essoufflée !

— Laisse-moi finir, ma belle. Même si ça sort lentement pis un brin tout croche, j'veux parler.

Le temps de prendre quelques inspirations superficielles, puis Félicité reprit.

— C'est pas le diable agréable de penser que le plus gros est déjà en arrière de soi, tu sauras. Ça fait peur, par bouttes, de se dire qu'on va bientôt mourir.

— Matante !

— Mais un dans l'autre, tout le monde va y passer... Me semble que ça pourrait s'arrêter là, comme désagrément.

À nouveau, Félicité ferma les yeux durant un instant.

— Ben non ! poursuivit-elle, haletante. Ça suffit pas. On commence à se détraquer par petits morceaux pour nous rappeler qu'on est vieux. C'est pas drôle, pis j'aime pas ça.

— C'est de même la vie, matante. Mais dans votre cas, c'est peut-être juste un avertissement. Un signe pour vous dire de vous ménager. Il y a rien qui nous dit que vous êtes arrivée au bout du chemin.

— Au boutte du boutte, peut-être pas, mais quand même...

La voix de Félicité faiblissait, pourtant elle ne semblait toujours pas vouloir se taire.

— J'ai commencé par friper, ajouta-t-elle dans un souffle, par raidir des genoux, par perdre un peu d'appétit. Pis v'là que le cœur s'en mêle, astheure ! Voir que j'avais besoin de ça pour penser que la fin approche... C'est ça que j'avais à dire, ma Thérèse. Astheure, laisse-moi me reposer en attendant le docteur, j'suis ben fatiguée.

Ces derniers mots arrivèrent à soutirer un sourire ému à Marie-Thérèse et la pression de sa main sur l'épaule de la vieille dame se fit plus forte.

Il fallait que sa tante s'en sorte indemne, sinon la vie ne serait plus jamais la même pour elle.

Marie-Thérèse ferma les yeux sur sa prière. Oh ! Elle savait bien que sa tante allait mourir un jour, comme tout le monde. Mais elle n'était pas pressée d'en arriver là. Les temps étaient déjà assez difficiles, sans avoir besoin d'en rajouter.

Depuis ces derniers mois, la jeune femme entretenait une rancune bien personnelle à l'égard du Ciel, qui se montrait si dur envers eux.

Leur maison détruite par le feu, l'accident de Jaquelin lorsqu'il était revenu des chantiers, même la venue de jumeaux, alors qu'il y avait tant à faire sous leur toit, étaient autant de griefs que Marie-Thérèse entretenait envers le Ciel et dont elle se plaignait silencieusement tous les dimanches à la messe.

Si Dieu était aussi bon qu'on le disait, pourquoi s'acharnait-Il ainsi sur leur famille ? Chez les Lafrance à Jaquelin, comme on les surnommait dans la paroisse, personne, du plus jeune au plus vieux, n'avait fait quoi que ce soit de répréhensible pour mériter un tel châtiment !

Voilà à quoi Marie-Thérèse pensait, le dimanche à la messe, tandis que les yeux fermés et les mains jointes elle donnait l'apparence d'une femme pieuse, concentrée sur sa prière. Pourtant Marie-Thérèse en était loin ! Dans sa tête comme dans son âme, tout était remis en question. Elle n'était plus certaine que ce Dieu de bonté que le curé Pettigrew décrivait avec emphase existait vraiment. Mais on ne parle pas de ces choses-là, n'est-ce pas ? Ni à son mari qui gardait la foi malgré tout, ni à ses enfants qu'on devait élever dans le respect de Dieu, de l'Église et des commandements, ni même à son curé en confession. Surtout pas à son curé en confession !

Un tel manque de foi de la mère serait probablement suffisant pour que le curé Pettigrew remette en cause les études du fils, et pour Marie-Thérèse, il n'en était pas question.

Pas question du tout !

Toutefois, ce matin, devant le visage amaigri de sa tante Félicité, devant la peur de la perdre qui lui faisait trembler les mains et le cœur, Marie-Thérèse avait oublié sa propre fatigue et tous les reproches qu'elle adressait régulièrement au Ciel. Comme la prière était le seul recours qu'elle connaissait vraiment, parce qu'elle lui collait à la peau depuis sa plus tendre enfance, elle allait en abuser.

« Mon Dieu, je Vous en supplie, faites que matante s'en sorte. Faites qu'elle nous revienne en bonne santé sans toutes sortes de problèmes comme on voit des fois avec les vieux qui ont des attaques. Je Vous en supplie, mon Dieu ! Rendez-nous matante comme elle était avant. Pis promis, si Vous écoutez ma prière, ben moi, de mon bord, je me plaindrai pus jamais. Pus jamais de rien ! »

CHAPITRE 5

Le jeudi 10 avril 1924,
au collège de Trois-Rivières

Dans la grande cour de récréation
par un midi ensoleillé

Fulbert Morissette, fils de médecin, n'était pas une mauvaise personne. Il était tout simplement un jeune garçon mal aimé à qui on avait laissé croire que les cadeaux pouvaient signifier l'attachement et que l'argent permettait d'acheter les amitiés.

Présentement, Fulbert était assis sur un banc de bois et il avait le dos appuyé contre le mur de pierres grises du collège. Il se laissait agréablement réchauffer par le soleil du printemps, et, selon son habitude, il jouait à la vedette.

— C'est exactement ce que j'ai dit ! Aujourd'hui, c'est ma fête ! C'est pour ça que ce soir, au souper, on va avoir un gâteau pour dessert.

— Un gâteau ?

— Oui, oui, un gâteau !

— C'est-tu les frères cuisiniers qui vont te faire un gâteau ?

— Ben non, voyons. Sinon, tout le monde en aurait eu un à sa fête. Non, c'est mon père qui va le faire livrer ici, au collège, à l'heure du souper. C'est comme ça tous les ans depuis que j'vas à l'école !

— Hé ben... Ça se peut ça ?

— Puisque je te le dis... Attends au souper, tu verras ben...

— Si c'est de même, t'es pas mal chanceux !

— Et comment ! lança un troisième garçon visiblement envieux. Moi, le mois dernier, j'ai même pas eu droit à une carte, pour ma fête. Ma mère prétend qu'une seule fête par année, pour mes frères, mes sœurs pis moi, au mois de juillet quand tout le monde est là, c'est ben en masse.

— Ça dépend des familles faut croire, lâcha Fulbert avec désinvolture. Chez nous, c'est comme ça que ça se passe. Toutes les années, j'ai mon gâteau ! Mon père a jamais oublié ma fête !

Le ton était condescendant et l'attitude suffisante. À la moindre occasion offerte, le jeune Fulbert faisait l'apologie de cette famille qu'il aurait tant voulu avoir, décrivant celle qu'il avait de façon tout à fait subjective en la montrant assurément plus belle qu'elle ne l'était en réalité. Quand il lisait de l'envie dans le regard de son vis-à-vis, il arrivait même à Fulbert de croire à ses prétentions idylliques.

Mais dans les faits, l'histoire était tout autre et concrètement, il serait plus juste de dire que Fulbert Morissette avait été ce que certains d'entre nous appelleraient un « accident ».

Fils unique, le pauvre garçon avait été malencontreusement conçu par un père voué à sa vocation de médecin et par une mère qui se croyait investie d'une mission artistique. Cette union plutôt singulière n'avait jamais eu pour but de laisser une descendance reconnue, mais bien de marquer l'époque où elle vivait, selon l'entendement que chacun des membres de cette union avait d'une quelconque notoriété.

Cyprien Morissette y était sans doute parvenu, puisque sa réputation de chirurgien généraliste s'étendait bien au-delà des limites de la ville de Montréal, où il pratiquait. Il lui arrivait même d'écrire à l'occasion des articles de fond pour des revues scientifiques prestigieuses telles que *The New England Journal of Medicine* ou *The British Medical Journal*. Quand le docteur Morissette passait dans la rue, on le saluait avec déférence.

Sa femme Joséphine, par contre, cherchait encore la destinée idéale et si elle était reconnue dans son quartier, c'était à titre de « madame docteur ». Mais cette réalité n'obscurcissait nullement l'idée qu'elle se faisait d'une vie pleine et agréable.

— Que voulez-vous que je vous dise, Cyprien ?

Les avenues qui s'offrent à moi sont multiples et toutes plus invitantes les unes que les autres. Je dois me renseigner, côtoyer les grands de ce monde, peintres ou musiciens, sculpteurs ou potiers, artisans et couturiers, sait-on jamais! Je dois bien y réfléchir avant de me décider. C'est long toute une vie à faire quelque chose que vous n'aimez que modérément, n'est-ce pas? Voilà pourquoi je prends tout mon temps.

Un discours auquel Cyprien n'avait jamais osé rétorquer que plus le temps passait, justement, et moins d'années sa tendre épouse aurait à consacrer à cette grande passion qu'elle n'avait toujours pas trouvée.

— Ce n'est pas comme si je devais gagner ma vie, minaudait-elle quand le sujet revenait sur le tapis. Et c'est grâce à vous, très cher. Sachez que je vous en serai toujours reconnaissante.

Sur ce point, Joséphine n'avait pas tort. Si l'épouse du docteur Morissette n'était pas la lumière du siècle et que son entêtement à vouloir trouver sa voie dans un quelconque domaine artistique était une lubie plus qu'autre chose, elle avait en contrepartie de longues jambes fuselées et un sourire tout à fait charmant. Enjôleur, aurait précisé son mari Cyprien, qui s'y était laissé prendre au premier regard. Alors, si Joséphine se cherchait encore, Cyprien, lui, avait trouvé sa muse. L'obligation de devoir l'entretenir jusqu'à la fin de sa vie ne causait aucun problème aux yeux du docteur Morissette, pourvu que la belle Joséphine au corps sculptural se retrouve dans son lit tous les soirs. Dans l'esprit du médecin, c'était donnant-donnant.

Puis, à l'aube de leur quarantaine respective, alors qu'ils croyaient tous deux que l'événement était de moins en moins probable, il y avait eu ce petit vent de panique qui avait soufflé sur leur vie.

— Mais qu'allons-nous faire d'un bébé, Cyprien? Je n'y connais rien et je n'ai pas l'intention de m'y mettre. Et tout d'abord, comment se fait-il que je sois enceinte? Je ne comprends pas.

Le ton employé laissait clairement supposer que Joséphine tenait son époux comme unique responsable de ce bouleversement dans sa vie. Ce dernier avait fait semblant de ne pas entendre la question, cachant adroitement son embarras derrière une revue médicale.

Toutefois, par la nature des choses, la venue d'un bébé avait tout de même mis entre parenthèses le plan de carrière de cette grande passionnée qu'était Joséphine. En effet, à l'instant où elle avait vu le minuscule visage chiffonné et devant l'apparente fragilité de cette petite chose rougeaude et criarde, Joséphine, qui venait de célébrer ses quarante-deux ans, en avait tout de suite conclu qu'elle n'avait aucune aptitude naturelle pour s'occuper d'un marmot. Elle avait donc refusé de tenir le nouveau-né contre elle et avait plutôt demandé:

— Pouvez-vous regarder pour moi sur le calendrier et me dire le nom de celui dont c'est la fête aujourd'hui ?

Sans chercher à comprendre, l'infirmière s'était empressée de donner suite à la demande singulière de cette patiente un peu hystérique qui avait crié comme un agneau qu'on égorge durant une bonne partie de la nuit.

— Nous sommes le 10 avril, madame, et nous célébrons la Saint-Fulbert.

— Merveilleux ! Fulbert... J'adore tout ce qui est original. Fulbert... Comme ce prénom sonne bien à mes oreilles. Vous écrirez donc ce nom dans le dossier du bébé : Fulbert Morissette, fils du docteur Cyprien Morissette. Quant à la mère, il n'y a aucun doute, c'est bien moi, n'est-ce pas ? Maintenant, laissez-moi, je voudrais dormir. Je suis épuisée.

Il y eut donc, quelques jours plus tard, un petit Fulbert langé du coton le plus fin et enveloppé dans le cachemire le plus doux qui fit une entrée remarquée sous le toit du docteur Cyprien Morissette. Ce dernier, pour sa part, avait tenté, bien maladroitement d'ailleurs, de revendiquer sa paternité en se montrant ému et intéressé par ce petit garçon qui, ma foi, lui ressemblait passablement.

— Il est adorable, vous ne trouvez pas ? Nous pourrions peut-être placer le berceau dans un coin de notre chambre, comme il est coutume de le faire avec les tout-petits et...

— Vous n'êtes pas sérieux, Cyprien?

— Mais pourquoi pas? Il est si petit!

— Et il crie si fort! Pas question de se faire réveiller à tout moment par un bébé affamé. Je viens de m'épuiser à le mettre au monde, j'ai droit à un sommeil réparateur.

— Et si je vous disais que ce sera moi qui...

— Pas question. Fulbert a une chambre, une très jolie chambre, ce sera donc là qu'il dormira en compagnie de sa nounou. Sachez que bien des bébés de cette ville n'en ont pas autant. Ne perdez pas votre temps à tenter d'argumenter, Cyprien. J'ai déjà trouvé une excellente nourrice pour Fulbert. Elle sera ici dans l'heure et saura veiller sur ce bébé mieux que quiconque dans cette maison.

Le dossier était clos.

Joséphine frémissait déjà du plaisir de reprendre ses visites dans les ateliers et d'organiser des rencontres sous son toit, là où des artistes en tout genre, triés sur le volet, pourraient discuter librement entre eux.

— C'est peut-être là cette voie que j'ai tant cherchée? Tenir salon, être mécène... C'est drôle, mais je n'y avais jamais pensé avant.

Ce fut ainsi que bébé Fulbert se retrouva avec une multitude de mamans, en remplacement de celle que la Nature lui avait choisie. De la nourrice à la domestique, en passant par la cuisinière et la femme de ménage, chacune d'entre elles se sentait personnellement interpellée par ce nouveau-né si mignon dont personne ne semblait vouloir, à l'étage des maîtres.

Toutes les quatre, ensemble et à tour de rôle, le gâtèrent donc horriblement, lui passant tous ses caprices.

Au bout du compte, après quelques années de ce régime, le bébé si mignon s'était métamorphosé en un petit garçon insupportable.

Exaspéré par les cris d'un gamin polisson, Cyprien fit ce que tous les hommes riches savent faire : il puisa à même son pécule pour offrir à son fils une bonne école. Il pourrait ainsi le protéger de ces artistes de tout acabit qui envahissaient régulièrement son domicile, ce que Cyprien voyait d'un très mauvais œil ! Après tout, un jeune enfant influençable vivait sous leur toit, n'est-ce pas ? Éloigner Fulbert de cette faune bigarrée était, aux yeux du médecin, la meilleure façon de donner ce qu'il y avait de mieux à son fils unique, qu'il continuait d'aimer inconditionnellement, à sa façon.

— Après tout, les religieuses ont délibérément choisi l'enseignement comme vocation. Elles doivent savoir s'y prendre pour ramener un galopin comme Fulbert dans le droit chemin, avait-il allégué, sans oser s'étendre sur le sujet des nouveaux amis de sa femme par crainte de déclencher une discussion interminable. Vous avez carte blanche, Joséphine, pour trouver une bonne école. La meilleure, si possible !

À six ans, Fulbert Morissette entrait donc au pensionnat Saint-Louis-de-Gonzague de Québec.

— Pourquoi si loin ? avait opposé Cyprien par principe, mais aussi avec une certaine angoisse dans le cœur.

Québec, c'était fort loin de Montréal ! « En cas d'urgence, je ne pourrai y être rapidement, avait alors songé le médecin en lui, un peu paniqué. Avec un garnement comme mon fils, Dieu sait ce qu'il peut inventer. Si je ne suis pas là, qui donc va pouvoir s'en occuper adéquatement ? »

Il avait alors répété :

— Pourquoi Québec ?

— Et pourquoi pas ? avait rétorqué Joséphine par habitude. Auriez-vous l'intention d'aller le visiter tous les dimanches ?

Encore une fois, Cyprien n'avait pas insisté. Cependant, c'est la mort dans l'âme qu'il avait reconduit son fils, lui tenant la main tout au long de la voie ferrée qui partait de la gare Windsor à Montréal pour terminer sa course à la gare du Palais à Québec.

Cyprien avait ressenti une émotion imprévue quand il avait vu Fulbert, *son* Fulbert, confier sa menotte de petit garçon à la main osseuse et sèche d'une religieuse un peu revêche, tout de noir vêtue… pour l'oublier dès le lendemain, quand il se retrouva penché sur un patient dont il venait d'ouvrir l'abdomen.

Sauver des vies était assurément plus digne et important que de courir après un enfant turbulent. Surtout quand d'excellentes pédagogues comme les religieuses pouvaient le faire à votre place.

En quelque sorte, Joséphine avait finalement gagné la partie qui se jouait confusément entre eux depuis la naissance de Fulbert.

Ce fut donc à cette époque que l'éducation du petit Fulbert Morissette passa de la nourrice engagée à sa naissance aux Sœurs de la Charité de Québec.

Quelques années plus tard, on avait opté sans hésitation pour le collège de Trois-Rivières, toujours pour les mêmes raisons et dans la même optique, les visites du dimanche n'étant toujours pas à l'agenda chargé de la belle Joséphine.

Dans les faits, seuls les grands-parents paternels de Fulbert savaient s'y prendre avec lui.

En effet, afin d'éviter au petit garçon d'être le témoin innocent des chamailleries de parents incompréhensifs et continuellement occupés ailleurs, ils accueillaient leur petit-fils à leur maison de campagne durant tout le mois de juillet, et ce, depuis son plus jeune âge, et ils ne se privaient surtout pas de s'insurger régulièrement devant lui contre des parents qui, malgré le passage des années, n'avaient toujours pas su développer la moindre fibre parentale. Les commentaires entendus laissaient le jeune garçon de plus en plus perplexe, au fur et à mesure qu'il vieillissait.

Tous les parents n'étaient-ils pas comme les siens ?

Voilà donc qui était et d'où venait Fulbert Morissette, qui fêtait son anniversaire aujourd'hui, le 10 avril 1924, jour de la Saint-Fulbert. Bien sûr, il célébrerait ses quatorze ans loin de sa famille, mais il était tout de même fier et content de savoir qu'un gâteau serait servi.

Hier, par courrier, il avait reçu une carte de bons vœux provenant de ses grands-parents, et une enveloppe envoyée par son père avec un peu plus d'argent de poche que de coutume et surtout la promesse écrite de faire livrer le fameux gâteau au chocolat, le soir de son anniversaire, comme le voulait la tradition familiale.

Voilà pourquoi, à l'heure de la récréation du midi, autour de Fulbert, il y avait sa cour habituelle. Une dizaine de pique-assiettes salivaient déjà en espérant autre chose que du blanc-manger au dessert du soir et ils en discutaient joyeusement entre eux, sans vraiment tenir compte de leur ami, qui semblait plutôt songeur.

En effet, à l'autre bout de la cour ceinturée d'un mur de pierres, sous l'œil circonspect de Fulbert, se tenait le nouveau trio à la mode, comme il avait lui-même surnommé Cyrille Lafrance, Pierre Rochon et Xavier Chamberland. En ce moment, les trois comparses étaient entourés de leurs amis, à peu près aussi nombreux que les siens.

En fait, ils étaient de plus en plus nombreux, sembla-t-il à Fulbert, et à première vue, près du mur de l'enceinte, on s'amusait ferme. Les rires étaient spontanés et francs, et les regards jetés dans sa direction lui semblèrent de plus en plus fréquents.

Que mijotait-on ? Voulait-on se moquer de lui ? Et surtout, Cyrille Lafrance était-il à l'origine de cet état de choses ?

Cette supposition fut amplement suffisante pour faire monter le sang au visage de Fulbert, qui tenait Cyrille Lafrance responsable de bien des maux au sein de leur classe.

L'animosité que ce jeune blanc-bec de Fulbert entretenait à l'égard de Cyrille datait de la rentrée de septembre et elle avait été spontanée.

Au premier regard que le jeune Morissette avait posé sur ce garçon originaire de Sainte-Adèle-de-la-Merci, celui-ci lui avait grandement déplu. Trop grand, trop beau, n'ayons pas peur des mots, Cyrille Lafrance, qui arrivait tout droit de la ferme de son oncle Anselme, affichait une carrure peu commune pour des gamins de leur âge, et Fulbert l'avait aussitôt envié, détestant profondément cette sensation de désavantage qu'il ressentait toujours devant mieux que lui. Pourtant, lui-même était plutôt grand et costaud, et pas laid du tout.

Les détails glanés çà et là avaient donné à Fulbert toute la matière nécessaire pour entretenir adéquatement cette antipathie.

Du fait qu'il vient d'une famille apparemment nombreuse, Cyrille avait bien involontairement attisé la jalousie de Fulbert, qui aurait donné la fortune de son père jusqu'au dernier sou pour avoir à tout le moins un frère ou une sœur ! Ça lui aurait peut-être permis d'avoir une famille normale, de s'en ennuyer quand il était au pensionnat, et de vouloir y retourner régulièrement, lui qui ne croisait ses parents qu'en de rares occasions durant l'année, quand le collège fermait ses portes, ou quand père et mère ne pouvaient malheureusement pas confier leur rejeton aux grands-parents à qui il arrivait, parfois, d'avoir d'autres chats à fouetter.

La tenue délavée de Cyrille, qui portait visiblement des vêtements usagés, avait cependant modifié ce premier ressentiment de Fulbert, le dotant d'une pointe de mépris.

Après tout, ce Cyrille n'était peut-être pas aussi parfait qu'il en donnait l'air, puisqu'il était pauvre au point de devoir s'habiller avec un uniforme donné.

Puis, les pauvres, c'est bien connu, étaient des gens à la propreté douteuse, faute de moyens, et on devait s'en tenir éloignés si on ne voulait pas attraper toutes sortes de maladies.

— Ce n'est pas leur faute, j'en conviens, mais

sans argent et sans savon, on ne peut être propre. C'est triste à dire, mais c'est évident. Alors, mon garçon, tiens-toi loin des gens qui sont pauvres !

C'était là un des rares conseils prodigués par Joséphine à son fils et celui-ci en avait toujours tenu compte, puisque les discussions en tête à tête avec sa mère se comptaient sur les doigts d'une seule main et qu'il y tenait comme à la prunelle de ses yeux.

Pour couronner le tout, quand le principal du collège avait mentionné que Cyrille, grâce à ses notes exemplaires, avait attiré l'attention du curé de sa paroisse, un certain abbé Pettigrew dont il était la pupille, c'était alors le mépris qui avait dominé la pensée de Fulbert.

Devoir s'en remettre à son curé pour pouvoir étudier ? Quelle disgrâce !

Cyrille Lafrance, malgré ses grands airs, devait être un profiteur de la pire espèce.

En quelques heures, Fulbert avait vu, analysé et décidé que jamais il ne voudrait être l'ami d'un garçon aussi commun. Lui-même n'aurait assurément rien à y gagner.

La remise des notes aux deux premiers contrôles de l'année avait scellé la décision de Fulbert.

Cyrille serait l'ennemi à battre, rien de moins, car en plus de tout le reste, il osait avoir de très bonnes notes. Des notes souvent meilleures que les siennes, qui n'étaient pourtant pas mauvaises, il faut tout de même le reconnaître. Alors, pour être bien certain qu'un premier de classe ne vienne pas se mettre en travers de sa route, lui qui cultivait les amis à coup de cadeaux et exigeait l'exclusivité, Fulbert avait donc commencé à surveiller Cyrille du coin de l'œil.

Ce garçon-là était beaucoup trop renfermé pour que ça soit normal, ça devait être de l'insolence. Puis, son allure trop parfaite et son ton si poli ne pouvaient être sincères, ça devait être de l'arrogance. Fulbert avait donc déclaré que Cyrille Lafrance était suspect sous tous les rapports, et dès qu'il avait eu la possibilité d'agir, il en avait profité.

C'était donc lui qui avait glissé la lettre adressée à Judith sous la porte du préfet de discipline, en début d'année scolaire, trop heureux de pouvoir prendre Cyrille en défaut.

En effet, il était inscrit noir sur blanc, dans le livret des règlements du collège, que quiconque osait écrire à une femme autre que sa mère serait susceptible de représailles !

Quand Fulbert avait remarqué que Cyrille ne faisait pas vraiment ses devoirs, mais qu'il semblait plutôt écrire une lettre en cachette, il ne l'avait plus lâché d'une semelle.

Pourquoi écrirait-on une lettre en cachette si ce n'est qu'elle était interdite ? Quelques jours plus tard, Fulbert mettait enfin la main sur la lettre et dès les premiers mots, il jubila !

« Judith ! »

Sœur, cousine ou amie n'avait que peu d'importance. Pourvu que la lettre ne soit pas adressée à la mère de Cyrille, Fulbert serait satisfait. Et une mère, c'est bien connu, on ne l'appelle jamais par son prénom. La plupart des gens disent « maman » ou encore, comme dans le cas de Fulbert, on l'appelle « mère ».

Sans la moindre hésitation, il avait donc caché la lettre de Cyrille dans sa poche, et dès qu'il en avait eu l'occasion, il l'avait glissée sous la porte du préfet de discipline.

Le lendemain, à l'heure de l'étude, un frère venait chercher Cyrille dans la classe pour le conduire chez le père Auguste.

À partir de ce jour, à la grande satisfaction de Fulbert, Cyrille avait semblé se fondre au décor. Ce que Fulbert avait appelé de l'outrecuidance devint tout de suite de l'insignifiance, et le fils du docteur Morissette avait pu oublier jusqu'à l'existence de Cyrille en toute tranquillité, les notes étant le cadet de ses soucis, car lui aussi brillait régulièrement sous les feux de la rampe. Bon prince, Fulbert acceptait même de voir Cyrille le dépasser au fil d'arrivée dans certaines matières, puisque par son tempérament effacé et inintéressant, le pauvre Cyrille éloignait tous les amis potentiels. À preuve, il mangeait seul, il se promenait seul et il passait toutes ses soirées seul à la bibliothèque.

Fulbert en avait donc profité pour allonger la liste de ses amitiés, et à défaut d'avoir une famille digne de ce nom, il s'était creusé un nid à sa convenance au collège de Trois-Rivières. Poli devant les autorités, courtois même, il ne se gênait pas pour faire le bouffon en se moquant d'elles dans leur dos. Intelligent, rusé, voire perfide à ses heures, Fulbert avait compris qu'avec de très bonnes notes et une politesse irréprochable, il se mettait ainsi à l'abri des soupçons et en se moquant des professeurs, il s'attirait la sympathie des garçons autour de lui. Fulbert se pensait le roi de la classe, et à bien des égards, il n'était pas loin de l'être.

Jusqu'au jour des élections.

Jamais Fulbert n'aurait pu imaginer une seule seconde qu'un garçon aussi terne et silencieux que Cyrille allait lever le doigt pour poser sa candidature contre lui.

— Moi aussi, monsieur !

Sur le coup, Fulbert en avait été tout éberlué. Cyrille ? Cyrille Lafrance osait se présenter contre lui ? Non, mais, pour qui se prenait-il ?

Durant quelques minutes, Fulbert n'en était tout simplement pas revenu !

Puis, il avait secoué la tête avec détermination. Qu'à cela ne tienne, il ne s'avouerait pas vaincu pour si peu.

Fulbert s'était alors assuré des services d'un garçon de la classe particulièrement doué pour le dessin, à qui il demanda de préparer ses affiches électorales. Pour quelques sous investis dans le papier, il exigea qu'elles soient immenses et colorées, afin d'éclipser la publicité des deux autres candidats.

L'argent de poche fourni régulièrement et abondamment par son père avait fait le reste.

Une boîte de bonbons achetée contre rémunération par un des externes de l'école avait fait pencher la balance en sa faveur. De peu, il faut l'admettre, mais quand même !

Sa victoire, plus ou moins bien acquise, certes, mais réelle, et le fait que Cyrille se soit incliné avec élégance, avaient suffi à rassurer l'ego démesuré de Fulbert. Il s'était alors dit que l'important était d'avoir des amis autour de lui, fidèles et dévoués, et de constater qu'aucune autre alliance ne semblait vouloir se former au sein de leur classe.

La normalité était donc revenue dans la classe d'Éléments latins B et jusqu'à tout récemment, tout allait pour le mieux dans le monde de Fulbert Morissette, quand un bon matin…

On était alors en février, par une de ces matinées ensoleillées, mais glaciales qui faisait rouspéter tous les élèves quand on les obligeait à sortir pour la récréation. Fulbert s'en souvenait fort bien.

Ce matin-là, donc, et sans raison apparente, Xavier Chamberland et Pierre Rochon s'étaient rapprochés de Cyrille, d'abord au déjeuner, puis sur l'heure du midi.

Curieux !

Toutefois, dans un premier temps, Fulbert ne s'en était pas trop inquiété. Xavier « la taupe » et ce Pierrot battu sans équivoque aux élections ne faisaient pas le poids. Ils ne faisaient surtout pas partie de ses amis.

Mais le lendemain, quand Fulbert vit un essaim de garçons de sa classe se précipiter pour entourer le trio au moment de la récréation, toujours selon lui sans la moindre raison valable, il y vit un affront personnel, puisque certains de ses amis avaient rejoint la cohorte.

Que s'était-il passé ?

Fulbert avait beau chercher, il ne voyait pas.

Cela voulait-il dire que certains garçons qui se disaient ses amis avaient voté secrètement pour Cyrille ?

Après tout, les douze voix obtenues par « l'insignifiant » devaient bien venir de quelque part, non ?

Bref, Fulbert n'avait jamais su le fin mot de l'histoire, sauf que pour récupérer quelques-uns de ses anciens amis, il avait dû multiplier les faveurs, les bonbons clairs et les lunes de miel.

Malheureusement, malgré cela, tous n'étaient pas revenus vers lui.

Les tournois de Mississippi, organisés par « la taupe » et fréquemment remportés par Cyrille, avaient eu l'avantage sur les parties de badminton qui se tenaient dans le gymnase que Fulbert fréquentait tous les soirs.

En ce jour de fête, Fulbert en était là : s'il voulait rester fidèle à la conception de l'amitié qu'il s'était forgée au fil des années, la moitié de la classe aurait droit à un morceau de gâteau, et l'autre non. À moins que le frère Alfred ne s'en mêle, ce qui était tout à fait dans ses cordes, auquel cas Fulbert n'aurait d'autre choix que de diviser les portions.

S'imaginer en train de devoir partager jusqu'aux miettes les parts de son gâteau d'anniversaire agaçait un peu Fulbert. De quoi aurait-il l'air d'offrir une misérable bouchée de gâteau à chacun des garçons de la classe ? Il passerait assurément pour un lésineur, incapable de faire les choses en grand !

Puis Fulbert se rassura. Après tout, c'était sa fête à lui, c'était donc à lui de décider qui aurait droit à une part du gâteau et qui en serait privé.

Sans prêter la moindre attention au babillage des garçons agglutinés autour de lui, Fulbert réfléchissait intensément, le visage boudeur et les yeux au sol, quand soudain, juste là devant lui, une paire de chaussures de belle qualité apparut dans son champ de vision.

Ils n'étaient pas nombreux dans la classe à pouvoir se vanter d'avoir d'aussi beaux souliers, en cuir fin et surpiqué tout au long de la semelle.

Fulbert en fit rapidement le décompte, arriva au chiffre de quatre, puis, curieux, il releva lentement la tête jusqu'à rencontrer le visage souriant de Xavier. Étonnamment, ce dernier lui tendait la main, alors que s'ils avaient échangé trois mots depuis le début de l'année, c'était beau.

Les sourcils froncés du fêté et son regard menaçant furent d'une éloquence sans équivoque : Fulbert Morissette était surpris, sur ses gardes, et pas vraiment heureux de cette visite pour le moins inopinée.

Voulait-on l'amadouer pour un morceau de gâteau ?

Certes, la chose pouvait être possible. Comment rester insensible devant un gâteau au chocolat ? Fulbert aurait même pu se sentir flatté, car, tel un pot de miel, il aimait bien attirer les mouches, nul doute là-dessus. Toute sa vie sociale était érigée autour des faveurs accordées, et il ne s'en cachait pas. Avec une candeur désarmante, il aurait pu avouer qu'il n'y voyait là qu'une preuve de sa grande magnanimité. Mais encore fallait-il qu'il ait l'impression de choisir lui-même ses amis, ce qui n'était pas le cas présentement.

Ne s'invitait pas qui le voulait à la table de Fulbert Morissette ! Et Xavier Chamberland ne faisait pas partie de ceux d'entre les élèves de sa classe que Fulbert appréciait particulièrement. Encore moins depuis qu'il s'était acoquiné à cet insignifiant de Cyrille.

Sans dire un mot, Fulbert fixa la main tendue, puis remonta au visage souriant de Xavier « la taupe » et il retint un soupir d'inconfort.

Le fait de fixer Xavier, un geste en général on

ne peut plus banal, provoquait toujours un certain malaise. À cause du regard inexpressif du jeune garçon et de ses yeux réduits à deux petits points derrière l'épaisseur du verre de ses lunettes, on ne savait jamais à quoi il pensait.

Et Fulbert détestait plus que tout se sentir mal à l'aise devant quelqu'un. Surtout quelqu'un qu'il n'appréciait que très modérément.

Il détourna la tête.

Mal lui en prit, car à la gauche de Xavier, juste derrière lui, se tenaient Cyrille Lafrance et Pierre Rochon, tout aussi souriants l'un que l'autre. Misère ! Ça ressemblait à un complot.

Du coup, Fulbert ne sut plus du tout où regarder sans perdre la face.

Que pouvait-il dire dans une telle circonstance ? Il eut beau se forcer à réfléchir à toute allure, nulle formule assassine ne lui vint à l'esprit et nulle formule accueillante non plus !

Fulbert inspira bruyamment, déstabilisé. Tout était de la faute de ce Xavier qui lui-même n'avait rien dit, en se plantant droit devant lui, la main tendue.

Puis, une voix plutôt grave, agréable à l'oreille, se fit entendre.

— J'aurais une question à te poser, Fulbert, annonça Xavier, tout en ramenant la main contre sa cuisse puisqu'il semblait bien qu'il n'était pas le bienvenu, ce qu'il ne comprenait pas, d'ailleurs.

Conscient qu'il n'y avait guère d'affinités entre

Fulbert et lui-même, Xavier ne se considérait tout de même pas comme son ennemi, ainsi que le prétendait son ami Pierrot. Ce matin, en jetant machinalement un coup d'œil au tableau noir où leur titulaire inscrivait toujours la date et le nom du saint dont on célébrait soit l'anniversaire, soit la canonisation, Xavier avait eu une intuition. Il avait pensé à son affaire durant le cours de français, jusqu'à se faire dire par le professeur de bien vouloir quitter la lune pour revenir sur terre, et présentement, Xavier venait vérifier s'il avait raison, tout simplement. Quant à tendre la main, pour « la taupe », ce n'était qu'un geste de politesse parmi tant d'autres, au moment où l'on abordait quelqu'un. À la réaction de Fulbert, Xavier en avait vite conclu qu'il en allait autrement avec lui.

Justement, en cet instant bien précis, Fulbert dardait sur Xavier un regard chargé de méfiance.

— Une question ? répéta-t-il bêtement, incapable de trouver autre chose à dire tant il était perturbé par cette rencontre qu'il n'aurait jamais eu l'idée d'instiguer. Arrête de tourner autour du pot, Xavier, pis pose-la, ta question !

— Elle est très simple. Aujourd'hui, est-ce que ça ne serait pas ta fête, par hasard ?

— Pourquoi tu dis ça ?

Bien qu'il commençât à se douter de ce qui allait suivre, et cela ne lui plaisait pas du tout, Fulbert restait méfiant.

À des lieues d'imaginer tout ce qui allait découler de sa banale question, Xavier poursuivit son explication qui se voulait, somme toute, une façon de briser la barrière qui s'était dressée depuis quelque temps entre ce qui ressemblait à deux camps ennemis dans la classe. Xavier trouvait la chose un peu ridicule et surtout inutile. C'était de cela qu'il venait tout juste de parler avec Pierre et Cyrille, tandis que tous trois jetaient de fréquents regards vers Fulbert et sa bande.

— Sans être les meilleurs copains du monde, on pourrait au moins se saluer et se parler à l'occasion sans toujours se regarder avec méfiance, avait expliqué Xavier à ses amis habituels. Vous n'êtes pas agacés, vous autres, de toujours avoir l'impression d'être surveillés par la bande à Fulbert? Moi, j'en ai plus qu'assez. Profitons donc de l'occasion et de mon pressentiment pour mettre tout ça au clair. On va le voir en prétextant qu'on se demande si ce ne serait pas sa fête, et on essaie de casser la glace.

Quoi de plus simple n'est-ce pas? C'était cela que Xavier tentait de faire tout bonnement en précisant:

— C'est à cause de ton nom si je te demande ça… Avoue avec moi que Fulbert, ce n'est pas commun. Alors, quand je l'ai vu inscrit sur le tableau noir derrière le pupitre du père Fidèle, j'ai tout de suite pensé à toi. C'est là que je me suis posé la question et que…

Fulbert n'écoutait plus.

Il détestait son nom, depuis toujours, et il le détestait d'autant plus qu'on s'en servait parfois pour se moquer de lui. Depuis qu'il était à l'école, même aussi petit qu'en première année, Fulbert en voulait déjà à ses parents d'avoir choisi un prénom aussi démodé et laid.

Fulbert ! Mais à quoi avaient-ils pu penser ?

L'opinion du jeune Morissette s'était affinée au fil des années, mais pas dans le sens de la compréhension. Tant qu'à vouloir un saint patron pour leur fils unique, ce qui en soi était une habitude assez courante, ses parents n'auraient-ils pas pu puiser à même la confrérie des apôtres ? Des Pierre, Jean, Jacques, il en pleuvait, et Fulbert aurait grandement apprécié être l'un d'eux. Mais non ! Il s'appelait Fulbert et il était parfois la risée de son entourage.

N'était-ce pas exactement ce que Xavier tentait de faire à l'heure actuelle, rire de lui, en faisant prendre conscience à tous les garçons de la classe, incluant ses propres amis, que monsieur le docteur et son épouse, faute d'imagination ou d'intérêt, s'étaient tout bonnement contentés de consulter le calendrier pour choisir le prénom de leur fils ?

C'était bête à pleurer et c'était justement ce que Fulbert ne voulait surtout pas faire : pleurer devant toute la classe, parce que, bien évidemment, la majorité des garçons d'Éléments latins B avaient fini par se joindre à eux.

À défaut de trouver les mots qui diraient tout sans paraître pitoyable, Fulbert fit alors ce que sa carrure supérieure à la moyenne lui avait toujours suggéré : il se releva et bouscula Xavier qui, depuis toujours, n'avait eu aucune malice en lui, pas plus ce matin qu'en toute autre occasion.

En effet, affligé d'une mauvaise vue dès la naissance, Xavier Chamberland avait été exclu d'emblée de tous les jeux habituels des gamins de son âge. Dans son cas, pas question de sports, d'exercices un peu violents, ni rien de ce qui plaisait généralement aux garçons. Même grimper aux arbres lui avait été interdit, ses parents y voyant une occasion de blessure inutile. Toutefois, maître Chamberland et son épouse Marie étaient des parents avisés et ils aimaient le petit Xavier au-delà des mots pour le dire. Ils avaient donc tout mis en œuvre pour que leur fils trouve un certain plaisir dans la vie en faisant valoir la panoplie des activités intellectuelles que sa mauvaise vision ne lui interdisait pas, Dieu soit loué ! Pour sa part, Xavier, enfant unique tout comme Fulbert, s'était fait un devoir de cultiver les amitiés, mais il s'y prenait d'une manière radicalement différente : plutôt que d'acheter ses amis, à coup de bonbons ou de faveurs, ce qu'il aurait probablement eu la possibilité de faire puisque son père, notaire de profession, ne lui refusait pas grand-chose, Xavier cherchait d'abord et avant tout à découvrir certaines affinités avec les gens qu'il rencontrait afin de construire avec eux, par la suite, des relations sincères et durables.

Se faire bousculer par plus fort que lui était donc une expérience totalement nouvelle pour Xavier, mais aussi particulièrement affolante, puisque sa vision était singulièrement embrouillée, et par conséquent, il ne pouvait prévoir les coups.

La bourrade donnée par Fulbert laissa donc le jeune Xavier tout étonné et même à lui, considéré par ses pairs comme un lettré digne de respect, les mots manquèrent.

La bousculade aurait pu s'arrêter là et chacun aurait pu regagner son coin de la cour d'école sans autre dommage qu'une fierté un brin écorchée.

Malheureusement, emporté par son élan, Fulbert perdit l'équilibre à l'instant où les lourdes lunettes de Xavier quittaient son nez pour atterrir sur le pavé de la cour de récréation. Voyant le verre se fissurer, Fulbert se dit qu'un peu plus ou un peu moins, ça ne changerait pas grand-chose à la situation, et au lieu de freiner l'élan de son pied, risquant ainsi de tomber, il y mit tout son poids et les lunettes émirent un craquement sinistre.

Fulbert esquissa un pâle sourire de victoire, estimant que Xavier devrait ainsi comprendre le message et le laisser tranquille.

À défaut d'y voir clair, Xavier avait fort bien entendu la plainte de ses lunettes. Mais plutôt que de prendre peur et de tourner les talons, comme l'espérait Fulbert, il tenta de se défendre. Par réflexe et pour limiter les dégâts, si la chose était encore possible, le pauvre Xavier repoussa fermement Fulbert, qui, pour ne pas se retrouver les quatre fers en l'air, quelle humiliation ! s'accrocha à la veste de son adversaire. Ce faisant, un ongle de la main de Fulbert écorcha la joue de Xavier, qui poussa aussitôt un cri de surprise.

Autour d'eux, on retenait son souffle, sans intervenir, les mots « retenue » et « copie » étant en eux-mêmes d'une grande dissuasion.

Sauf pour Cyrille.

Voir un ami aussi gentil que Xavier se faire bousculer avait déjà fait monter la vapeur en lui ; entendre ses lunettes se faire massacrer la fit déborder.

Le geste, dans son cas à lui aussi, ne fut qu'un formidable réflexe et une preuve d'amitié.

Le coup partit tout seul.

Malheureusement, alors que Cyrille visait l'épaule de Fulbert pour l'obliger à reculer, son poing atteignit durement le nez de son adversaire.

Manque de pratique, probablement. Toujours est-il que le craquement fut, ma foi, aussi bruyant que le verre des lunettes en train de se faire piétiner et la meute des curieux assemblés autour des belligérants fit entendre un *oh !* de stupéfaction.

Cyrille Lafrance était capable de se battre et il le faisait de manière décisive. Qui l'eût cru ?

Quelques secondes plus tard, le sang commença à dégoutter sur la chemise blanche de Fulbert qui, lui, se mit aussitôt à se lamenter. Soulagé d'avoir enfin une bonne raison pour le faire, le garçon laissa couler ses larmes et son faible gémissement se transforma progressivement en pleurs bruyants.

Ce fut amplement suffisant pour alerter tous les autres élèves de la cour de récréation, qui s'agglutinèrent autour d'eux.

Devant l'attroupement qui se formait, les surveillants en train de profiter des premiers beaux rayons de soleil de la saison écourtèrent leur promenade en maugréant.

— Dommage, grommela l'un d'entre eux. C'était un si beau midi d'avril.

Pour Cyrille, cependant, ce fut le pire jour de sa vie. Devant l'assemblée des soutanes qui se précipitaient vers eux, frère Alfred en tête du peloton, il eut l'impression de voir le soleil s'éclipser et son sentiment de culpabilité fut immédiat et total.

Mais qu'est-ce qui lui avait pris ?

Jamais, de toute sa courte vie, Cyrille Lafrance n'avait levé la main sur qui que ce soit.

Mais jamais, non plus, il n'avait senti le besoin de défendre quelqu'un, n'est-ce pas ?

Sauf peut-être pour aider son frère Benjamin, bien sûr, quand un quelconque élève du couvent de la paroisse se permettait de rire de ses cheveux couleur carotte. Mais dans ce cas-là, quelques menaces bien senties suffisaient à faire taire les imbéciles. Toutefois, aux yeux de Cyrille, il n'y avait aucune commune mesure entre les deux événements.

Aujourd'hui, c'était un sentiment de profonde injustice qui avait guidé son geste : le pauvre Xavier était en mauvaise posture et sans ses lunettes, il n'était plus en position de se défendre tout seul.

Terriblement navré de l'incident, même s'il ne regrettait pas de s'être porté au secours de son ami, Cyrille recula d'un pas à l'instant où le frère Alfred arrivait à leur hauteur dans le froufroutement caractéristique de sa soutane lustrée d'usure.

En un regard, le petit homme décharné prit le pouls de la situation.

— Mais qu'est-ce qui se passe ici ?

Le gentil Xavier, à genoux, tentait de retrouver les morceaux épars de ses lunettes en sanglotant ; l'arrogant Fulbert avait perdu de sa superbe et il pleurait à chaudes larmes, en gémissant de douleur ; quant à l'insaisissable Cyrille, à deux pas derrière lui, il était aussi rouge que le sang qui maculait la chemise de celui qu'il venait de rosser.

Le frère Alfred soupira d'exaspération, même si le tableau semblait assez clair. Il fallait maintenant savoir si le geste avait été volontaire ou non, bien que le sang qui coule avait l'habitude de parler par lui-même, n'est-ce pas ?

L'affolement ressenti par le frère Alfred se transforma sur-le-champ en détermination. Il n'avait pas le choix d'intervenir. Devant l'assemblée des élèves et devant la gravité de la situation, on parlait tout de même de blessure ici, il se devait d'être implacable.

Si le frère Alfred ne prit pas Cyrille par l'oreille pour le conduire jusqu'au bureau du préfet de discipline, c'était tout simplement que le jeune homme était déjà plus grand que lui. Mais la poigne de sa main squelettique était aussi puissante que les serres d'un oiseau de proie quand il le saisit par le bras.

— Suivez-moi, jeune homme !

Cyrille n'opposa aucune résistance. Pourquoi l'aurait-il fait ? Il se savait coupable. Ne restait plus qu'à tenter d'expliquer la raison de son intervention malheureuse et brutale. Il lui faudrait convaincre les autorités que, malgré les apparences, ce qui s'était produit n'était qu'un malencontreux accident, et leur dire, en toute sincérité, qu'il n'avait jamais eu l'intention de frapper quelqu'un au visage.

Même si ce quelqu'un était Fulbert Morissette et que lui-même le trouvait passablement prétentieux et surtout très désagréable.

Voilà à quoi pensait Cyrille en arpentant les longs couloirs du collège, toujours remorqué par le frère Alfred, qui n'avait pas lâché sa prise. Toutefois, emmêlé à son ébauche d'explication, Cyrille fut grandement surpris de voir à quelle vitesse un si petit homme pouvait marcher.

En moins de deux, Cyrille se retrouva devant

la porte du préfet de discipline, où le frère Alfred frappa sans la moindre hésitation. Ensuite, sans attendre d'y être invité, il ouvrit le battant de bois verni et entra dans la pièce tout en traînant derrière lui un Cyrille de plus en plus inquiet.

Aucun élève n'aimait se retrouver devant le préfet de discipline et le fait d'être innocent n'y changeait rien. Que dire alors quand on se savait coupable ?

Cyrille ferma les yeux un instant.

Mais qu'est-ce qui lui avait pris de se ruer ainsi sur Fulbert ? Les choses allaient pourtant assez bien, depuis quelque temps, non ? Il s'était enfin fait quelques amis, il reprenait un goût réel aux études, et dans quelques jours, ce seraient les vacances de Pâques. Il avait tellement hâte de revoir ses parents, de leur dire que le collège n'était plus une corvée et d'avouer à sa mère qu'elle avait peut-être eu raison d'insister.

Et voilà qu'une petite seconde de rien du tout avait suffi pour tout remettre en question.

Les yeux rivés au sol, Cyrille passa devant le frère Alfred et entra dans le bureau du père Auguste, persuadé qu'on allait l'empêcher de retourner chez lui pour célébrer la fête de Pâques avec sa famille.

De toute évidence, cette entrée intempestive dans ce qu'il considérait comme son repaire privé contraria grandement le père Auguste, qui profitait sans vergogne d'une petite sieste de digestion.

Il se redressa dans son fauteuil, les yeux rougis par le sommeil, le cœur battant la chamade, et il dévisagea Cyrille, visiblement de très mauvaise humeur.

Ça n'augurait rien de bon.

— Mais qu'est-ce que vous avez encore fait ?

Ce fut le mot « encore » qui frappa Cyrille de plein fouet. Comme s'il était le plus dissipé des élèves du collège !

Cette façon de l'accueillir, que Cyrille trouva tout à fait injuste, lui fut salutaire et sur le coup, il retrouva tous ses esprits.

En réalité, tout était de la faute de Fulbert, qui s'en était pris à plus faible que lui sans la moindre raison. Cyrille avait, quant à lui, fait preuve de loyauté envers un ami. Si le coup avait été porté au visage, c'était accidentel.

Mais à peine Cyrille avait-il ouvert la bouche pour tenter d'expliquer la situation que le frère Alfred le devançait en annonçant :

— Ce jeune homme a eu l'audace et le mauvais goût de frapper au visage l'un de ses camarades de classe. Résultat : le pauvre Fulbert saigne comme un porc qu'on a mené à l'abattoir. Je n'y connais pas grand-chose, mais je dirais que son nez est cassé. Le frère Julius le conduisait justement à l'infirmerie quand je suis sorti de la cour avec monsieur Lafrance.

— Fulbert ? Fulbert Morissette ?

Comme s'il pouvait y avoir un autre Fulbert

sous le toit du collège ! Cyrille se retint pour ne pas lever les yeux au plafond, geste un peu dérisoire qui aurait été assurément taxé d'impertinence, et ce n'était surtout pas le temps d'aggraver son cas.

— J'irai le voir tout à l'heure, précisa le préfet en soupirant.

Puis, levant les yeux vers Cyrille, il ajouta :

— En attendant...

Le père Auguste laissa la phrase en suspens et, pour une fois, ce n'était pas uniquement pour étirer le supplice d'un élève en face de lui, bien qu'il ne lui déplaisât pas du tout de faire souffrir ceux qui le méritaient. Non, cette fois-ci, même si la faute semblait assez grave, le préfet de discipline était on ne peut plus perplexe.

Cachant son embarras derrière un paravent de sévérité, attitude qu'il avait longuement peaufinée au fil des années et qu'il possédait aujourd'hui avec une aisance qui frôlait la perfection, il continua d'observer Cyrille en silence. Placide en apparence, le père Auguste bouillait à l'intérieur et il sentait presque physiquement l'emballement des rouages de sa pensée.

Si un élève aussi calme et réservé que Cyrille avait osé lever la main sur un confrère, c'était assurément que la situation avait été extrême, et en conséquence, le préfet aurait bien aimé entendre sa version des faits.

Ça, c'était le côté face de la médaille.

Du côté pile, cependant, il y avait le règlement du collège.

Les batailles n'étaient pas tolérées, quelles qu'en soient les causes.

De plus, il n'était pas dans les coutumes de la maison de demander aux élèves de se justifier ou de prendre parti pour l'un de leurs camarades. Dans le cas présent, en demandant à Cyrille de lui expliquer la situation, le père Auguste avait grand-peur d'ouvrir une boîte de Pandore. Non seulement l'exercice ne mènerait nulle part, puisque Cyrille en ferait probablement une narration biaisée, car il était concerné, mais surtout s'avouer curieux risquait de nuire à son autorité.

Dilemme!

Néanmoins, le père Auguste était grandement surpris de voir Cyrille Lafrance se tenir devant lui, accusé d'avoir frappé un de ses camarades de classe. Une telle attitude ne ressemblait pas du tout à l'élève studieux qu'il était. Hormis la lettre à sa cousine en début d'année, et la faute était bien vénielle, Cyrille Lafrance était un sujet plutôt calme, discret, très bien élevé, et de bon jugement. Même son directeur de conscience, le père Gérard, disait de lui qu'il semblait enfin se diriger vers la bonne voie.

— Il m'écoute avec respect et attention, ce que je n'avais pas ressenti durant le premier semestre. Puis, l'autre jour, je l'ai surpris en train de prier à la chapelle. N'est-ce pas là un signe évident?

À mon avis, pour un élève aussi jeune, c'est déjà beaucoup.

Donc, devant ce qui s'annonçait comme une vocation probable, le père Auguste savait qu'il devait agir avec circonspection. À cet âge, les garçons sont si vulnérables, tellement influençables !

Cependant, dans le cas de Cyrille, cette fragilité ne semblait pas exister dans le sens commun que le père Auguste lui donnait. En effet, les articles que le jeune homme écrivait pour le journal, depuis son retour de vacances en janvier dernier, étaient toujours pertinents et bien tournés. Ce n'était pas l'œuvre d'un jeune écervelé. Les textes de Cyrille arrivaient même, parfois, à impressionner le préfet.

Raison de plus pour être vigilant et ne pas tuer dans l'œuf cette belle maturité !

Un jour, Cyrille Lafrance ferait partie de ces élèves qui passent à la pérennité d'un collège que le père Auguste n'en serait pas vraiment surpris.

Bref, se départir d'un tel élève pour une dispute d'enfants serait à tout le moins exagéré.

Alors ?

Que faire, grands dieux, que faire ?

Il ne pouvait tout de même pas fermer les yeux sur la faute, surtout que le second belligérant n'était autre que Fulbert Morissette.

Le père Auguste retint un soupir contrarié.

C'était là que le bât blessait !

Sur un second soupir qui pouvait aisément

passer pour de l'impatience, le père Auguste poursuivit sa réflexion quelques instants de plus, sous le regard soumis du frère Alfred qui n'en était pas à une attente près devant un supérieur, et devant un Cyrille qui fixait la pointe de ses souliers.

Le préfet s'appuya contre le dossier de son fauteuil. Il n'avait aucune difficulté à admettre que Fulbert Morissette appartenait à une tout autre catégorie d'élèves que Cyrille.

Baratineur à ses heures, un brin paresseux malgré d'assez bonnes notes, il aimait attirer l'attention et son éducation laissait à désirer. Prétentieux et vantard, Fulbert faisait partie de tous ces élèves présents, passés et à venir, dont le père Auguste garderait un souvenir mitigé, quand il en garderait un. Il était tout à fait conscient, dans le cas de Fulbert, que l'argent du père aidait grandement à tolérer la présence du fils. En effet, le préfet savait très bien que le docteur Cyprien Morissette était un donateur exceptionnel, car le principal du collège lui en avait glissé quelques mots.

— Malgré son mauvais caractère et de déplorables habitudes, nous n'aurons malheureusement pas le choix de garder Fulbert parmi nous. Je tenais à vous en aviser, car la probabilité qu'il se retrouve devant vous un jour me semble, ma foi, plutôt grande. Faites comme moi et essayez de le voir comme un atout pour le collège et non comme un embarras.

Négliger Fulbert d'une manière ou d'une autre

pourrait donc avoir des conséquences fâcheuses, tant pour le collège que pour lui-même, le préfet en était douloureusement conscient.

Sur ce, le père Auguste jeta un regard courroucé vers Cyrille.

Que devait-il faire de ce jeune homme ? Après tout, nous ne parlions pas ici d'une banale dispute entre deux gamins gâtés, mais d'un coup de poing reçu en plein visage.

Et le sang avait coulé !

Un vilain rot au goût d'oignon fit grimacer le père Auguste. Sans aucun doute, la digestion serait plutôt difficile, ce midi, et il décida dans l'instant que Cyrille en ferait les frais, du moins en apparence. Qui d'autre pouvait porter le chapeau, de toute façon ? Après tout, c'était lui qui avait donné le coup de poing, n'est-ce pas ? Quant à Fulbert, il y verrait plus tard. L'important était que l'incident n'arrive pas trop vite aux oreilles du principal, car ce serait lui, le préfet de discipline, qui aurait alors à faire un compte rendu de la situation et, pour l'instant, il n'avait pas la moindre idée de ce qui s'était réellement passé et il n'avait pas l'intention de le demander de façon précipitée. Il lui fallait donc agir avec diligence et intelligence, essayant de ménager la chèvre et le chou.

Le père Auguste se redressa brusquement.

— Monsieur Lafrance…

L'interpellé sursauta. Depuis quelques instants, Cyrille s'était mis à regarder par la fenêtre, espérant ainsi arriver à réduire son anxiété. Devant la mine imperturbable du préfet qui semblait réfléchir intensément, Cyrille avait eu l'impression que le reste de l'après-midi allait passer dans un silence mortel et que chaque seconde qui tombait au sablier du temps ajoutait un degré de plus à la punition exemplaire que le préfet ne manquerait pas de lui infliger.

Soulagé d'entendre que l'attente aurait une fin, Cyrille leva les yeux vers le père Auguste, qui le dévisageait.

Curieusement, malgré les lèvres pincées du supérieur, ce qui soulignait éloquemment sa contrariété, le regard, lui, ne montrait aucune sévérité. Cyrille se fit alors très attentif. Confusément, il avait la sensation que le moment qu'il était en train de vivre revêtait une grande importance pour lui. Comme si son avenir était en train de se jouer.

Durant une fraction de seconde, il vit la cordonnerie de son père, jugea que ce n'était vraiment pas le temps d'y penser, puis il reporta son attention sur le père Auguste.

— Cyrille, dit alors le préfet de discipline. J'espère que tu comprends que tu me mets dans une situation difficile.

C'était bien la première fois qu'un des directeurs du collège s'adressait à Cyrille en employant son prénom et en le tutoyant.

— Tu comprends, n'est-ce pas ?

Cyrille sentit un long frisson chatouiller sa colonne vertébrale. Pourquoi le père Auguste le tutoyait-il ? Était-ce une manière détournée de se montrer presque gentil ? Et pourquoi le ferait-il puisque Cyrille était coupable ?

— Oui, mon père, admit-il toutefois sans chercher plus loin.

Et avant que le sujet ne soit directement abordé, Cyrille ajouta :

— J'aurais pas dû frapper Fulbert comme ça. J'en suis conscient.

Instinctivement, Cyrille venait de comprendre que d'essayer de se justifier n'aiderait pas sa cause. Il valait mieux se tenir droit, les deux mains croisées dans son dos et regarder le préfet, sans pour autant le fixer trop hardiment, en reconnaissant honnêtement sa faute. Si le père Auguste voulait l'entendre raconter l'histoire, il ne se gênerait pas pour le demander.

Effectivement, l'attitude de Cyrille dut plaire au supérieur, car ce dernier sembla se détendre légèrement.

— Très bien, Cyrille. J'apprécie ta franchise. Mais conséquemment, tu dois aussi comprendre que je ne peux fermer les yeux sur un tel comportement, et ce, quelles que soient les raisons qui ont pu motiver ton geste.

À ces mots, Cyrille comprit que toute tentative de justification serait vouée à l'échec. Il baissa les yeux.

— Oui, mon père. Je comprends.

Cyrille s'écoutait parler et il se trouvait lâche. Puis, de façon tout à fait inattendue, le sourire de sa mère traversa son esprit. Alors le jeune homme redressa les épaules. Pour que sa mère n'apprenne jamais ce qui s'était passé, car elle serait terriblement déçue, Cyrille boirait la lie jusqu'au bout, comme il était écrit dans les Évangiles, en souhaitant de toute son âme que cette histoire de bagarre reste à l'intérieur des murs du collège.

— Oui, je comprends, mon père, répéta-t-il docilement. Vous avez raison.

— Parfait. Je n'en attendais pas moins de vous, monsieur Lafrance.

Le père Auguste avait repris et sa froideur coutumière et son vouvoiement, mais curieusement, Cyrille en fut soulagé. Les choses redevenaient normales et c'était très bien qu'il en soit ainsi.

— Maintenant, les conséquences...

Du bout de son index à l'ongle trop long, le père Auguste tapotait sur son bureau.

Vraiment, tout était redevenu normal, et pour montrer sa bonne volonté, Cyrille garda les yeux baissés.

— Comme punition, annonça alors le préfet, vous me mettrez par écrit ce qui s'est réellement passé. L'exercice sera une bonne leçon de français et vous découvrirez peut-être, à travers les mots, la solution à votre problème qui aurait été la meilleure... Quant au reste, je verrai. Dans un premier temps, je vais m'enquérir de la santé de monsieur Morissette et par la suite, j'aviserai. Allez, monsieur Lafrance, quittez ce bureau. L'heure des cours va bientôt sonner et il serait déplorable pour vous d'ajouter un retard à votre dossier. Je veux un document complet sur la situation, dès demain matin, avant le déjeuner. Je vous attendrai ici, dans mon bureau. J'exige que le travail soit propre et lisible, sans fautes ni ratures. Une bonne dizaine de pages seraient appréciées. Si ce n'est pas fait à mon goût, je me verrai dans l'obligation d'annuler la visite dans votre famille à l'occasion de la fête de Pâques.

— Oui, mon père.

— Ce sera tout. Vous pouvez regagner votre classe.

C'était tout, vraiment tout ?

Cyrille fit un effort colossal pour retenir un soupir de soulagement qui aurait pu être mal interprété. Bien que…

Ainsi, il n'y aurait qu'un texte à pondre qui expliquerait exactement ce qu'il aurait voulu avoir la chance de dire et on n'en parlerait plus ?

Jamais Cyrille n'aurait cru pouvoir s'en tirer à si bon compte.

Retenant maintenant de toutes ses forces le sourire spontané qui cherchait à s'imposer sur son visage, il allait tourner les talons quand le père Auguste ajouta :

— Ah oui ! Pour que tout soit bien clair entre

nous, il faut que vous sachiez que nous n'aurons d'autre choix que de prévenir les parents de monsieur Morissette et peut-être aussi l'abbé Pettigrew. Voilà. C'est vraiment tout, maintenant. Bon après-midi, monsieur Lafrance.

Du coin de l'œil, le père Auguste regarda Cyrille quitter son bureau, suivi de près par le frère Alfred. Cependant, dès que la porte fut refermée sur eux, ce fut le préfet de discipline qui étira un large sourire.

Il était plutôt fier de la solution trouvée.

Bien sûr, il allait devoir parler au père de Fulbert et le moment ne serait probablement pas des plus agréables. Pour cela, il en voulait tout de même un peu à Cyrille, bien entendu. Mais le père Auguste en avait vu bien d'autres au fil des années et il n'allait pas s'affoler pour si peu. De toute façon, il n'avait pas l'intention de livrer aux parents de Fulbert le nom de celui qui avait posé ce geste disgracieux. Il dirait tout simplement que dans le feu de l'action, personne n'avait rien vu de probant et qu'il n'était pas dans les habitudes du collège de lancer des accusations gratuites. Que Fulbert prétende ce qu'il voudra, ou que Cyrille écrive ce que bon lui semble, ce serait de toute façon la parole de l'un contre celle de l'autre, et le père Auguste avait bien l'intention de ne donner suite ni à l'un ni à l'autre.

Son expérience lui dictait que sa décision était la bonne.

D'aussi loin qu'il puisse se souvenir, le père Auguste n'avait jamais vu un élève se mêler d'une situation déplaisante qui ne le concernait pas, surtout pas dans le but de faire valoir la vérité. Alors, qu'un autre élève se manifeste pour soutenir ou Fulbert ou Cyrille était une probabilité à peu près nulle. De toute façon, sous leur toit, il n'y avait jamais eu de situation suffisamment grave pour nécessiter une enquête. Dans le cas présent, le blessé s'en tirerait probablement avec une bonne leçon d'humilité, ce qui n'était pas pour lui nuire. Quant à Cyrille, le père Auguste était persuadé que le jeune homme ne recommencerait pas.

Ceci étant dit, il n'avait surtout pas l'intention d'en aviser l'abbé Pettigrew ! Que le curé de Sainte-Adèle-de-la-Merci décide de ne plus subventionner les études d'un jeune homme aussi brillant, promis peut-être au sacerdoce, serait une décision déplorable et le père Auguste ne voulait surtout pas en être l'instigateur.

Cependant, la seule crainte de savoir que son curé pourrait être mis au parfum suffisait amplement pour inquiéter Cyrille. Dans son cas, la punition se vivrait à ce niveau.

Quelques heures d'un mauvais sommeil avec une crampe au ventre faisaient parfois des merveilles.

Le père Auguste connaissait les gamins de longue date et il savait que ce n'était pas dans la nature profonde de l'élève Lafrance de chercher noise à qui que ce soit sans une excellente raison. Une bonne menace placée au bon endroit serait aussi efficace qu'une punition trop sévère.

De plus en plus satisfait de ses décisions, le père Auguste se releva. Il irait de ce pas voir de quoi il retournait à l'infirmerie et, par la suite, il informerait les parents de Fulbert de la situation.

Avec un peu de chance, le docteur Morissette et son épouse se contenteraient de ses explications, manifesteraient peut-être de faibles protestations, et on pourrait alors tourner la page.

À cette pensée, le père Auguste fronça les sourcils.

Avait-il déjà rencontré les parents de Fulbert ?

Mystère ! Nulle image ne lui venait spontanément à l'esprit et il avait une excellente mémoire visuelle. Il haussa les épaules avec fatalisme. Si jamais il les avait croisés, ça avait été fort furtif, car il ne s'en souvenait pas. Même au départ pour les fêtes de Noël, les parents Morissette avaient brillé par leur absence, car c'était le grand-père qui s'était présenté à son bureau avant de quitter le collège avec Fulbert.

« Pauvre enfant », pensa le préfet tandis qu'il frappait à la porte de l'infirmerie, avec une empathie qu'il se surprit lui-même à ressentir.

Le père Auguste s'arrêta, secoua la tête comme pour abrutir cette émotion inattendue, puis il redressa les épaules, se composa une moue de circonstance, pincée et sévère, et il entra dans la pièce.

— Monsieur Morissette ! Comment allez-vous ?

Cette fois-ci, il y avait une pointe de sarcasme dans la voix du père Auguste. L'occasion se présentant à lui sur un plateau d'argent, il n'allait tout de même pas bouder son plaisir, n'est-ce pas ? Faire comprendre à un jeune polisson que la main de Dieu n'était jamais très loin pour vous ramener dans le droit chemin était un discours qu'il aimait particulièrement tenir.

— Alors, jeune homme ? On m'a parlé de votre malencontreux accident. Je constate qu'on ne m'avait pas menti. Croyez-vous que l'on doive vous conduire à l'hôpital ?

Le soir même, à la cafétéria du collège de Trois-Rivières, Fulbert Morissette faisait une entrée remarquée. Sans être cassé, son nez affichait tout de même une bonne enflure et sa vilaine teinte violacée ne laissait aucun doute quant à la force du coup reçu.

Une salve d'applaudissements, initiée par Xavier, accueillit alors Fulbert.

Le pauvre garçon se mit à rougir, décontenancé, mais esquissant tout de même un pâle sourire de plaisir.

C'était du sérieux ! Toute l'école était debout devant lui !

Intimidé, Fulbert resta figé dans l'embrasure quand soudain, une ombre passa dans son regard et son sourire se figea. Il venait de reconnaître Xavier qui, sans ses lunettes, ressemblait un peu moins à une taupe, et tout comme les autres, il battait des mains avec entrain. Il était peut-être même celui qui y mettait le plus de vigueur. Fulbert en fut surpris.

De toute évidence, Xavier Chamberland ne lui en voulait pas.

Le regret de Fulbert fut, à cet instant, aussi sincère que celui éprouvé par Cyrille, sur l'heure du midi. Le jeune Morissette fit alors un pas de plus, tout en effaçant ce sourire qui ne convenait pas du tout à son visage tuméfié qui élançait au rythme de ses battements cardiaques qui s'étaient accélérés. Mais peu lui importait. Fulbert Morissette était le point de mire de toute une école et c'était bien suffisant pour que cette journée de fête, aussi douloureuse soit-elle, reste marquée à jamais comme l'un des plus beaux jours de sa vie.

Malgré les élancements qui allaient s'intensifiant, Fulbert s'efforça de dessiner un sourire encore plus large et, bombant le torse, il regagna sa place habituelle où un énorme gâteau d'anniversaire l'attendait.

Dès qu'il aperçut la pâtisserie, le jeune fêté fronça encore une fois les sourcils, c'était bien le seul mouvement du visage qui ne lui occasionnait pas de douleur, et il ralentit le pas.

Fulbert était intrigué.

Comment son père avait-il pu deviner le

dilemme de son fils qui ne savait trop comment répartir les parts de son gâteau d'anniversaire sans passer pour un pingre, si jamais le frère Alfred l'obligeait à partager avec tout le monde? Pourquoi, sinon, lui avoir fait livrer un aussi gros gâteau?

En fait, le gâteau était immense et il aurait pu convenir à deux classes au moins. Curieux!

Serait-ce que le docteur Morissette n'était pas qu'un docteur, mais qu'il pouvait aussi, à ses heures, être un... papa?

Ce mot qu'il n'avait jamais prononcé flotta un instant dans l'esprit de Fulbert, qui, soudain, sentit les larmes agacer le bord de ses paupières. Il renifla un bon coup, un peu gêné, puis il se dit qu'avec une blessure comme la sienne, tout était permis. Il n'avait surtout pas à se sentir mal à l'aise ou rabaissé pour quelques larmes échappées.

Bien au contraire!

Puis, Fulbert revint au gâteau qui avait fière allure. Pour une toute première fois, il était vraiment à la hauteur de ses attentes!

Avec ses deux étages et grand comme une roue de bicyclette, le gâteau de Fulbert Morissette serait sûrement assez copieux pour que tous les garçons de sa classe en aient un vrai bon morceau.

Fulbert atteignit sa table dans le bruit des chaises qui frottaient le plancher tandis que tous les élèves s'asseyaient enfin.

En y regardant de plus près, les sourcils

toujours froncés, Fulbert fit un rapide calcul et il estima que même le frère Alfred pourrait y goûter ! Quant au père Auguste, il était dans la salle d'à côté. Tant pis pour lui !

Vraiment, la fête de ses quatorze ans était bien la plus belle qu'il ait jamais vécue !

CHAPITRE 6

Le vendredi 18 avril 1924,
à Sainte-Adèle-de-la-Merci

Dans la cordonnerie Lafrance, le matin du Vendredi saint

Marie-Thérèse travaillait depuis bien avant l'aube puisque le sommeil l'avait boudée à partir des petites heures du matin.

Depuis ces trois dernières semaines, c'était courant. La ronde folle de ses pensées amplifiée par la noirceur et le silence enveloppant la maison finissait toujours par l'éveiller complètement et l'emporter sur cette lassitude persistante qui était devenue une façon d'être quotidienne, surtout depuis le départ précipité de sa tante pour l'hôpital. Heureusement, l'infarctus avait été sans gravité et Félicité Gagnon allait s'en sortir.

Alors, tout à l'heure, comme de plus en plus souvent d'ailleurs, tant qu'à avoir les yeux grand ouverts en train de repasser en boucle tout ce qu'il y aurait à faire durant la journée, Marie-Thérèse s'était levée tout doucement afin de ne pas troubler le sommeil de Jaquelin qui, lui, s'était couché épuisé, bien après minuit. Ils travaillaient ainsi d'arrache-pied tous les deux pour arriver à livrer les souliers neufs que certains paroissiens voulaient étrenner pour la messe du matin de Pâques. Et cette année, les commandes avaient été particulièrement nombreuses, beaucoup plus que d'habitude, car la neige avait presque complètement fondu et les trottoirs bordant la rue principale étaient libérés de leur carcan d'hiver.

Depuis un mois, la vie de Marie-Thérèse et de Jaquelin Lafrance était devenue une course affolante contre la montre, logée à l'enseigne de l'inquiétude de ne pas y arriver et, trop souvent hélas ! ponctuée de moments de brusquerie envers les enfants. À un point tel qu'il arrivait régulièrement à Marie-Thérèse de se demander qui des jumeaux, du reste de la famille, de l'ordinaire de la maison ou du travail à la cordonnerie était le plus exigeant. Elle s'en voulait terriblement de penser de la sorte en cherchant un coupable à sa mauvaise humeur chronique, mais elle ne pouvait s'en empêcher.

Le moindre inconvénient, le plus infime obstacle qui se mettaient en travers de sa route relançaient spontanément la question.

Et c'était sans compter que sa mère, affaiblie

par une sérieuse bronchite qui s'était rapidement transformée en pneumonie, n'avait pu venir lui prêter main-forte en remplacement de la tante Félicité, terrassée par son attaque.

Quant à Jaquelin, même s'il faisait son gros possible pour la soutenir un peu partout dans la maison, il n'était souvent qu'une source d'embarras à cause de son bras paralysé. Dans ces cas-là, Marie-Thérèse pinçait les lèvres pour ne pas laisser voir son impatience et elle attendait que son mari ait le dos tourné pour passer derrière lui afin de rectifier ou de compléter ce qu'il n'avait pu faire adéquatement.

Depuis le départ de sa tante, combien de fois Marie-Thérèse avait-elle songé à son fils Cyrille et à son envie de prendre la relève à la cordonnerie, alors qu'elle-même se sentait débordée? Marie-Thérèse l'ignorait, mais chose certaine, elle y revenait presque tous les jours, parce que presque tous les jours, il y en avait trop à faire. Elle se disait alors qu'il suffirait peut-être d'un seul mot de sa part, un simple « oui », pour voir la situation changer radicalement. En être consciente et y revenir aussi régulièrement, avec une sorte d'insistance répétitive et exaspérante, lui donnaient parfois l'envie de pleurer, tant l'épuisement était total. Malgré cela, la jeune mère de famille refusait d'hypothéquer l'avenir de Cyrille pour un mauvais moment à passer.

Car ce n'était qu'un mauvais moment à passer, n'est-ce pas ?

C'était à cette certitude que Marie-Thérèse se raccrochait : encore quelques semaines et cet épisode un peu fou serait derrière eux.

Voilà pourquoi Marie-Thérèse serrait les dents et continuait de travailler, inlassablement, de la maison à la cordonnerie, des chambres à la cuisine, des cuves de lavage aux bébés qui la réclamaient plusieurs fois par jour à grand renfort de cris ou de pleurs, surtout la petite Albertine. Pour ne pas devenir complètement folle, elle gardait bien présente dans sa tête et dans son cœur l'image d'un été qui ne devrait plus tarder. Elle pourrait alors compter sur Cyrille à la cordonnerie, qu'Anselme se le tienne pour dit ; et sur Agnès à la maison, et là c'était à Lauréanne que Marie-Thérèse lançait mentalement son ultimatum. Pas question que ses deux plus vieux passent l'été ailleurs qu'à ses côtés. Ainsi, sachant son petit monde entre bonnes mains, elle pourrait peut-être en profiter un peu chaque jour pour enfin se reposer.

Chaque fois que Marie-Thérèse sentait ses paupières se fermer toutes seules, elle tentait de s'imaginer en train de faire la sieste dans le beau transatlantique que Jaquelin avait reçu l'année précédente pour son anniversaire. Elle arrivait même à entendre la brise chanter dans le gros chêne et le gazouillis des oiseaux. Cette perspective agréable lui donnait le courage de continuer la besogne déjà commencée et c'est ainsi que les journées, les unes après les autres, finissaient toujours par passer.

Dormir...

C'était pour elle le mot magique, celui susceptible de régler tous les problèmes. « Donnez-moi la chance d'aller au bout de mon sommeil chaque nuit, pensait-elle parfois, quand elle se sentait particulièrement débordée et irritable, et vous allez voir de quoi je suis capable. »

En un mot, pouvoir se reposer rendrait la vie bien différente et son caractère bien plus facile, Marie-Thérèse en était persuadée. Ce qu'elle ne comprenait pas, par contre, c'était pourquoi elle s'éveillait spontanément toutes les nuits, alors qu'elle aurait tant voulu continuer à dormir. C'était un non-sens, et par moments, Marie-Thérèse avait l'impression que l'ensemble de sa vie était devenu un non-sens !

Heureusement, petite éclaircie dans la grisaille du quotidien, Félicité Gagnon était bel et bien hors de danger. À ce propos, le docteur Amédée Gosselin, demandé en consultation, avait été formel.

— Elle a la couenne dure, votre tante ! Pas de doute là-dessus, madame Lafrance. Quelques semaines à l'hôpital sous observation et elle devrait s'en remettre totalement.

À ce moment-là, découragée, inquiète jusqu'au fond de l'âme, Marie-Thérèse assistait au départ de sa tante Félicité qu'on avait installée sur un brancard de fortune qui serait déposé dans le camion de monsieur Touche-à-Tout. Ensuite, sans rouler trop vite, ce dernier emmènerait la vieille dame jusqu'à l'hôpital Saint-Joseph de Trois-Rivières.

En effet, pour le docteur Gosselin, il semblait évident que la tante Félicité avait été terrassée par un infarctus du myocarde et, comme c'était une situation inquiétante, cela nécessitait une hospitalisation, malgré les bougonnements répétés de la vieille dame qui ne comprenait pas pourquoi elle devait aller à l'hôpital pour se reposer.

— Si c'est juste du repos que ça prend, j'avais pas besoin d'un docteur pour me dire ça, je le savais déjà… Me reposer, il y a rien de sorcier là-dedans ! Je pourrais faire ça chez moi, non ?

— Non, avait déclaré fermement Amédée Gosselin.

C'était donc la mort dans l'âme que Marie-Thérèse avait regardé sa tante partir pour Trois-Rivières, se répétant que leur village était bien trop loin des villes et qu'elle commençait à en avoir assez. À cause de cela, elle n'aurait pas la chance de visiter sa tante à sa guise et elle en était peinée.

Tout comme elle s'ennuyait terriblement de Cyrille qui, à force de vivre au collège, deviendrait peut-être un étranger dans sa propre famille.

Cette perspective effrayait Marie-Thérèse, qui couvait ses enfants comme une poule ses poussins. Par moments, elle avait l'angoissante impression que sa vie lui échappait et qu'il ne lui restait plus qu'à la regarder passer sans pouvoir y changer quoi que ce soit.

Cette nuit, Marie-Thérèse en était toujours là, frappée par cet état de découragement absolu. Il durait depuis de trop longues semaines et il s'était abattu sur elle dès l'instant où le camion de Gédéon Touchette avait disparu au coin de la rue, emportant sa chère tante vers un avenir incertain. Il faut cependant préciser que la bonne santé générale de Félicité Gagnon l'avait grandement aidée dans son malheur: une fois parfaitement rétablie, la vieille dame ne garderait aucune séquelle physique ni cérébrale de sa mésaventure.

Quand Marie-Thérèse avait appris la bonne nouvelle, apportée comme toujours par Gédéon Touchette, sa colère avait alors disparu, vite remplacée, toutefois, par l'impatience de revoir sa tante.

Ce qui ne devrait plus tarder.

À cette pensée, Marie-Thérèse esquissa un sourire tout en continuant de tailler le cuir.

Elle avait appris, hier en fin de journée, que depuis quelques jours, sa tante allait beaucoup mieux. Seule une langueur normale persistait, et après la visite matinale du médecin, Félicité Gagnon devrait être en mesure de quitter l'hôpital dès aujourd'hui.

Cette fois-ci, ce renseignement précieux et tous les détails entourant l'état de santé de la tante

Félicité étaient parvenus jusqu'à Marie-Thérèse par les bons offices de Gustave Ferron, le marchand général de Sainte-Adèle-de-la-Merci. En effet, ce dernier avait reçu un appel de l'hôpital, la veille en fin d'après-midi.

— Pis faites-vous-en pas, madame Lafrance, tout est déjà organisé pour son transport, avait-il ajouté tout guilleret, heureux lui aussi de savoir que la vieille dame allait revenir parmi eux et qu'elle serait en forme.

Après tout, Félicité Gagnon était une sorte de monument dans la paroisse de Sainte-Adèle-de-la-Merci, n'est-ce pas ? Elle avait été professeur durant des décennies ; elle avait vu grandir une bonne moitié des gens du village ; et elle continuait de donner un coup de main à presque toutes les familles quand elles étaient dans le besoin. Même le curé Pettigrew avait demandé aux paroissiens de prier pour elle à chacune des messes du dimanche, depuis son départ pour l'hôpital.

— Ah oui ? Quelqu'un va aller chercher matante à l'hôpital ? avait demandé Marie-Thérèse un peu étonnée. Qui ça ?

— Pensez-y un peu… Qui voulez-vous que ça soye ?

— Je vois pas vraiment.

— Ben voyons donc, madame Thérèse ! À l'hôpital on m'a dit que ça serait monsieur Touchette, qui s'est gentiment offert à sa dernière visite. Mais je le savais, parce qu'il m'en avait déjà parlé.

— Ah oui ? Monsieur Touche-à-Tout ? Comment ça ?

— On dirait que ça vous surprend ?

— Quand même un peu. Même si on le voit souvent par ici, monsieur Touchette fait quand même pas partie de la famille.

— Pis ça ? Pas besoin d'être un proche parent pour avoir envie d'aider le monde. Regardez votre tante Félicité ! Elle aide tout le monde. Ça fait longtemps que je connais Gédéon Touchette, pis laissez-moi vous dire que malgré sa manie de fouiner dans la vie des gens pis de toute répéter comme un perroquet, notre monsieur Touche-à-Tout est un homme de cœur.

Piteuse, Marie-Thérèse avait échappé un soupir contrit.

— C'est vrai. Vous avez ben raison.

Tout cela pour dire qu'à la suite de cette visite, Marie-Thérèse avait fait remarquer à Jaquelin, quand ils s'étaient retrouvés, au moment du souper, qu'il serait peut-être temps de songer à faire installer un téléphone dans leur cuisine.

— Me semble, mon homme, qu'on aurait les moyens de se payer ça, nous autres avec ! Quand j'ai vu monsieur Ferron à notre porte, j'étais gênée sans bon sens de le voir prendre du temps sur son travail de magasin pour venir m'annoncer le retour de matante. Ça a juste pas d'allure d'être autant à la merci de tout un chacun ! Avec deux enfants au loin, avec ta sœur, son mari pis ton père qui vivent à Montréal, me semble qu'un téléphone, ça serait pas un luxe. Je me sentirais pas mal mieux pis en sécurité de savoir qu'on peut rejoindre notre monde facilement, en cas de besoin.

— M'en vas y penser, Marie, avait alors promis Jaquelin en hochant la tête. Monsieur Touche-à-Tout aussi m'en avait glissé un mot, le jour du malaise de la tante Félicité. Laisse-moi y penser comme il faut, pis j'vas te revenir là-dessus dans pas longtemps. J'avoue que l'idée est pas bête.

Dans la bouche de Jaquelin, cette promesse d'y réfléchir équivalait à un oui, Marie-Thérèse le savait. Son mari avait simplement besoin d'un peu de temps pour se faire à l'idée qu'il y aurait bientôt une dépense supplémentaire à assumer chaque mois, puis il donnerait suite à sa demande.

Tout en finissant de tailler le cuir que Jaquelin coudrait plus tard dans la journée, grâce à un étau spécial fabriqué expressément pour lui, Marie-Thérèse esquissa un sourire. Certes, elle était toujours aussi épuisée, mais elle se faisait tout de même une joie de savoir que sa tante serait parmi eux pour célébrer la fête de Pâques. Finalement, le Ciel avait écouté ses prières et, de son côté, elle tiendrait sa promesse en ne se plaignant plus jamais des aléas du quotidien, même si elle se doutait bien que ce retour au village ajouterait une charge supplémentaire à ses activités de tous les jours. Si sa sœur Henriette s'occupait de leur mère, qui se remettait lentement de sa pneumonie, Marie-Thérèse, elle, devrait s'occuper de Félicité Gagnon. Pas question de voir cette vieille dame généreuse s'éreinter à travailler ou s'inquiéter pour quoi que ce soit, du moins durant les premières semaines.

À l'idée que sa chère tante allait être de retour dans quelques heures, Marie-Thérèse poussa un profond soupir de contentement. À bien y penser, même si, trop souvent, le corps ne voulait pas suivre l'esprit et qu'elle devait s'arracher de son lit, aujourd'hui, elle avait vraiment bien fait de se lever aussi tôt, car le Vendredi saint était une journée particulièrement chargée. Bien avant l'heure du midi, Marie-Thérèse aurait probablement l'impression d'avoir vécu toute une journée, tant il y avait de petites choses à faire en avance si elle voulait se libérer pour les cérémonies religieuses qui occuperaient une bonne partie de l'après-midi.

Et pas question cette année de demander une dispense ! Avec le retour de sa tante, Marie-Thérèse sentait grandir en elle le besoin de remercier le Ciel. Quand quelque chose allait bien dans sa vie, elle avait toujours envie de dire merci et c'est ce qu'elle ferait à l'église tout à l'heure. Avec le beau temps qu'on connaissait cette année, le curé avait même parlé d'une procession dans le cœur du village, avec une lourde croix en bois que les hommes porteraient à tour de rôle pour rappeler le chemin du calvaire parcouru par Jésus. À Sainte-Adèle-de-la-Merci, cependant, cette promenade se terminerait au cimetière paroissial, au lieu du Golgotha et, bien entendu, il n'y aurait pas de crucifixion !

— Mais pas besoin de sortir les fanions comme pour la procession de la Fête-Dieu, avait spécifié le curé Pettigrew. Juste une tenue sombre suffira, comme pour un deuil.

Oui, la journée serait bien remplie, nettement plus qu'à l'accoutumée, mais en contrepartie, Marie-Thérèse pourrait compter sur la présence efficace de Benjamin, qui était en congé jusqu'au mardi suivant. Depuis tous ces mois où il était devenu l'aîné à la maison, Benjamin avait appris à se débrouiller avec les jumeaux et la petite Angèle. Il lui arrivait même d'aider sa mère à la cuisine et, ma foi, il ne s'en sortait pas si mal. Ce serait en bonne partie grâce à lui que Marie-Thérèse aurait la chance de faire un saut chez sa tante Félicité afin d'aérer la maison, de mettre quelques bûches dans le poêle pour chasser l'humidité et d'épousseter chaque pièce.

La journée serait longue, certes, mais aussi parsemée de petites joies, et Marie-Thérèse estimait qu'un peu de changement dans la routine aurait probablement la propriété de la distraire, ce qui aurait une valeur inestimable par les temps qui couraient.

De plus, aujourd'hui, Cyrille arrivait à la maison !

Pour une toute première fois, son fils ferait la route seul entre le collège et la maison.

— Il est assez vieux pour faire ça comme un grand, avait décrété Jaquelin, deux semaines auparavant. Il y a toujours un boutte à toujours compter sur ton frère Anselme pour promener notre garçon d'ici à Trois-Rivières.

— Ben d'accord avec toi, mon Jaquelin. Je te dirais que moi avec, ça me met un peu mal à l'aise de toujours demander ce service-là, même si je sais que mon frère Anselme le fait avec plaisir.

Ainsi, dans la dernière lettre destinée à Cyrille, Marie-Thérèse avait répété les mots de son mari et elle lui avait envoyé quelques pièces pour le train qui le conduirait à Sainte-Anne-de-la-Pérade, et quelques autres pour le bogey qui l'emmènerait ensuite jusqu'au village.

— Tu les colleras sur un bout de papier, comme on fait pour l'argent du loyer qu'on envoye tous les mois à mon père, avait conseillé Jaquelin à Marie-Thérèse.

Comme si celle-ci n'était pas capable d'y penser toute seule !

Mais peu lui importait les inquiétudes de Jaquelin, qui voulait toujours voir à tout dès qu'il était question d'argent, Marie-Thérèse n'avait rien rétorqué. Si les choses se passaient rondement, Cyrille devrait être arrivé pour le repas du midi et rien d'autre n'avait plus d'importance en ce moment.

À cette pensée, le cœur de Marie-Thérèse eut un petit battement discordant, soulignant ainsi la joie qu'elle avait de revoir son fils aîné. Quand Cyrille lui avait répondu en les remerciant de lui faire confiance, il avait ajouté que le collège n'était plus aussi rébarbatif, car finalement, il s'y était fait quelques amis et, de ce fait, les journées lui semblaient de moins en moins longues.

« Ils s'appellent Xavier Chamberland et Pierre Rochon. Xavier porte des lunettes épaisses, ce qui l'empêche de participer aux sports, mais pour le reste, c'est un très bon ami. J'ai hâte de vous en parler. »

Entre les lignes, Marie-Thérèse avait eu l'impression de retrouver enfin le fils droit et fier, sociable et joyeux, qui était parti un peu à contrecœur, en septembre dernier. À Noël, le Cyrille qui lui était revenu n'était que l'ombre de lui-même et Marie-Thérèse en avait été bouleversée. Elle avait dû se faire violence pour ne pas obtempérer à la demande de Cyrille qui voulait rester à la maison. À la lecture de cette dernière lettre, cependant, Marie-Thérèse avait compris qu'elle avait eu raison de tenir son bout. Depuis, elle avait de plus en plus hâte de revoir son aîné et de parler de tout ça avec lui.

En somme, pour célébrer Pâques et l'arrivée du printemps, il ne manquerait que sa belle Agnès.

Mais la sachant en excellente compagnie chez sa belle-sœur Lauréanne, Marie-Thérèse n'arrivait jamais à ressentir de véritable ennui pour sa fille. Certes, elle pensait à elle très souvent et l'envie de la revoir n'avait pas tiédi. Elle espérait chacune de ses visites avec beaucoup d'impatience. Elle aimait surtout l'examiner de la tête aux pieds, tellement Agnès changeait rapidement depuis quelques mois. Chaque fois qu'elle la regardait ainsi, Marie-Thérèse était émue de constater que la petite fille était en train de devenir une jolie jeune femme, loin d'elle, certes, mais combien aimée par Lauréanne et son mari Émile. Alors, quand venait l'heure du départ pour la grande ville, ou quand son cœur et son esprit se tournaient naturellement vers la rue Adam, à Montréal, Marie-Thérèse n'était jamais triste ni morose. Comment l'aurait-elle pu ? Elle-même y avait passé de si bons moments après la naissance des jumeaux et elle savait pertinemment que sa fille Agnès y était heureuse.

Alors, sans le dire à personne, et surtout pas à Jaquelin, qui ne comprendrait peut-être pas, Marie-Thérèse se permettait, en pensée et de temps en temps seulement, de faire des petites escapades vers Montréal, dont elle s'ennuyait sincèrement. Elle revoyait Lauréanne dans sa cuisine et elle aurait voulu être avec elle. Puis elle entendait les blagues de son beau-frère Émile et elle soupirait de se savoir si loin d'eux. Alors, elle se surprenait à rêver d'une vie différente.

La petite épicerie était-elle toujours à vendre ?

Jusqu'à ce jour, Marie-Thérèse n'osait le demander par crainte de voir son beau rêve s'envoler. Et comme Lauréanne n'en parlait plus...

Tout en pensant à ses enfants, à sa tante et à Montréal, Marie-Thérèse avait fini de tailler le cuir, selon les indications que Jaquelin lui avait données. Elle repoussa les retailles, accrocha les ciseaux au clou, puis elle s'étira en bâillant. L'envie d'être chaudement blottie contre le dos de Jaquelin la fit soupirer d'envie. Pourquoi pas ? Il faisait encore nuit, elle pourrait peut-être profiter d'un peu de sommeil avant d'attaquer le reste de la journée, d'autant plus que les jumeaux, maintenant, ne s'éveillaient jamais avant sept heures.

Marie-Thérèse se releva d'un bond, prête à filer vers sa chambre, quand un étourdissement imprévu la fit chanceler. Elle dut se tenir au rebord de la table pour ne pas tomber.

— P'tite misère, murmura-t-elle avec désespoir, en se laissant retomber sur son tabouret.

Curieusement, une sueur froide s'était mise à couler sur son front. Marie-Thérèse l'essuya d'une main tremblante.

— Veux-tu ben me dire ce qui m'arrive? Je couve toujours ben pas une grippe, moi là...

Marie-Thérèse tenta de se redresser puis tomba encore une fois sur son tabouret, les mains bien à plat sur la table, car elle avait l'impression que le plancher tanguait et se dérobait sous ses pieds.

— Ben voyons donc, ça tourne donc ben tout d'un coup!

Marie-Thérèse ferma les yeux et s'appliqua à respirer calmement pour faire cesser le tournis.

— J'ai pas le temps d'être malade, grommela-t-elle à voix basse, entre chaque longue inspiration. J'ai pas le temps pantoute pour rien d'autre que l'ordinaire de ma maison pis de la cordonnerie. Être malade! Voir que ça se pourrait, une affaire de même. Pas pour moi, en tout cas. Ça serait comme prendre un congé pis je peux pas. J'ai pas une seule petite minute de mes journées à mettre là-dedans.

Le temps de se ressaisir, de retrouver son calme au rythme où l'équilibre lui revenait peu à peu, puis Marie-Thérèse regagna sa chambre à pas prudents. « Un peu de sommeil, pis toute va rentrer dans l'ordre », pensa-t-elle, inquiète, en se glissant sous les couvertures.

Elle s'allongea à sa place, resta un moment les yeux ouverts à écouter le silence. C'était rassurant et l'étourdissement avait disparu.

Marie-Thérèse fut soulagée de se dire que le malaise n'avait été que passager et qu'il était probablement dû au fait qu'elle s'était levée de son tabouret trop vite.

Dans quelques jours, elle n'y penserait même plus.

Elle ferma alors les yeux et se lova contre le dos de son mari qui grogna un peu, bâilla, puis poussa un très long soupir avant de se remettre à respirer calmement. Marie-Thérèse passa alors un bras autour de la taille de Jaquelin et, appuyant le front contre son épaule, elle sombra à son tour dans un profond sommeil.

Au même instant, sur la rue Adam, Émile Fortin se réveillait en sursaut. Dans son cas, cependant, c'était tout à fait inhabituel. Comme le disait Lauréanne en riant, Émile Fortin dormait comme une marmotte et seule la sonnerie insistante de leur réveille-matin arrivait à le ramener à la vie chaque matin !

Mais pas aujourd'hui.

Émile resta sans bouger, à écouter les bruits habituels de la maison, comme un réflexe inné qui permettait de donner une certaine forme rassurante à la noirceur. Puis il tourna la tête vers la fenêtre.

Émile fut surpris de voir que le soleil n'était pas encore levé. Curieux ! Il poussa un long bâillement et il se retourna sur le côté, espérant ainsi arriver à se rendormir.

Ce fut à cet instant que la mémoire lui revint.

L'excitation qu'Émile ressentit aussitôt, accompagnée d'un peu de nervosité, acheva de l'éveiller complètement.

Ça y était, le grand jour était arrivé !

Émile ouvrit alors tout grand les yeux, un franc sourire éclairant son visage bouffi de sommeil.

Sachant qu'il ne se rendormirait pas, il se redressa sur un coude, repoussa les couvertures, et tenta de se lever le plus silencieusement possible, maudissant sa forte corpulence qui l'empêchait d'être discret. Comme pour justifier ses craintes, le sommier de son lit émit un long grincement. Émile suspendit son geste et son souffle pour écouter.

Lauréanne n'avait pas bougé et sa respiration restait profonde et régulière. Alors, le grand homme se leva, et il marcha sur la pointe des pieds jusqu'à la porte pour gagner le corridor. Là, ce fut l'une des lattes du plancher qui fit entendre un long craquement. Le bruit, dans la maison endormie, sembla envahir les moindres recoins de l'appartement silencieux. Émile s'arrêta encore une fois, le cœur battant. Il tendit l'oreille, mais personne ne semblait s'être réveillé. Même Irénée, qui avait le sommeil léger, continuait de ronfler de plus belle dans sa chambre, située à l'avant de la maison. Émile repartit donc vers la cuisine, où il entra, avant de refermer doucement la porte derrière lui, en poussant un soupir de soulagement.

Aujourd'hui, Émile Fortin avait pris une demi-journée de congé et il ne voulait surtout pas avoir à s'expliquer là-dessus pour le moment.

Émile bâilla à s'en décrocher les mâchoires.

Dans le fond, il n'y avait rien de surprenant

dans le fait d'avoir pris congé, puisqu'on était durant la Semaine sainte. Plusieurs personnes s'absentaient en ce vendredi un peu particulier. Cependant, dans le cas d'Émile, ce n'était pas uniquement pour assister à l'office du Vendredi saint s'il avait demandé la permission de prendre toute la journée de congé.

Ces quelques heures supplémentaires serviraient à ce qu'il appelait sa « grande surprise ».

Un frisson de plaisir secoua les épaules d'Émile.

Tout heureux, malgré les papillons qui s'en donnaient à cœur joie dans son estomac devant la perspective d'une si grande nouveauté dans leur vie, le mari de Lauréanne, homme prévisible et raisonnable s'il en était un, se frotta les mains de contentement.

Depuis le temps qu'il espérait cette journée, il allait en profiter de l'aube au crépuscule !

Maintenant bien éveillé, Émile mit de l'eau à bouillir pour se préparer une pleine théière de ce thé « de luxe » qui venait directement d'Angleterre. Pour une fois, Lauréanne ne lui en voudrait sûrement pas, même s'ils avaient l'habitude de le garder pour souligner les grandes occasions.

Ce matin, Émile Fortin jugeait que l'occasion était de la toute première importance et tant pis s'il buvait le thé en solitaire.

En fait, le geste qu'il poserait dans quelques heures à peine risquait même de changer toute leur vie à Lauréanne et lui !

Pour le mieux !

Dès que la boisson fut infusée, Émile s'installa à la table et à petites gorgées, il se mit à siroter le thé brûlant avec précaution, essayant d'imaginer dans les moindres détails à quoi ressemblerait sa journée.

En réalité, il assisterait à l'office religieux qui occuperait une bonne partie de l'après-midi, bien sûr, mais auparavant, Émile profiterait des heures d'ouverture d'un commerce en particulier, qui, comme la plupart des magasins de la ville, serait fermé en après-midi, selon les ordres de l'évêché.

Tout catholique qui se respecte doit assister aux offices, n'est-ce pas ? les marchands comme les autres !

Cependant, puisqu'Émile était trop impatient pour attendre au mardi suivant afin de prendre possession de son nouvel achat, il avait donc demandé sa matinée de congé.

— Pour régler quelques affaires personnelles, avait-il allégué à son patron.

Ce qui n'était pas faux, puisque l'indisposition de la tante Félicité avait été le déclencheur d'une intense réflexion, qui, elle, avait mené à l'achat. Comme les histoires de famille sont par définition des affaires personnelles, Émile se sentait justifié de faire cette petite entorse à la vérité la plus stricte. Il prenait donc congé pour améliorer le sort de sa famille !

En effet, Émile avait été mis au courant de

l'événement malheureux entourant la tante Félicité Gagnon par Lauréanne, à qui monsieur Touche-à-Tout avait expliqué la situation dans les moindres détails, et ce, dès son retour à Montréal.

— J'étais là, madame Fortin, avait déclaré Gédéon Touchette, tout excité. Drette devant elle comme j'suis là devant vous à soir. Ouais... J'étais là en plein au moment où la pauvre madame Félicité s'est étalée de toute son long sur le plancher de la cuisine des Lafrance parce que son cœur venait de lâcher. Oh, que c'était pas beau à voir !

Ce n'était pas tout à fait la vérité, puisque personne ne savait vraiment combien de temps Félicité Gagnon était restée étendue sur le plancher de la cuisine. Mais bon, le Gédéon n'allait pas se sentir coupable pour si peu, n'est-ce pas ? Après tout, les histoires étaient faites pour être enjolivées !

— Non, avait-il donc répété sur un ton grave, mademoiselle Félicité était pas ben ben belle à voir.

Lauréanne l'écoutait la bouche entrouverte, tant elle était stupéfaite et malheureuse.

— Avec sa face virée au bleu, avait ajouté monsieur Touche-à-Tout, la pauvre femme faisait quasiment peur ! Imaginez-vous, astheure, comment c'est que les enfants de monsieur Jaquelin devaient se sentir ! Pauvres petits ! Tout ça pour vous dire que c'est grâce à mon camion si on a pu appeler le docteur aussi vite, qui, à son tour, est venu jusque chez monsieur Jaquelin dans son auto... Ouais madame! C'est pas pour me vanter, mais je pense ben que c'est grâce à moi si la pauvre mademoiselle Félicité est encore en vie. Faut pas oublier que c'est toujours grâce à mon camion que j'ai pu l'amener jusqu'à l'hôpital pour se faire soigner... Il y a pas à dire, madame Fortin, avoir une auto ou ben un camion, c'est ben pratique.

C'étaient là des propos que Lauréanne s'était dépêchée de répéter fidèlement à son mari qui, de son côté, avait décidé d'en faire une question personnelle.

En fait, la conviction de Gédéon Touchette concernant l'utilité des automobiles rejoignait celle d'Émile Fortin, qui pensait que cette invention moderne allait changer la face du Monde, rien de moins. Au point où, en janvier dernier, sans oser l'avouer à qui que ce soit, de peur d'être la risée de son beau-père ou de sa femme, Émile avait visité le Salon de l'auto de Montréal, les yeux exorbités comme un jeune enfant dans un magasin de bonbons!

D'où son empressement à y voir un signe du destin, au moment où sa femme lui avait parlé de l'indisposition de la tante Félicité!

Plus question de tergiverser, d'avancer puis de reculer, de minauder et de se raisonner, depuis le temps qu'il en rêvait, Émile décida qu'il était temps de passer à l'action.

Toutes ces heures de réflexion qui s'accumulaient

depuis maintenant quelques années ne resteraient pas inutiles.

Émile avait donc vérifié ses finances, deux fois plutôt qu'une, puis il avait entamé des recherches minutieuses. Il avait finalement trouvé la perle rare, une Studebaker gris souris, chez un concessionnaire du centre-ville.

En compagnie du vendeur, Émile s'était entraîné à la conduire un peu partout en ville, sur l'heure du midi, pour que sa femme n'en sache rien. Ensuite, il avait passé les différentes étapes en vue de l'obtention de son permis de conduire et il avait réglé les droits d'immatriculation. Enfin, dans quelques heures à peine, il prendrait possession de la merveille des merveilles.

Et tout cela, en cachette !

D'où la nécessité d'avoir congé durant l'avant-midi, car il espérait rendre visite à Jaquelin et Marie-Thérèse le dimanche de Pâques. Bien sûr, ils s'arrêteraient en cours de route pour saluer la tante Félicité, qui devait beaucoup s'ennuyer, toute seule à l'hôpital de Trois-Rivières. Du moins était-ce là ce qu'Émile prévoyait, puisque la nouvelle de son retour à la maison ne s'était pas encore rendue jusqu'à Montréal.

Sur ce, tout heureux, mais quand même un peu inquiet puisqu'il n'avait jamais conduit d'automobile seul, Émile avala une longue gorgée de thé.

Si personne à la maison n'était au courant de cette nouvelle acquisition, pas même Lauréanne, à qui il ne cachait habituellement rien, c'était qu'Émile avait voulu leur ménager un vrai effet de surprise.

Voilà pourquoi, tout à l'heure, il partirait à sept heures et demie comme il le faisait tous les jours, en promettant à son épouse d'être de retour pour le dîner afin de se rendre à l'église avec elle en après-midi. Cette habitude avait été prise dès leur mariage, car il avait vite compris que les offices religieux revêtaient une grande importance aux yeux de sa femme, et que, pour lui, c'était de rendre Lauréanne heureuse qui revêtait une grande importance, même si, pour sa part, il n'accordait que peu d'intérêt à la religion.

À tort ou à raison, Émile Fortin estimait avoir donné suffisamment de son temps au Bon Dieu durant toutes les années où il avait vécu à l'orphelinat, car il était ce que les religieuses qualifiaient d'enfant illégitime, pour le dire poliment.

En d'autres mots, et ceux-ci l'avaient suivi une bonne partie de sa vie, Émile Fortin était le fruit du péché !

Son nom et son prénom avaient été choisis selon la classification propre à l'orphelinat : à chaque jour ses lettres. Il y en avait une pour les prénoms et la suivante était pour les noms de famille. Ce qui, pour un tout jeune enfant comme Émile l'était à l'époque, pouvait porter à confusion ! Au point où durant quelques années, le petit garçon avait cru dur comme fer que le gentil

Étienne Fortin, né à peine six mois après lui, était son jeune frère.

Les religieuses, embarrassées par les explications qu'il leur aurait fallu donner pour faire comprendre au petit Émile que la chose était humainement impossible, l'avaient laissé dire, priant tout de même pour que le Ciel lui envoie Ses lumières.

Pauvre enfant !

Malheureusement, le Ciel ne parle pas toujours de façon très claire et l'inévitable s'était alors produit. Un certain Armand Bouchard accompagné de son ami Antoine Bergeron, tous deux plus âgés qu'Émile, avaient mis les pendules à l'heure assez brusquement, un midi dans la cour de récréation, en riant de lui, alors que le pauvre garçon s'entêtait à prétendre qu'Étienne était vraiment son frère, tout en tapant du pied pour montrer à quel point il était certain de son affaire.

Ce fut ce jour-là, alors qu'il était à peine âgé de sept ans, qu'Émile, déjà grand pour son âge, avait compris qu'il détestait faire rire de lui, et que dans la vie, on gagnait parfois à se taire.

Ce fut aussi à cette époque qu'il avait commencé à observer les gens autour de lui, à fuir les bagarres, et à apprécier le peu qu'il avait, s'estimant déjà chanceux d'avoir un toit sur la tête et de la nourriture dans son assiette.

Dorénavant, il réfléchirait avant de dire n'importe quoi, et il se mêlerait de ses affaires.

Puis il avait grandi, et de beaucoup dans son cas.

À seize ans, Émile Fortin était déjà un homme. Il avait quitté l'orphelinat, avec en poche quelques papiers qui pour l'un ressemblait à un diplôme attestant qu'il savait lire et compter, et pour l'autre, à un certificat de naissance, stipulant qu'il avait fait sa première communion, sa communion solennelle et sa confirmation.

Comme on engageait à la brasserie Molson, Émile s'y était présenté avec ses papiers et il avait été embauché dans l'heure. Plus tard, son patron lui avait avoué que c'était sa stature d'homme fort qui avait surtout joué en sa faveur.

Pendant quelques années, Émile Fortin avait donc charroyé des caisses et des caisses de bière, dévorant tous les journaux qui lui tombaient sous la main, dès qu'il avait un moment de libre. C'était sa façon à lui d'apprendre à connaître le Monde autour de lui, puisque les religieuses avaient omis d'en parler aux jeunes pensionnaires de l'orphelinat, s'imaginant peut-être que la prière pourrait à elle seule combler toutes les lacunes.

Quelques années plus tard, devant l'insistance d'Émile et sa grande curiosité, on avait accepté de l'initier aux secrets du brassage de la bière. À partir de là, lentement et très patiemment, Émile Fortin avait gravi les échelons jusqu'à devenir maître brasseur.

Si au moment de sa naissance, Émile Fortin n'avait pas été gâté à la loterie de la vie, il s'était juré de saisir toutes les chances qui se présenteraient à lui. Aujourd'hui, il pouvait dire qu'il avait réussi son pari, et il en était très fier.

Mais bien au-delà de cette reconnaissance professionnelle, il y avait eu Lauréanne.

Sa rencontre avec cette jeune fille venue de la campagne avait été pour Émile le plus beau des cadeaux.

Ils s'étaient connus au parc Dominion, près de la rue Notre-Dame et de la maison de chambres où habitait Émile. C'était un beau samedi ensoleillé et les goélands qui volaient au-dessus d'eux avaient été les témoins privilégiés de ce que les romanciers appellent un coup de foudre.

Les fréquentations avaient été plutôt brèves, puisqu'Émile et Lauréanne avaient rapidement compris qu'ils étaient faits l'un pour l'autre.

Le mariage avait été célébré dans la plus stricte intimité, dans la sacristie de l'église de Sainte-Adèle-de-la-Merci, car Irénée avait déclaré sans ambages qu'il n'avait ni le temps ni les moyens pour une grande cérémonie.

Qu'importe ! Tout ce que voulaient les tourtereaux, c'était de vivre ensemble et le plus rapidement possible.

Ce jour-là, en prononçant le « oui » fatidique qui engageait le reste de ses jours, Émile avait eu la sensation un peu étourdissante, mais combien grisante, de faire un pied de nez à la vie.

À sa naissance, on lui avait refusé une famille ?

Qu'à cela ne tienne! Il allait s'en fabriquer une à sa mesure et, pour ce faire, la belle Lauréanne Lafrance allait l'aider.

Malheureusement, dans ce domaine, la vie avait continué à se montrer mesquine à son égard, lui refusant la joie d'avoir des enfants.

Émile avait toutefois fini par se raisonner, puisqu'il n'y pouvait rien changer.

Quand il regardait son épouse et qu'il sentait son cœur fondre d'affection pour elle, Émile se disait qu'à défaut d'avoir une belle famille bien à lui, il avait tout de même rencontré l'amour, le vrai. Si c'était là son lot ici-bas, soit, il saurait l'apprécier.

Ce fut à partir de ce jour qu'Émile avait considéré que d'avoir une femme telle que Lauréanne pour partager son quotidien, c'était bien suffisant pour être heureux durant toute une existence.

Et voilà que le petit orphelin, un de ceux à qui on ne donnait habituellement pas beaucoup de chance dans la vie, s'était offert une auto neuve, payée rubis sur l'ongle en beaux billets de cent dollars, et dans moins de trois heures, le garagiste lui en remettrait les clés.

— Vous allez voir, monsieur Fortin, une auto, c'est pas mal plus docile qu'un cheval! lui avait dit le vendeur, lors de sa première visite au garage.

Au début, Émile en doutait un peu, car les quelques rues empruntées pour se faire la main lui semblaient parfois d'une étroitesse malicieuse. Puis lentement, il avait apprivoisé son auto comme on apprivoise une monture. Un peu plus de gaz, un petit coup de frein, tout en douceur.

Mais le vendeur restait à ses côtés, l'aidant à ne rien oublier, à tourner moins large, à surveiller cette auto qui venait droit devant... D'où la volée de papillons dans son estomac en ce moment, puisque très bientôt, Émile Fortin devrait revenir seul du garage !

Néanmoins, il se disait, à juste titre, que si son voisin Gédéon Touchette, un homme bas sur pattes et bien enveloppé, arrivait à conduire un camion trois fois plus gros que son auto, lui, Émile Fortin, un grand six pieds bien bâti, devrait assez facilement arriver à contrôler son automobile et à respecter les règlements de la circulation. Le tout sans ressentir la moindre épouvante, cela va sans dire.

Sur ce, Émile avala d'une traite le thé refroidi qui restait au fond de sa tasse, quand soudain une voix le fit sursauter.

— Émile ? Veux-tu ben me dire ce que tu fais là à boire du thé tout seul dans la cuisine ?

Arrivée silencieusement, Lauréanne se tenait dans l'embrasure. Elle avait encore les yeux tout bouffis de sommeil.

— Comment ça se fait que t'es déjà debout, mon homme ? demanda-t-elle à mi-voix, tout en approchant de la table. Il arrive tout juste six heures. Tu digères mal ou quoi ?

— Pantoute, ma femme. Le souper d'hier est à peine un souvenir, pis j'ai dormi comme un bébé.

— Ben c'est quoi d'abord ? D'habitude c'est ben juste si t'arrives à entendre le cadran, tellement tu dors dur.

— Je sais…

Émile hésita.

Il aurait bien voulu garder le secret jusqu'au bout, lui qui avait prévu feindre partir pour le travail, s'arrêter prendre un café en cours de route, puis se rendre au garage à l'heure d'ouverture. Ensuite, une fois les dernières formalités remplies, il comptait revenir à la maison en faisant quelques détours pour se familiariser avec les rues de son quartier pour finalement stationner son auto devant la maison, espérant y arriver sans tout casser. Puis il se mettrait à klaxonner jusqu'au moment où quelqu'un se pointerait à la porte pour voir ce qui se passait.

Il se voyait déjà, droit comme un I, tout fier de lui, un pied dans la rue, et l'autre encore sur le cadre de la porte de l'auto !

Ça aurait été son petit moment de gloire.

Mais devant l'inquiétude de Lauréanne, Émile hésitait entre garder le secret et tout lui confier.

Il soupira, un peu déçu. Mais puisque Lauréanne continuait de le fixer, comme si elle essayait de l'ausculter, sans comprendre toutefois ce qui se passait vraiment, Émile ne put se retenir davantage et il déclara :

— Viens t'asseoir, ma femme. J'ai quelque chose à t'avouer.

Ces quelques mots titillèrent encore davantage l'inquiétude de Lauréanne.

— Bonté divine, Émile, tu me fais peur quand tu parles de même. T'aurais-tu faite une bêtise, toi là ?

— Une bêtise, non. Je penserais pas.

— T'es malade, d'abord ?

— Ben non. Arrête de t'en faire, il y a rien de malheureux qui est arrivé pis je suis sain de corps et d'esprit, comme ils disent. Envoye ! Viens t'asseoir en face de moi, pis j'vas toute te dire.

Ce petit jeu du chat et de la souris n'était pas nouveau entre eux et il amusait Émile, qui prenait toujours un malicieux plaisir à surprendre son épouse. Devant l'air espiègle de son mari, la fille d'Irénée, sujette aux inquiétudes en tout genre et pour des peccadilles parfois, comprit que rien de grave n'était arrivé et elle entra dans le jeu.

— Ben si c'est pas une bêtise, ça serait-tu un cadeau pour moi ?

— Pas vraiment, bien que…

Émile fit mine de réfléchir.

— Disons qu'on pourrait appeler ça une petite folie. Ouais, une petite folie pour toi, pour moi, pis pour toute la famille. Essaye de deviner !

Les sourcils de Lauréanne se soulevèrent un instant avant de se froncer sur son regard curieux.

— Pour toute la famille ? T'es ben sûr de ça ?

— Tout à fait certain !

— Ben là, on rit pus ! Ça serait une surprise même pour Jaquelin pis Marie-Thérèse ?

— Ouais, même pour eux autres. Je viens de te le dire : ça concerne toute la famille ! Bateau d'un nom ! Même ton père devrait être content.

— Ben là... Mon père ? Ça se peut quasiment pas.

— Oh que oui !

— Comment veux-tu, d'abord, que je puisse deviner ? Il y a pas grand-chose pour faire plaisir à Irénée Lafrance, tu le sais comme moi.

Lauréanne chercha un instant, poussa un long soupir, puis ramena les yeux sur son mari.

— Non, Émile, je vois pas pantoute... Il est trop de bonne heure pour moi pour jouer aux devinettes. J'suis encore toute endormie. Je donne ma langue au chat.

Encore une fois, Émile fit semblant de se plonger dans ses réflexions, esquissa une moue symbolique, puis annonça en se redressant sur sa chaise :

— Que c'est que vous penseriez de ça, madame Fortin, si je vous disais que dans quelques heures, on va avoir une auto ?

Habituellement, Lauréanne était une femme qui réfléchissait avant de répondre et elle arrivait assez facilement à cacher ses émotions tant qu'elle n'était pas prête à parler. Mais cette fois-ci, elle se redressa comme un pantin qui saute hors de sa boîte, toute envie de retourner au lit subitement disparue.

— Hein ? J'ai-tu ben compris, moi là ? Tu viens de me dire, toi mon mari, que t'as acheté une auto ?

— En plein ça !

— Es-tu malade, Émile Fortin ?

— Pas que je sache. J'ai encore toutes mes morceaux, fit-il malicieusement en regardant ses mains qu'il tournait devant lui, pis j'ai mal nulle part.

— C'est ça, moque-toi donc !

— Je me moque pas, Lauréanne, je fais juste te taquiner. Ce que je peux dire, par contre, c'est que ça va être ben utile. Finis les trains pis les taxis ! Que c'est t'en penses ?

— Que c'est j'en pense ? Je le sais pas, Émile, je le sais pas pantoute. C'est toute une nouvelle, ça là, pis ça prend du temps pour se faire à l'idée... Une auto... J'en reviens juste pas... Une auto, bonne sainte Anne... Mais ça coûte cher sans bon sens, une auto avec un moteur à gazoline. Non ?

— C'est pas donné, c'est sûr. Mais inquiète-toi pas, j'ai toute ben calculé nos affaires, pis on en avait les moyens. Avec tout l'argent que j'ai dépensé en transport durant la dernière année, pour aller pis revenir de Sainte-Adèle-de-la-Merci, mon auto va vite devenir rentable. En plus, ça va nous permettre d'arrêter voir Cyrille dans son collège, à chaque fois qu'on va devoir passer par Trois-Rivières.

— C'est ben que trop vrai. J'avais pas pensé à ça. Pis en plusse, Cyrille, c'est ton filleul... Une auto... Tu parles d'une idée...

L'idée était peut-être nouvelle, énorme, mais de toute évidence, Lauréanne s'y faisait plutôt vite. Un sourire béat éclaira son visage quand elle répéta :

— Tu parles d'une idée !

— Ça va être une bonne affaire, renchérit Émile, tandis que Lauréanne ramenait les yeux sur lui. On va pouvoir aller où on veut, pis quand on veut ! en plusse.

Femme pratique avant tout, l'épouse d'Émile analysa le tout, balaya facilement ses derniers scrupules, puisque son mari lui avait dit qu'ils en avaient les moyens, puis, fronçant à nouveau les sourcils, elle demanda :

— Tu vas-tu aller à la brasserie avec ton auto ?

— Ben non ! Faudrait pas l'user trop vite... J'ai dit qu'on avait les moyens d'avoir une auto, pas deux, nom d'une pipe ! Pis j'aime ça prendre une marche pour aller au travail pis en revenir. Tu le sais. Au pire, quand il fait mauvais ou trop froid, il y a les petits chars ou l'autobus. J'ai pas l'intention de changer mes habitudes. Mais ça va être pratique pour aller au marché, le samedi matin, par exemple.

Lauréanne approuvait tout ce que son mari disait avec de petits hochements de la tête.

— T'as ben raison. Par contre, j'aimais pas mal ça prendre une marche avec toi en traînant la voiturette pour rapporter nos légumes. On pourrait garder cette habitude-là de temps en temps, quand il fait beau. Mais c'est vrai que ça va aller plus vite avec ton auto... Ça reste que c'est toute une nouvelle, ça là !

— Je le sais. Moi avec, par bouttes, j'ai l'impression de rêver... En attendant que je revienne t'à l'heure avec l'auto, je te demanderais de pas en parler à ton père. Je voudrais y voir la face quand il va comprendre que maintenant, il y a pus juste notre voisin monsieur Touche-à-Tout pis son ami Napoléon qui ont des machines à moteur. Il nous a assez seriné les oreilles avec ça ! J'espère ben que c'est fini le temps de l'entendre se lamenter sur la vie qui est pas trop juste, des fois. Astheure que nous autres avec, on a une auto, une belle auto grise de sept passagers, ça devrait suffire pour le contenter durant un bout de temps. Sauf le respect que je dois au beau-père, je pense que ça va nous faire du bien qu'il se ferme le caquet, un peu. Pour un petit boutte, du moins.

— Oh ! Les grands mots, à matin... Ça me fait drôle de t'entendre parler comme ça, comme si t'en voulais à mon père.

— Je t'arrête tusuite, ma femme. J'suis pas rancunier de nature, pis tu le sais. Mais ça m'arrive de trouver que ton père prend peut-être un petit peu trop de place, avec ses reproches pis ses remarques pas trop fines. Pour un homme comme moi qui aime ça avoir sa tranquillité, je le trouve un peu fatigant, des fois. Mais je l'apprécie pareil, Lauréanne. Surtout que depuis quelque temps, il est moins pire qu'avant.

— Ouais, c'est un peu vrai... Il crie moins fort, en tous les cas. Ça se pourrait-tu que ça soye à cause d'Agnès? J'ai ben l'impression qu'il est content qu'elle vive ici avec nous autres.

— Tu crois?

— Oui, même si je comprends pas pourquoi. C'est ben la première fois que je vois mon père s'intéresser à un enfant.

— C'est vrai que je l'ai jamais entendu crier après elle. Il garde ça pour toi, ma pauvre Lauréanne. Mais va pas penser que...

— Je pense rien en toute, mon mari. De toute façon, t'es pas tout seul à penser que mon père est pas facile. Ça a beau être mon père, Irénée arrive à me faire sortir de mes gonds, même si je le montre pas tout le temps. T'as pas tort quand tu dis qu'il prend ben de la place. Pis moi avec, j'espère que ton auto neuve va le calmer pour un petit moment. Ça va nous reposer les oreilles de moins l'entendre chialer... Sais-tu quoi, Émile?

— Non, je sais pas quoi, mais je sens que tu vas me le dire, par exemple!

— Ris pas de moi, j'suis toute énervée, pis

j'sais pas trop par quel boutte prendre ça. Mais je veux que tu saches que j'ai ben l'impression que j'vas vite m'habituer à me promener dans ton auto. Ouais... T'as eu une bonne idée, mon mari. Surtout si c'est pour nous permettre d'aller voir Marie-Thérèse pis Jaquelin chaque fois qu'on va en avoir envie...

Il y avait du rêve dans la voix de Lauréanne et Émile ne voulut pas l'interrompre ni rien ajouter.

Les yeux dans le vague, Lauréanne resta silencieuse durant un instant, puis elle secoua la tête avant d'offrir un sourire ravi à son mari.

Une auto !

Le temps de se répéter mentalement le mot une bonne dizaine de fois, et sur tous les tons, puis Lauréanne s'exclama avec enthousiasme, oubliant qu'il était encore très tôt et qu'elle risquait de réveiller son père et sa nièce :

— Ouais, t'as eu une bonne idée, mon homme. Surtout que t'as l'air certain que ça nous mettra pas dans la gêne... Pis crains pas, je dirai rien à personne de la maison. Je voudrais surtout pas gâcher ton plaisir !

Baissant alors la voix, Lauréanne ajouta sur un ton de conspiratrice, tout en chuchotant :

— Ça va être dur de me tenir la langue, mais je dirai rien, promis... Un char à nous autres, Émile ! Te rends-tu compte ? J'en reviens pas... Là, c'est vrai qu'on aura vraiment toute vu sur la rue Adam !

Sur ce, Lauréanne resta songeuse durant un autre moment avant de revenir à son mari. Ce dernier l'observait en souriant.

Lauréanne lui rendit son sourire, puis elle posa le bout des doigts sur sa large main, juste pour le plaisir réconfortant de sentir la chaleur de son corps.

La main de Lauréanne paraissait minuscule sur la grosse patte d'ours d'Émile et cela accentua son sourire.

À première vue, Lauréanne Lafrance et Émile Fortin semblaient tout à fait dépareillés, lui si grand et elle plutôt menue, mais si on regardait au-delà des apparences, il était facile de voir que l'un comme l'autre, ils avaient trouvé l'âme sœur.

Encore une fois, ce matin, Lauréanne prenait conscience de la chance qu'elle avait eue de rencontrer un homme tel que son mari. Alors, redevenue sérieuse, elle déclara d'une voix rauque :

— Finalement, malgré la peine qu'on a de pas avoir eu d'enfants à nous autres, on a quand même une bonne vie, toi pis moi, hein, Émile ?

Le gros homme semblait ému. Sa femme venait de souligner un point qui restait sensible, qui le resterait jusqu'à son dernier souffle.

Émile Fortin aurait tellement voulu avoir une belle grande famille !

Néanmoins, il aimait sa femme au-delà des mots pour le dire et il se répéta qu'il était tout de même un homme privilégié.

Émile emprisonna alors la main de Lauréanne entre les siennes et, avec une délicatesse plutôt surprenante chez un homme aussi grand et fort, il la pressa doucement, amoureusement.

— Oh oui ! On a une vraie bonne vie, ma femme, approuva-t-il sur le même ton retenu. L'important, je pense ben, c'est de savoir apprécier ce qu'on a, au lieu de courir tout le temps après ce qu'on a pas. Pis ça, on a appris à le faire ensemble, toi pis moi, en dépit des tristesses pis des déceptions.

Tout était dit.

Il y eut un dernier regard entre eux, puis Lauréanne se releva pour aller chercher une seconde tasse, et partageant la boisson tiède qui restait au fond de la théière, assis l'un en face de l'autre, Lauréanne et Émile attendirent sept heures, tout en discutant de ces petites choses qui faisaient leur quotidien, avant de mettre en branle la routine de la maisonnée.

Comme escompté, en apercevant la rutilante auto de son gendre, quelques heures plus tard, Irénée Lafrance poussa une sorte de rugissement joyeux, un bruit de gorge inusité qui disait habituellement chez lui la surprise et l'approbation.

— Ben voyons donc, toi ! Que c'est ça, à matin ?

Puis, aussitôt après, devinant aisément la raison d'une telle mise en scène – en fait, le bruit insistant du klaxon lui avait même fait pousser quelques jurons – il ajouta :

— C'est une sacrifice de bonne idée que t'as eue là, le gendre ! Attends-moi, j'arrive !

Tout en parlant, Irénée avait déjà descendu l'escalier du perron pour s'approcher de l'auto, qu'il voyait belle comme une apparition divine. Redressant les épaules, il détourna la tête pour passer en revue du coin de l'œil les trois fenêtres de leur voisin qui donnaient sur la rue.

Un peu déçu de n'apercevoir personne chez Gédéon Touchette, Irénée haussa les épaules. Tant pis, ce serait partie remise.

Debout du côté de la rue, la portière entrouverte, un pied sur la chaussée et un bras appuyé sur le toit de l'auto, Émile affichait son plus beau sourire, tandis qu'Irénée commençait à en faire le tour, l'effleurant du bout des doigts, avec respect, comme il l'aurait fait avec un objet de grande valeur et surtout très fragile.

— T'as du goût, Émile, approuva-t-il enfin. C'est une batince de belle voiture. J'aime ça, cette couleur-là... Ça fait différent du noir qu'on voit partout...

Revenu sur le trottoir, Irénée hocha la tête, recula d'un pas, puis il promena les yeux du capot au pare-chocs arrière.

C'était presque trop beau pour être vrai !

C'est alors que dans un sursaut de cette suspicion qui était naturelle chez lui, Irénée demanda :

— C'est ben à toi, ce char-là, hein ?

— À personne d'autre, le beau-père.

— Ben tant mieux... Tu peux pas t'imaginer comment j'aurais été déçu que tu me dises que tu l'avais loué... Mais tu l'as acheté pis c'est ça qui compte. Comme ça, tout le monde dans le quartier va voir que t'as ben réussi dans la vie, déclara-t-il avec un petit air supérieur.

Irénée essayait pourtant d'avoir l'air indifférent, mais ça lui était impossible. En fait, il était passablement impressionné par l'élégance et le luxe évident de l'automobile choisie par Émile.

— C'est important de montrer ces choses-là, formula-t-il, toujours sur le même ton. C'est de même que le monde apprend à nous respecter. Ouais... Comme moi au village, du temps que j'étais cordonnier.

Sans oser le demander, même s'il s'était toujours douté qu'Émile Fortin devait avoir un bon compte en banque, Irénée estima qu'une auto comme celle-là devait valoir dans les mille dollars. Il leva les yeux vers Émile et le regard qu'il lui lança était empreint de fierté.

Un gendre, c'était comme une sorte de fils, non ?

Au même instant, en congé depuis la veille au soir, Agnès arriva en trombe sur la galerie. En une fraction de seconde, elle avait déjà analysé la situation. Elle poussa une exclamation de joie.

— Ayoye ! C'est donc ben beau, mononcle !

Puis elle demanda, à son tour :

— C'est-tu vraiment à nous autres, ce beau char-là ?

Lauréanne, qui était à deux pas derrière la jeune fille, entendit clairement les derniers mots lancés par sa nièce et les larmes lui montèrent aux yeux.

Depuis quelque temps, Lauréanne avait l'impression qu'Agnès se considérait de plus en plus comme la fille de la maison, et cela lui faisait chaud au cœur. Sans jamais avoir eu l'intention de minimiser l'importance de Jaquelin et de Marie-Thérèse dans le cœur de leur fille, le fait de savoir qu'Agnès était heureuse auprès d'eux, qu'elle se sentait chez elle sous leur toit, la réconciliait en partie avec certaines injustices de la vie.

Émile avait dû entendre sensiblement la même chose dans la question d'Agnès, puisqu'au même instant, il tourna la tête vers sa femme, tout souriant. Le regard qu'ils échangèrent avait tout de celui que des parents comblés auraient pu partager devant l'un de leurs enfants.

Comme souvent, ce fut Irénée, inconscient de l'émotion du moment, qui rompit le charme en ayant le dernier mot.

— C'est un baptême de sacrifice de beau char que t'as choisi, Émile, déclara-t-il avec emphase, le juron étant à ses oreilles le meilleur moyen de dire son contentement, comme parfois, tout au contraire, il exprimait sans nuance son désaccord ou sa colère. J'aurais pas mieux choisi. Ton auto est encore plus belle que celle de Napoléon, je dirais.

Ensuite, il tourna la tête vers sa petite-fille.

— Pis oui, Agnès, ajouta-t-il à son intention, à l'instant où celle-ci le rejoignait sur le trottoir, c'est à nous autres, ce beau char-là... Astheure, le gendre, que c'est tu dirais de nous amener faire un tour, qu'on entende ronronner ça, ce moteur-là ?

Tout excitées, Agnès et Lauréanne retournèrent à l'intérieur pour prendre un chandail.

Le « tour de machine » les conduisit depuis Viauville jusqu'à Pointe-aux-Trembles, en suivant le fleuve.

— Sacrifice que c'est beau, par ici, s'exclama Irénée quand il commença à reconnaître certaines maisons.

Par la suite, dès qu'il aperçut le clocher d'une chapelle, puis les ailes d'un moulin à vent, Irénée demanda à Émile de poursuivre son chemin un peu plus loin.

— J'ai quelque chose à vous montrer.

Devinant jusqu'où son beau-père voulait se rendre, Émile n'émit aucun commentaire. Il se rappelait fort bien la promesse faite l'automne dernier et il n'avait pas envie de briser l'espoir du vieil homme par une si belle journée. Toutefois, si jamais il venait de son côté à acquérir un chalet, car la chose restait quand même envisageable, ce ne serait pas cette année. Pas après avoir payé comptant une automobile flambant neuve !

Quelques minutes plus tard, Irénée, un bras appuyé sur le dossier de la banquette avant, lâcha une exclamation quand il reconnut la belle maison blanche dont on avait fermé les volets.

— Arrête le moteur, Émile, ordonna-t-il alors. C'est ici ! On va en profiter pour se dégourdir les jambes pis on va aller voir cette maison-là de plus proche.

Irénée avait déjà ouvert sa portière. Le temps de se déplier en s'étirant, puis il pointa l'index vers la maison.

— Ça, mes amis, c'est le chalet de mon ami Napoléon.

Irénée avait redressé les épaules et bombé le torse.

— C'est de lui que je vous avais parlé à l'automne. C'est-tu assez beau !

— Pour être beau, le beau-père, c'est beau. Vous avez ben raison.

— C'est sûr que j'ai raison.

Tout en parlant, Irénée avait tourné la tête vers Émile et il fixait son gendre avec insistance.

— Pis, Émile, que c'est t'en penses ?

— Que du bien, le beau-père. Que du bien. Là-dessus, je serai toujours d'accord avec vous… C'est vrai que la place est ben plaisante, pis avoir une maison en campagne, c'est quelque chose de ben tentant.

À ces mots, même s'ils n'avaient rien d'une

promesse formelle, Irénée se sentit rassuré. Il chercha alors le regard de sa petite-fille.

— Je sais pus trop si je t'en avais parlé, Agnès, mais le chalet que tu vois là, il appartient à mon ami Napoléon, expliqua-t-il. Celui qui vient jouer aux cartes chez nous, des fois.

Agnès, qui ne s'était pas fait prier pour faire partie de l'escapade, détailla le bâtiment.

— Il est ben chanceux, votre ami, grand-père, déclara-t-elle avec une pointe d'envie dans la voix. J'aimerais ça, moi avec, avoir un chalet comme ça.

— Ben t'es pas la seule, fit alors Irénée, tout heureux d'avoir gagné quelqu'un à sa cause.

Puis, il se tourna vers sa fille.

— Pis, Lauréanne? J'avais-tu raison ou ben j'avais pas raison de dire qu'on est ben, icitte?

Éblouie par la beauté du fleuve qui s'offrait à son regard, Lauréanne resta silencieuse durant un moment. Puis, elle offrit un large sourire à son père.

— Je vous donne pas tort, son père... Vous aviez raison: c'est un beau coin de pays.

— C'est beau comme sur une image, tu veux dire, ma fille, renchérit Irénée en inspirant l'air du fleuve à pleines narines. Suivez-moi, on va aller sur le bord de l'eau.

Agnès, qui n'avait pas assez de ses deux yeux pour tout voir et tout admirer depuis leur départ de la maison, poussa un petit cri de ravissement quand elle découvrit la berge herbeuse, où subsistaient quelques traces d'une neige encore toute blanche.

— Mais c'est ben beau ici, grand-père ! On dirait que le fleuve est encore plus bleu qu'à Montréal.

— C'est ça que j'ai toujours dit, ma fille : c'est beau en sacrifice, par ici ! Le fleuve est peut-être plusse bleu comme tu dis, mais moi, c'est l'air que je respire qui me donne du contentement. Maudit batince ! Ça sent tellement meilleur qu'en ville.

Tout en parlant, Irénée tendit le bras.

— Pis regarde là-bas, Agnès. Quand c'est l'été, mon ami Napoléon attache sa grosse chaloupe au poteau qui dépasse. Tu le vois-tu, l'espèce de trottoir en planches qui avance dans l'eau, un peu plus loin là-bas ?

— Ouais, fit Agnès en plissant les yeux dans la direction montrée par son grand-père. Je pense que je le vois. On dirait que c'est une sorte de corridor qui flotte sur l'eau de l'autre bord du banc de neige qui est en train de fondre.

— En plein ça. C'est un quai, que ça s'appelle, pis ça sert à attacher les bateaux, tu sauras. Il y a rien de plus plaisant que d'aller se promener sur l'eau, Agnès. Va falloir que tu viennes avec moi, l'été prochain. Si ça te tente, comme de raison, je pourrais en parler à Napoléon.

Sur ce, Irénée redressa les épaules et, en ouvrant tout grand les bras, il montra l'étendue du terrain de son ami, qu'il voyait immense comme un domaine.

— C'est-tu assez beau, tout ça ! répéta-t-il pour la énième fois, avec dans la voix une pointe d'extase emmêlée d'envie.

Irénée semblait fier du chalet de son ami Napoléon comme s'il était à lui, exactement de la même façon qu'il était fier de l'auto d'Émile, comme si celle-ci lui appartenait.

Il n'y avait pas à dire, Irénée Lafrance savait s'entourer des bonnes personnes !

— Imaginez-vous donc que c'est ici que mon ami Napoléon passe tous ses étés, le maudit chanceux, expliqua-t-il avec entrain.

Puis, question d'être bien certain que l'achat d'une auto n'empêcherait pas celui d'un chalet, il soutint le regard de son gendre, qui se contenta d'un bref signe de tête pour signifier qu'il voyait fort bien où son beau-père voulait en venir, mais que, pour l'instant, il n'avait pas envie d'en parler ouvertement. Dépité de voir qu'Émile restait silencieux, alors qu'il aurait pu à tout le moins montrer un peu d'enthousiasme, Irénée se renfrogna et comme s'il avait besoin d'un exutoire à sa déception, il ajouta sur un tout autre ton :

— Pendant ce temps-là, maudit batince, nous autres, on mijote dans notre jus sur notre baptême de perron à Montréal.

— Son père ! C'est pas une manière de parler devant Agnès, reprocha Lauréanne.

Chez elle, la voix de la raison n'était jamais bien loin.

— Pis de toute façon, on peut pas toute avoir, fit-elle remarquer sur un ton sentencieux.

— Pis? Que c'est que ça vient faire dans la conversation, ça?

— Voyons donc, comme si vous le saviez pas! Nous autres, on vient d'avoir une auto, poursuivit-elle de plus belle. Une belle auto grise. On peut toujours ben pas avoir en même temps une auto pis un...

— Arrête de gaspiller ta salive pour rien, ma pauvre fille, coupa Irénée, maussade. Je te vois venir de loin avec tes prétentions, pis m'en vas te répondre que Napoléon, lui, il a les deux: un chalet pis un char. Pis tu le sais à part de ça. Ça fait que, encore une fois, t'étais en train de parler pour rien dire. De toute façon, comment tu penses que Napoléon pourrait venir jusqu'ici, ma pauvre Lauréanne? Toujours ben pas à pied, maudit sacrifice! Encore une fois, il a fallu que tu parles à travers ton chapeau pis...

— Pantoute, grand-père, pantoute! Matante Lauréanne parle pas à travers son chapeau!

Sans la moindre hésitation, Agnès s'était invitée dans la conversation. Il arrivait de plus en plus souvent, d'ailleurs, que la jeune fille vole ainsi au secours de sa tante. Elle trouvait désagréable d'avoir à supporter des éclats de voix, et infiniment déplorable de voir Lauréanne se mettre à rougir de tristesse ou d'embarras, quand elle se faisait reprendre par son père.

Aux yeux d'Agnès, une telle situation était inadmissible.

Un père n'avait pas le droit de parler à ses enfants sur ce ton. Du moins, ça n'arrivait pas chez elle, et Agnès se promettait bien d'amener son grand-père à réfléchir un peu plus avant de lancer des paroles désobligeantes qui se terminaient toujours en confrontation inutile. Après toutes les petites attentions que sa tante avait avec tout le monde, et envers son père en particulier, elle ne méritait pas de se faire parler grossièrement.

Élevée dans une famille où chacun avait le droit de s'exprimer, tout en restant respectueux et poli, Agnès n'allait surtout pas se gêner pour faire entendre raison à son grand-père quand celui-ci se trompait ou dépassait les bornes.

Comme de fait, dès le premier mot prononcé par Agnès, Irénée se tourna vers elle, habitué à ses interventions.

— Pourquoi tu dis ça, Agnès? De toute façon, ma pauvre enfant, que c'est tu connais là-dedans, toi?

— Je connais ce que mon amie Louisa en a dit! Elle, c'est la cousine de Marie-Paul qui vient souvent à la maison, vous l'avez déjà vue...

— Ouais, pis? Ça me dit pas pourquoi tu...

— Laissez-moi finir pis vous allez comprendre.

Ce que je veux dire, c'est qu'avec sa famille, Louisa vient souvent à Pointe-aux-Trembles durant l'été pour se baigner dans le fleuve. Pis ils viennent en autobus, vous saurez.

— Eh ben ! En autobus ? Tu m'en diras tant... Il y a ça, des autobus qui viennent jusqu'à Pointe-aux-Trembles ?

— Oui. Deux fois par jour, à part de ça, pis on peut le prendre juste en bas de chez nous, sur la rue Notre-Dame ! Pis des fois, quand les heures adonnent pas trop, ben, ils prennent un taxi. C'est Louisa en personne qui me l'a dit. Elle m'a même proposé de venir avec eux autres, l'été prochain, pour faire un pique-nique au bord de l'eau.

— Ben coudonc... T'as l'air pas mal sûre de ton affaire, Agnès, je vois pas pourquoi je te croirais pas... Eh ben ! On dirait que j'vas me coucher un peu moins ignorant à soir.

Il n'y avait que par Agnès qu'Irénée acceptait parfois d'être remis à sa place. Ou par son gendre, à l'occasion, quand les deux hommes discutaient de choses sérieuses comme la politique ou le sport. Sinon, il détestait ne pas avoir le dernier mot.

Toutefois, avec Agnès, c'était particulier.

Quand cela se produisait et que celle qu'Irénée voyait toujours comme une gamine se fâchait contre lui et le reprenait avec véhémence, le vieil homme la regardait avec une lueur amusée au fond du regard. Quand elle haussait le ton, il trouvait qu'Agnès avait l'air d'un petit coq dressé sur ses ergots et ça le rendait tout joyeux. Il se disait alors que sa petite-fille ferait son chemin dans la vie et que c'était une très bonne chose. Alors, au lieu de se mettre en colère contre elle en lui criant qu'elle était impolie, comme il le faisait encore avec Lauréanne de temps en temps, il était fier d'elle, et il la laissait dire tout ce qui lui passait par la tête sans l'interrompre.

D'où lui venait cette patience illimitée à l'égard d'Agnès? Irénée aurait été bien en peine de le dire. Parfois, il arrivait à se convaincre que c'était à cause d'une certaine ressemblance avec sa défunte épouse. Peut-être... Ou alors, il décidait qu'Agnès tenait de lui, côté caractère, et cette réalité ouvrait la porte à l'indulgence. Mais chose certaine, l'émotion était là, en lui, comme si Agnès avait été mise sur sa route uniquement pour lui apprendre la clémence et la bienveillance.

Jamais on n'avait entendu Irénée Lafrance s'emporter contre cette petite-fille qui vivait avec eux depuis quelque temps. Ce midi ne fit donc pas exception à la règle.

— Comme ça, Agnès, si c'est de même pis qu'on peut prendre l'autobus pour venir à Pointe-aux-Trembles, quand il fera trop chaud en ville, l'été prochain, on pourrait en profiter pis venir se rafraîchir par ici, toi pis moi. Que c'est t'en penses?

Agnès était à l'image de sa tante Lauréanne et

de sa mère Marie-Thérèse : elle ne connaissait pas la rancune et détestait les situations de conflit. Une fois que la jeune fille avait fait valoir son point de vue, la bonne humeur lui revenait rapidement, et si elle comprenait qu'elle s'était un peu trop emportée, elle s'excusait facilement.

— C'est vraiment une bonne idée, grand-père, rétorqua-t-elle à la proposition d'Irénée, troquant ses sourcils froncés pour un sourire éclatant. Mais quand il fait chaud, c'est pour tout le monde, non ?

— Ben d'habitude ouais... Où c'est que tu veux en venir, toi là ?

— Je veux en venir au fait qu'on aura pas besoin de prendre l'autobus, vous pis moi, rapport qu'astheure, on a une belle auto neuve à la maison pis que toute la famille va avoir envie d'aller en pique-nique, s'il fait trop chaud... Hein, matante ?

— C'est sûr que ça va être ben tentant !

— Bon ! Une affaire de réglée !

Agnès prit alors une longue inspiration et la laissa filer en gonflant ses joues.

— On s'en va-tu, astheure? demanda-t-elle en se tournant vers son oncle Émile. Maintenant qu'on a vu le chalet de l'ami de grand-père pis qu'on sait que le fleuve est plusse bleu ici qu'en ville, on pourrait peut-être retourner à la maison ? J'aime ça, mononcle Émile, me promener dans votre auto ! J'ai pas mal hâte d'aller raconter tout ça à mes amies. Je pense que j'vas faire des jalouses !

— C'est une bonne idée de partir, approuva alors Irénée, avant que Lauréanne n'ouvre la bouche pour faire remarquer à Agnès que ce n'était pas très gentil de se vanter devant ses amies. J'sais pas pour vous autres, mais moi, je commence à avoir un petit creux. Les émotions, ça m'a toujours ouvert l'appétit, pis un char neuf, c'est tout un émoi ! Pas loin d'ici, à une ou deux rues après le grand croche, il y a un petit restaurant. C'est là que j'avais soupé avec Napoléon, l'automne dernier, pis j'avais trouvé ça ben bon. Si c'est ouvert, on va s'arrêter là, pis c'est moi qui paye la traite à tout le monde !

Fallait-il qu'Irénée soit heureux pour se montrer aussi prodigue ! Personne n'opposa le moindre refus, par crainte de voir s'assombrir une journée qui était, ma foi, presque parfaite.

On en oublia même qu'on était Vendredi saint et qu'il aurait fallu faire maigre et jeûne. On s'empiffra de hot-dogs, une nouveauté venue des États-Unis, de sandwiches au poulet et de boisson gazeuse, et une fois les ventres bien remplis, personne ne s'objecta quand Émile proposa de se rendre jusqu'à Sainte-Adèle-de-la-Merci pour célébrer le dimanche de Pâques avec la famille de Jaquelin.

— Pis en passant, on pourrait s'arrêter à Trois-Rivières, question d'aller dire bonjour à la tante Félicité. Que c'est vous pensez de ça ?

— Si tu me garantis qu'on va revenir coucher chez nous en ville, c'est sûr que j'veux être de la partie, approuva Irénée. Ça va me faire plaisir de revoir le petit Ignace… Il a dû grandir en s'il vous plaît, le p'tit vlimeux, depuis l'automne dernier. Sacrifice que c'est plaisant d'avoir un char à sa disposition !

CHAPITRE 7

Le dimanche 20 avril 1924, jour de Pâques

En route vers Sainte-Adèle-de-la-Merci

Hier matin, Émile et Irénée s'étaient fait un devoir de polir une auto qui brillait déjà de tous ses chromes sous le soleil d'avril, et un peu plus tôt aujourd'hui, ils avaient assisté tous ensemble à la messe de l'aube pour pouvoir partir le plus tôt possible.

À l'exception du détour inutile par l'hôpital Saint-Joseph de Trois-Rivières, où ils apprirent que Félicité Gagnon avait quitté les lieux depuis deux jours déjà, le voyage se déroula sans encombre.

— Tant pis pour la demi-heure qu'on a perdue, déclara Émile en reprenant sa place derrière le volant. C'est juste une bonne nouvelle de savoir que la tante Félicité est retournée chez elle. On ira la visiter une fois rendus au village.

Sur ce, après un regard vers la banquette

arrière pour s'assurer que son beau-père et Agnès étaient bien assis, il lança joyeusement :

— À Sainte-Adèle-de-la-Merci, astheure !

À l'instigation d'Irénée, l'arrivée devant la maison des Lafrance se fit sensiblement de la même façon que celle du vendredi matin sur la rue Adam.

— On peut ben s'amuser un peu, non? Laisse-moi aller frapper à la porte, le gendre. Déjà que de me voir la face, ça va être toute une surprise pour mon garçon pis sa femme. Mais quand ils vont voir ta belle auto, les deux bras vont leur tomber ! Restez ici, vous autres, pis attendez ! On va rire !

Jamais Lauréanne n'avait vu son père aussi volubile et de bonne humeur en même temps. Elle le regarda se diriger vers la maison de son frère, le dos droit et la démarche résolue. Le passage du temps semblait n'avoir aucune emprise sur Irénée Lafrance.

À l'exception de cette vilaine toux qui durait et perdurait depuis de nombreux mois sans lâcher prise, le vieil homme se portait à merveille.

Tout au long de la route, Lauréanne l'avait entendu jouer aux devinettes et à « roche, papier, ciseau » avec Agnès, l'esprit vif et la réplique prompte, riant avec elle et s'obstinant joyeusement, comme s'il était retombé en enfance et qu'il trouvait l'exercice fort agréable.

— Je t'ai eu, grand-père! Mon papier a enveloppé ta roche!

— T'es trop forte pour moi!

Déjà que de constater que son père connaissait ces petits jeux de l'enfance avait laissé Lauréanne interdite, et spontanément, elle avait fouillé dans ses souvenirs.

Irénée Lafrance avait-il, un jour, joué de la sorte avec ses propres enfants? Lauréanne ne s'en souvenait pas. Même du vivant de sa mère, Lauréanne n'avait aucune image précise qui lui venait à l'esprit.

Il faut dire, à la décharge d'Irénée, que cet homme-là avait toujours beaucoup travaillé.

Mais au-delà d'une mémoire peut-être vacillante, de voir que son père ne ronchonnait pas quand il perdait avait laissé Lauréanne sans mot. Elle avait donc passé le voyage le nez à la fenêtre, épiant les conversations qui provenaient de la banquette arrière, le cœur partagé entre la tristesse, la déception et une sorte d'espérance, en se disant qu'il n'était jamais trop tard pour bien faire et que si le caractère de son père allait en s'améliorant, elle-même pourrait en profiter.

Émile, pensant que sa femme, encore sous le choc d'avoir une auto bien à eux, admirait silencieusement le paysage, conduisit sans parler.

Puis Agnès avait poussé un cri de joie en reconnaissant le clocher de leur paroisse, et Lauréanne avait ramené les yeux devant elle.

Ils étaient passés devant le moulin à scie, le magasin général, l'hôtel et l'église, puis Émile avait coupé le moteur devant la maison de Jaquelin.

Présentement, par la vitre de la portière, Lauréanne surveillait son père, qui grimpait l'escalier, et elle se demandait, encore et toujours, pourquoi l'humeur de cet homme plutôt irascible avait changé à ce point depuis qu'Agnès vivait avec eux. C'était devenu une sorte d'obsession.

Puis la porte de la maison s'ouvrit et Lauréanne se fit attentive.

Le visage de Jaquelin, à l'instant où il aperçut la rutilante auto de son beau-frère, valut à lui seul le déplacement !

Ses yeux grands comme des soucoupes firent en sorte que Lauréanne oublia instantanément les questionnements qu'elle avait entretenus tout au long de la route. Elle éclata de rire et sortit de l'auto.

— Pis ? Que c'est t'en penses, mon frère ?

— Est ben belle !

De son long pas élastique, Jaquelin venait déjà au-devant de sa sœur et de son beau-frère, sans pour autant les regarder.

En fait, Jaquelin n'avait d'yeux que pour l'auto.

— Vous l'avez louée pour venir nous voir, ou quoi ? demanda-t-il en effleurant l'aile avant du bout des doigts.

— Pantoute, se dépêcha de répondre Lauréanne,

prenant par surprise son père et son mari. C'est Émile qui l'a achetée.

— Pis il l'a payée *cash,* clama Irénée qui avait trottiné derrière Jaquelin pour revenir à l'auto en même temps que lui.

Pour le patriarche de la famille, cette précision était tout à fait pertinente, car elle donnait encore plus de poids au respect qui était dû à son gendre. Cependant, Marie-Thérèse ne voyait pas du tout la situation du même œil.

— Voyons donc, le beau-père ! exhorta-t-elle depuis la galerie, tout en jetant un regard inquiet autour d'elle. Pas nécessaire de crier ça sur les toits pour ameuter tous les voisins. C'est pas de leurs affaires, ça là, les revenus d'Émile ! L'important c'est que...

— Wow !

— Sapristi ! Une auto !

Benjamin et Cyrille venaient d'arriver ensemble à la porte, interrompant leur mère. En moins de deux, ils passaient devant Marie-Thérèse pour débouler les quelques marches de l'escalier, suivis de près par Conrad. Tous les trois, ils se rendirent jusqu'au trottoir de bois en courant, une lueur d'envie au fond des prunelles.

— C'est à vous, mononcle ?

— Ben oui, c'est à moi.

— Vous êtes ben chanceux !

— On peut-tu aller faire un tour ?

— Oh là ! Minute, les garçons !

Marie-Thérèse arrivait à son tour sur le trottoir, visiblement impressionnée par la grosse auto grise, malgré les quelques mots précédemment adressés à Irénée.

— On dirait une auto de premier ministre! apprécia-t-elle, tout en adressant un sourire à son beau-frère.

Comme d'habitude, la petite Albertine était pendue au cou de sa mère. Son petit poing agrippait le tablier de Marie-Thérèse, tandis qu'elle tétait vigoureusement le pouce de son autre main. Plus elle grandissait, et plus la petite fille semblait dépendre de Marie-Thérèse, au point où cette dernière l'appelait sa petite sangsue, avec beaucoup d'affection. Maintenant âgée d'un peu plus de huit mois, elle était nettement plus délicate que son frère jumeau Albert.

— Pis, mononcle, on peut-tu aller faire un tour?

Visiblement, Benjamin trépignait d'envie et d'impatience, et si Cyrille tentait difficilement de garder une certaine contenance, après tout, il était l'aîné de la famille et il fréquentait un grand collège, il n'en restait pas moins que son regard était tout aussi brillant d'envie que celui de son frère. Quant à Conrad, il faisait de grands signes à Ignace, qui venait de sortir de la maison à son tour. Sans vouloir poser un éteignoir sur la joie de ses garçons, puisqu'il était normal à leur âge d'être excités à l'idée qu'une aussi belle auto appartienne à un membre de la famille, Marie-Thérèse tourna tout de même un visage sévère vers Benjamin, puisque c'était lui qui avait pris la parole.

— Deux menutes, toi là! J'aime pas ce que je viens d'entendre, mon garçon. C'est pas des manières pour accueillir de la belle visite comme ça. On va commencer par les recevoir dans le sens du monde en leur permettant d'entrer dans la maison. Ça s'appelle de la politesse, Benjamin, pis pour l'instant, c'est ça qui compte, malgré l'envie qui te démange d'essayer l'auto neuve de ton oncle. Pense donc à lui, juste un peu! C'est comme rien que d'avoir faite la route depuis Montréal, votre oncle Émile doit commencer à être pas mal fatigué. On va inviter tout le monde à entrer chez nous pour se reposer un peu avant le repas. Vous irez faire un tour après le dîner, si votre oncle est d'accord, ben entendu.

Mortifié de s'être fait réprimander devant tout le monde, Benjamin baissa la tête.

— Vous avez ben raison, moman.

— C'est sûr que j'ai raison, même si je peux comprendre ton excitation, mon garçon. Crains donc pas! L'auto de ton oncle Émile s'envolera pas pendant le dîner. Envoye, Benjamin, dépêche-toi de rentrer pis va nous ajouter quatre places de plus à la table. Pendant ce temps-là, Cyrille, tu vas aller me chercher une couple de cannages de petites fèves jaunes dans le caveau, pis ajoute-les dans le chaudron. Pour les patates pilées, on va en mettre un peu moins dans chaque assiette pis ça va faire pareil. Le jambon, lui, il est gros en masse pour tout le monde.

Débordée ou pas, devant l'imprévu, Marie-Thérèse prenait toujours la situation en mains. C'était sa façon à elle de garder le contrôle sur les événements et de ne pas « perdre les pédales » comme elle le disait elle-même en riant.

— Il y a rien de pire pour une mère de famille que de se sentir comme une étrangère dans sa propre cuisine ! Comme on dit : quand il y en a pour huit, il y en a pour douze. Mais faut quand même que j'aye le temps de mettre mon grain de sel dans le chaudron pour que le miracle se produise !

Voilà pourquoi Marie-Thérèse prenait instinctivement les commandes, même si, pour le faire, elle devait se donner des allures de « général en chef », comme le disait parfois Jaquelin pour la taquiner.

— Envoyez, les garçons, grouillez-vous ! pressa Marie-Thérèse devant ses deux fils qui traînaient comme des limaces autour de l'auto. Ignace, Conrad ! Dans la maison, vous autres avec ! Ah oui, faut que tu ailles chercher matante Félicité, Benjamin. Avec tout ça, j'étais en train de l'oublier, la pauvre. Après avoir mis la table, tu cours jusque chez elle pis tu nous la ramènes. Comme je la connais, elle doit déjà être prête.

— Promis, je fais ça vite !

À ces mots, Marie-Thérèse se tourna vers Lauréanne.

— J'voudrais donc pas que matante s'en vienne toute seule, expliqua-t-elle. Tu la connais comme moi, non ? Elle est du genre à s'inquiéter sans bon sens parce qu'elle va avoir peur de rater le repas, pis à partir de là, elle va probablement en faire juste à sa tête, comme d'habitude. La première nouvelle qu'on va avoir, c'est qu'elle va partir de chez elle avant que Benjamin soye arrivé.

— Mon doux, Marie-Thérèse, t'as ben l'air inquiète pis angoissée, tout à coup ! La tante Félicité demeure toujours ben pas à l'autre bout de la paroisse. Sa maison est à peine à quatre portes d'ici.

— Ça change rien, ma pauvre toi ! Depuis qu'elle est revenue de l'hôpital, j'y trouve un air ben fatigué, à matante. On dirait qu'elle est rendue fragile comme de la porcelaine.

— À ce point-là ?

— Pire encore ! Elle est certaine que c'est pas son attaque qui l'a rendue de même, parce que pour elle, de ce côté-là, toute va ben. Non, elle dit que ça serait plutôt le manger d'hôpital, pas trop vargeux, qui l'a fait maigrir pis qui l'a affaiblie à ce point-là. Matante prétend qu'elle s'est laissée crever de faim, tellement c'était pas bon. Je la trouve tellement pâlotte pis faiblarde que j'y ai offert de rester coucher ici, dans la chambre d'amis, pour que je puisse m'occuper d'elle jour et nuit. Juste le temps de l'aider à se remplumer, que j'y ai dit pour ménager sa fierté, mais elle veut rien entendre.

— Eh ben !

Une fois les garçons repartis au pas de course, Marie-Thérèse se détendit. Trop heureuse de voir sa fille Agnès qu'elle n'attendait pas, elle présenta machinalement le bébé à Lauréanne, qui avait déjà tendu les bras pour recevoir la petite Albertine, puis Marie-Thérèse s'approcha d'Agnès qui était sortie de l'auto et qui avait suivi les discussions sans intervenir, un grand sourire barrant son visage.

En approchant d'elle, Marie-Thérèse constata qu'Agnès était devenue presque aussi grande qu'elle-même. Elle posa alors les deux mains sur les épaules de sa fille, puis elle recula d'un pas pour pouvoir l'examiner à sa guise.

— Bonté divine, ma belle, t'as ben grandi, depuis Noël ! J'ai l'impression que tu vas finir par me dépasser un jour... Mais t'as l'air en forme, c'est ça le principal.

— Ouais, ça va pas pire pantoute, moman. J'suis surtout contente de vous voir. Même si j'aime ça vivre en ville pis que matante Lauréanne est ben fine avec moi, ça m'arrive de m'ennuyer de la maison, pis de ma famille.

— Ben heureuse d'entendre ça, ma fille, ben heureuse. Ça veut dire que l'essentiel est encore là entre nous deux. Ton père avec, il s'ennuie, tu sais... Il me le dit souvent quand on parle de toi. On s'ennuie aussi de ton frère Cyrille, comme de raison. Pis lui avec, il nous le rend ben. C'est lui-même qui me l'a dit en arrivant vendredi: même s'il commence à s'habituer à son école, ça l'empêche pas de trouver ça long par bouttes. Pour des parents, tu sauras, ça fait plaisir à entendre, même si dans le fond, on sait ben que c'est pas toujours agréable, l'ennui. Mais un dans l'autre, Agnès, ça nous laisse croire qu'on est pas si pires que ça, ton père pis moi...

— Ben voyons donc, moman, c'est quoi ces idées-là? coupa Agnès avec fougue. C'est sûr que popa pis vous, vous êtes des bons parents. On pourrait pas avoir mieux.

— T'es ben fine de dire ça, ma belle. Mais faut jamais oublier que malgré tout, il y a toujours place à l'amélioration. Pour moi, comme pour toi, comme pour tout le monde, d'ailleurs. Me semble que je te l'ai déjà dit: la perfection est pas de ce monde! La vie va s'occuper de t'apprendre tout ça, pis tu sauras m'en reparler. Le jour où tu seras devenue une mère à ton tour, tu te rappelleras ce que je viens de te dire aujourd'hui, pis tu vas toute comprendre...

À ces mots, Marie-Thérèse secoua la tête avec un sourire au coin des lèvres.

— Bon, c'est ben beau tout ça, mais c'est pas demain la veille, pis j'ajouterais que c'est une chance, parce que je me sens pas prête à être grand-mère tusuite... Viens, Agnès, tu vas m'aider un peu même si t'es une sorte de visite, aujourd'hui.

Puis haussant la voix, Marie-Thérèse lança à la ronde, interrompant les conversations :

— Astheure, on va rentrer. Allez, tout le monde, dans la maison !

On s'empressa d'entrer en riant.

Même si l'arrivée de la tante Félicité, amaigrie, les traits tirés et la démarche chancelante, avait causé un petit malaise, Marie-Thérèse l'avait rapidement et adroitement chassé.

— Matante ! J'suis contente de vous voir. Comment ça va aujourd'hui ?

— Comment veux-tu que ça aille, ma pauvre enfant ? J'suis pas trop solide, c'est clair, mais j'suis quand même contente d'être sortie du fichu hôpital !

— Ben tant mieux. Venez, matante, venez nous rejoindre. On allait justement passer à la table.

— C'est ben ce que j'ai dit à Benjamin : un peu plusse pis j'allais être en retard. Tu sauras que ça faisait un bon bout de temps que j'étais prête à partir !

— Je m'en doutais ben, matante, mais c'était pas vraiment de la faute à Benjamin. Regardez qui c'est qui est venu nous voir ! Agnès pis toute la famille de Montréal. C'est une grosse surprise, ça là. Vous pensez pas, vous ?

— À mon avis, la plus grosse surprise, c'est la belle voiture qui est parquée dans la rue en face de chez vous ! Je l'avais vue passer t'à l'heure, par la fenêtre de mon salon, rapport que je surveillais pour voir Benjamin arriver, mais je savais pas que c'était Émile qui la conduisait, par exemple. C'est Benjamin qui me l'a appris. Il était excité comme une puce.

Malgré son allure chétive, Félicité Gagnon n'avait rien perdu de sa verve ! Du regard, elle chercha Émile.

— C'est toute une machine, ça, monsieur, déclara-t-elle en se tournant vers lui. Félicitations !

— Merci ben. Je la trouve pas pire, c'est certain, mais ça va surtout être pas mal utile pour se déplacer. J'ai pris une sept passagers justement pour accommoder tout le monde.

— C'est peut-être une bonne idée pour les autres, mais ça sera pas pour moi, trancha Félicité sur un ton autoritaire. J'en ai eu plein le casque de me faire barouetter dans le camion de monsieur Touchette. J'ai eu beau faire une attaque, faut croire que j'ai encore le cœur solide, parce que j'en suis pas morte. Mais j'suis pas sûre pantoute que ça va me tenter de recommencer, par exemple.

— Une automobile, ça porte pas aussi dur qu'un camion, vous savez, argumenta Émile.

— On dit ça, ouais...

La tante Félicité avait tout de la femme sceptique.

— J'veux pas vous contredire, Émile, mais on verra quand même à ça dans le temps comme dans le temps… Pis, ma Thérèse, où c'est que je m'assis, moi là ? Je commence à avoir les jambes en coton.

— Cyrille, laisse ta place à matante, pis va t'asseoir à l'autre bout de la table. On va manger entre femmes… Venez, matante ! On va s'installer ici, vous pis moi, avec Lauréanne, Agnès, pis la petite Angèle !

Avec une infinie sollicitude, Marie-Thérèse aida sa tante à contourner la table pour venir prendre la place devant Lauréanne, qui avait le cœur gros depuis l'arrivée de la tante Félicité. En voyant entrer la vieille dame, elle avait vite compris ce que sa belle-sœur voulait dire quand elle parlait de la fragilité de Félicité Gagnon.

Pendant ce temps, Marie-Thérèse finissait de placer les convives.

— Vous autres, les gars, installez-vous ensemble, à l'autre bout de la table… Comme ça, vous allez pouvoir discuter de chars à votre convenance sans être dérangés par une bande de femmes qui comprennent rien à toutes vos histoires de moteur… Aide-moi, Jaquelin, on va asseoir les jumeaux entre nous deux pour les avoir à l'œil.

Tandis que Marie-Thérèse voyait au confort de ses invités, la tante Félicité se laissa enfin tomber sur sa chaise, en soupirant d'épuisement. Elle avait tellement maigri, durant son séjour à l'hôpital, qu'elle accusait maintenant ses soixante-dix ans et quelques. Voilà surtout ce qui continuait d'inquiéter et d'attrister Marie-Thérèse : vendredi midi, en apercevant sa tante qui sortait péniblement du camion, aidée par Gédéon Touchette qui avait une sollicitude de garde-malade, elle avait brutalement pris conscience que cette vieille dame-là, celle qu'elle aimait infiniment depuis toujours, ne serait pas éternelle.

En fait, Marie-Thérèse n'avait jamais su l'âge réel de sa tante Félicité, et probablement que personne d'autre dans la paroisse ne le connaissait avec exactitude. Pour Marie-Thérèse, Félicité Gagnon avait toujours été une vieille personne, et ce, depuis qu'elle était toute petite, et comme, au fil des années, sa tante n'avait jamais vraiment changé, hormis les cheveux qui avaient grisonné, Marie-Thérèse avait appris à la voir telle qu'elle était, sans penser au lendemain. Même Victor Gagnon, le père de Marie-Thérèse et le frère de Félicité, n'avait pu avancer qu'une simple approximation quand Marie-Thérèse avait suggéré de souligner l'anniversaire de sa chère tante.

— Pourquoi pas ? Elle oublie jamais personne, pis nous, sa propre famille, on a jamais rien fait de spécial pour elle !

— Ben d'accord avec toi, ma fille : pour être généreuse, ma sœur est pas mal généreuse, mais elle veut rien en retour, par exemple. Quand on cherche à la remercier, elle se choque ben noir. Elle a toujours été de même. Elle dit que c'est de la charité chrétienne que de penser à son prochain, pis qu'on a pas besoin de dire merci pour ça. Ça fait que... Quand ben même je voudrais t'aider, ma pauvre fille, j'sais même pas sa date de sa naissance ! Félicité est plus vieille que moi, ça c'est sûr, mais de combien d'années, je serais ben embêté de te le dire. Pour moi, Félicité a toujours été là, d'aussi loin que je me rappelle. C'était ma grande sœur, pis elle aidait déjà notre mère quand moi j'étais encore un bébé, je crois ben. J'en sais pas plusse. Tu sais, ma fille, on fêtait pas vraiment ça, nos anniversaires, quand j'étais jeune. Il y avait Noël pis le jour de l'An, c'est sûr ; pis au printemps, il y avait Pâques, qu'on soulignait avec un bon repas pis de la visite. Mais c'était à peu près toute ! Des fois, pas toujours, il arrivait qu'on fête les anniversaires de mariage, mais juste quand ça faisait un chiffre rond. C'était pas comme aujourd'hui, avec vos gâteaux pis vos invitations à tout bout de champ... Non, c'était pas pareil pantoute, quand j'étais jeune. Ça fait que je peux juste te dire que selon moi, Félicité doit avoir proche soixante-dix, si c'est pas un peu plusse... Ouais, elle doit avoir entre quatre pis sept ans de plus vieux que moi. Faudrait aller voir dans les registres du presbytère pour le savoir vraiment, pis avoir la date précise. Mais si tu veux mon avis, ça serait pas ce que j'appellerais une bonne idée, rapport que ma sœur a toujours été vague quant à son âge pis à la date de sa fête, pis qu'elle aimait pas ça en parler. Libre à toi d'y voir, si ça te chante, mais de mon bord, j'aimerais mieux pas m'en mêler.

Peu soucieuse de la mauvaise humeur de sa tante, Marie-Thérèse s'était alors promis de s'en occuper. Cependant, d'une chose à l'autre, d'un bébé à un autre, elle n'avait jamais eu le temps de donner suite à son projet de souligner l'un des anniversaires de la tante Félicité, et l'intention était tombée dans l'oubli.

Toutefois, ce midi...

Marie-Thérèse regarda autour d'elle, admettant que malgré son peu d'envie d'organiser un repas d'apparat parce qu'elle était épuisée, la vie en avait décidé autrement.

Tous ses enfants étaient là, avec sa tante, qui avait autant d'importance que ses propres parents, plus toute la famille de Jaquelin. C'était déjà beaucoup. Ne manquait que sa propre famille, mais comme ils faisaient tous un peu partie de ce qu'elle était, puisqu'ils entretenaient des liens très serrés, l'absence des siens ne la chagrinait pas. Elle les verrait tous probablement une ou deux fois durant la prochaine semaine, et à ses yeux, l'essentiel était toujours présent entre eux!

Pour l'instant, il y avait Pâques et le printemps; il y avait l'auto d'Émile qui ouvrait des perspectives agréables; il y avait aussi tous ses enfants réunis autour d'elle alors qu'elle ne s'y attendait pas.

En soi, c'était amplement suffisant pour faire la fête!

Mais d'abord et avant tout, il y avait leur tante Félicité qui aurait très bien pu ne pas être là.

Cela faisait bien des choses à souligner en même temps, n'est-ce pas?

Le temps de servir tout le monde, Marie-Thérèse en profita pour soupeser le pour et le contre d'une petite intervention de sa part.

Le pour l'emporta haut la main. Et tant pis si elle faisait rougir certaines personnes!

Quand Marie-Thérèse tira sa chaise pour s'installer à son tour avec les autres convives, elle hésita un dernier instant, survola du regard l'assemblée de tous ceux qu'elle aimait tant et qui jasaient entre eux joyeusement, puis elle déposa son assiette sur la table, mais sans s'asseoir. Tout en frappant des mains, elle imposa le silence.

— S'il vous plaît, tout le monde!

Les gens furent d'abord surpris, car il était plutôt rare que Marie-Thérèse agisse ainsi, attirant volontairement l'attention sur elle. Néanmoins, lentement, le timbre des voix baissa, puis les conversations se tarirent et tous les regards se portèrent vers Marie-Thérèse.

— Ça sera pas long, promit-elle en rougissant. Je le sais qu'on a toutes ben faim, mais avant de continuer à manger, je voudrais juste vous faire remarquer à quel point on est chanceux. Vous, Émile, pour votre belle auto; Jaquelin pis moi pour toutes vous avoir à notre table à l'occasion du dîner de Pâques; vous, le beau-père, pour votre bonne santé pis votre cordonnerie reconstruite après le feu; toi, Lauréanne, juste parce que t'es ben fine de t'occuper de ma fille pis que t'es ben fine tout court; pis vous, les enfants, pour les écoles que vous avez la chance de fréquenter, pis pour l'intelligence que vous semblez toutes avoir... On y pense pas assez souvent, à ces affaires-là. Une belle réunion comme celle d'à midi, ça m'a donné envie d'en parler. Mais d'abord, c'est le fait d'être toutes là, ensemble, qui est le plusse important pour moi.

En prononçant ces derniers mots, Marie-Thérèse s'était retournée face à sa tante Félicité, qui, tout embarrassée, venait de comprendre qu'elle allait être le point de mire de toute la tablée, qu'elle le veuille ou pas.

— Pis quand je dis ça, je pense surtout à vous, matante, poursuivit Marie-Thérèse. Je remercierai jamais assez le Ciel d'avoir permis que vous restiez avec nous autres. J'suis ben contente, ben ben contente, que vous soyez revenue toute d'un morceau. Un brin rétrécie, c'est vrai, mais toute là.

À ces mots, il y eut quelques rires émus, mais il y eut surtout quelques larmes dans les yeux de Félicité Gagnon qui, peut-être à cause de sa faiblesse temporaire, n'eut pas envie d'interrompre sa nièce en ronchonnant, comme elle l'aurait sans doute fait à un autre moment. De se savoir aimée et de se le faire dire surtout, lui semblait tout à coup essentiel à sa guérison.

— Mais je vous fais confiance, matante, compléta Marie-Thérèse en soutenant affectueusement le regard de Félicité. Avec la tête dure que vous avez, c'est ben certain que toute va finir par reprendre sa place comme avant. J'ai pas de crainte là-dessus. Bon ben…

Marie-Thérèse, surprise d'avoir tant parlé sans bafouiller, survola une dernière fois les visages tournés vers elle.

— C'est ça que j'avais à vous dire. Astheure, vous pouvez finir de manger, pis moi, ben, j'vas pouvoir commencer mon assiettée. Ah oui ! Pour ceux qui en veulent encore, il reste du jambon pis des patates. Gênez-vous pas pour aller vous resservir. Mais gardez-vous de la place, par exemple ! On a deux belles tartes au sirop d'érable qui vont suivre pour le dessert.

Le repas se termina dans la bonne humeur partagée. Les conversations avaient repris, mais sur un ton beaucoup plus intimiste, cette fois. Les paroles de Marie-Thérèse avaient ému tout le monde, du plus jeune au plus vieux. Même Ignace et Angèle, sans avoir tout compris, sentaient une différence dans l'atmosphère de la cuisine. Troublés par le long discours de leur mère, ils furent particulièrement sages, et ils vidèrent leurs assiettes sans protester.

Une fois la vaisselle lavée et rangée, Émile suggéra enfin une promenade en auto.

— Qui vient en premier ? lança-t-il tout joyeux. J'ai six places de libres, avec les deux petits bancs qu'on peut déplier en arrière. J'irais même jusqu'à dire qu'on pourrait être huit au total, en se tassant un peu.

Les jumeaux étant couchés pour leur sieste, Marie-Thérèse demanda à être du premier groupe.

— Comme ça, quand les bébés vont se réveiller, je serai revenue pour m'en occuper.

— Ben, si c'est de même, pis que vous y voyez pas d'inconvénient, Marie-Thérèse, on va faire un voyage de femmes pis, par après, on en fera un autre avec les hommes.

— Pas de trouble, Émile. C'est vous le chauffeur, c'est à vous de décider !

— Ben dans ce cas-là, suivez-moi !

Tout le monde se précipita vers la porte. On se bousculait en riant ! Et tandis que les filles prenaient place dans l'auto, en pouffant comme des gamines, Lauréanne et Marie-Thérèse en tête, tous les garçons se rassemblèrent sur le trottoir pour les regarder partir en attendant leur tour. Quant à Irénée et Félicité, ils étaient restés sur la galerie.

— Je l'ai dit t'à l'heure, ma pauvre Thérèse : pas question pour astheure de me promener dans un engin comme celui-là. Tu voudrais toujours ben pas que je fasse une autre crise de cœur, hein ? Ça fait que je reste ici. Même si c'est une belle grosse auto pis qu'elle a l'air pas mal plus confortable qu'un camion, je prendrai pas de chance. Des fois que ça brasserait pareil au camion de monsieur Touche-à-Tout ! Mais gênez-vous pas pour moi, par exemple. Allez-y toutes ensemble, pis amusez-vous autant que vous le pouvez. Moi je reste à l'ombre sur la galerie. C'est pas souvent qu'on peut s'installer dehors en avril, j'ai ben l'intention d'en profiter un peu.

— Pis moi, renchérit Irénée, m'en vas retourner en ville, t'à l'heure, dans la belle auto d'Émile. Ça va me suffire pour aujourd'hui. Ça fait que je laisse ma place aux jeunes…

Puis se tournant vers celle qu'il avait toujours considérée comme une chipie, il proposa :

— Si vous le permettez, Félicité, je m'installerais sur la galerie, avec vous.

Félicité leva un regard interdit. Depuis quand Irénée Lafrance mettait-il des gants blancs pour solliciter une permission quelconque ? Trop fatiguée pour approfondir la question, la vieille dame haussa les épaules.

— Faites, Irénée, faites. La galerie m'appartient pas.

— Ben si c'est de même…

Irénée approcha une chaise et s'y laissa tomber sans dire un mot de plus. L'auto d'Émile venait de disparaître au coin de la rue quand il se décida à rompre le silence pour demander:

— Je peux-tu fumer sans vous déranger?

— Pour ça avec, Irénée, faites à votre guise. Apparence que la galerie m'appartient toujours pas.

Peu porté sur les subtilités du langage, Irénée n'entendit qu'une permission accordée un peu froidement, certes, mais accordée tout de même. Il s'empressa donc de sortir son paquet de cigarettes, et, sans voir la moue de dédain de Félicité, il fit craquer une allumette avec l'ongle de son pouce, puis il alluma sa cigarette et prit une longue bouffée.

— Ça fait digérer, déclara-t-il par la suite, après avoir soufflé un nuage grisâtre devant lui.

— Vous m'en direz tant...

Félicité avait l'air on ne peut plus sceptique.

— Voyez-vous, Irénée, je peux pas savoir, rapport que j'ai jamais fumé, déclara-t-elle tout en se berçant, le regard posé sur la maison d'en face. Pis en plusse, j'ai jamais eu de problème de digestion. Ça fait que... N'empêche que j'ai des doutes sur vos prétentions. Ça pue tellement votre affaire que ça doit pas être si bon que ça... Il y aurait peut-être la pipe, que je trouve un peu plus agréable. Ça, ça sent bon. Ça sent sucré. Vous avez jamais pensé à vous mettre à la pipe?

— La pipe? C'est rien qu'un paquet de troubles, tandis que les cigarettes, on a juste un paquet à glisser dans une poche… Vous trouvez que ça pue ? Ben coudonc…

Irénée tendit le bras, jeta un coup d'œil à sa cigarette, qui laissait monter un mince filet de fumée bleutée. Ensuite, il hocha la tête comme s'il venait d'apporter une conclusion quelconque à sa réflexion, avant de tirer une seconde bouffée qu'il envoya vers le plafond de la galerie couverte, pour ne pas incommoder Félicité.

— Je savais pas que mes cigarettes sentaient mauvais… Me semble que je sens rien, moi. Ma fille préfère que je fume dehors parce qu'elle dit que ça l'emboucane, mais elle a jamais dit que ça puait.

— Ou ben vous avez pas voulu l'entendre, parce que ça faisait votre affaire, glissa Félicité sur le même ton bourru. Il y a pas plus sourd que celui qui veut pas entendre, vous savez.

Irénée Lafrance ouvrit la bouche pour répliquer vertement, puis pinça les lèvres sur une réponse qui aurait pu lancer les hostilités. Il se contenta de manifester son désaccord avec un laconique :

— Ouais, mettons…

Toutefois, décontenancé parce que peu habitué de se faire répondre sur ce ton, et comprenant surtout qu'avec Félicité Gagnon il n'aurait peut-être pas le dernier mot, Irénée se dépêcha de prendre une dernière bouffée et, d'une chiquenaude adroite, il lança la cigarette à moitié grillée jusque sur l'allée sablonneuse qui menait de la galerie au trottoir. Puis, il se retourna vers Félicité pour reprendre la conversation quand il se heurta à son regard désapprobateur. Irénée n'eut aucune difficulté à donner un sens très précis à ces sourcils froncés.

— Inquiétez-vous pas, bougonna-t-il, ma fille m'a ben élevé. M'en vas aller ramasser mon « botch » t'à l'heure, quand il va être ben éteint, pis j'vas le mettre aux vidanges.

— J'espère ben.

— Coudonc, vous ! Que c'est qui vous prend, à midi ? J'suis peut-être pas l'homme le plus avenant de la paroisse, je le sais, mais j'ai pas l'habitude de mentir. Pis j'ai juste une parole. Quand je dis que j'vas faire quelque chose, je le fais, maudit sacrifice !

— Bonne sainte Anne, Irénée ! Pas besoin de jurer, j'avais compris. Vous êtes donc ben à pic !

Un lourd silence suivit ces quelques mots acerbes.

Mais c'était une belle journée de printemps, n'est-ce pas ? Plus loin, les hommes discutaient et riaient entre eux, surveillant le chemin, et la brise était douce. Pourquoi assombrir ces instants heureux ?

Sentant que la conversation avec Félicité risquait de s'éteindre là ou de s'enliser dans une suite de reproches inutiles, Irénée se hâta de préciser :

— Astheure que c'est dit, pis que je sais que vous appréciez pas trop la cigarette, je fumerai pus, pis on va changer de sujet, si vous le voulez ben. Ça serait donc plate de gâcher une belle journée de même.

Félicité resta un moment sans bouger, comme si elle se répétait les derniers mots pour être certaine d'avoir bien compris.

Se pourrait-il qu'Irénée Lafrance ait un fond de bonnes manières ?

— Ben là, j'suis d'accord avec vous, Irénée ! concéda-t-elle, curieuse de voir où cette discussion allait la mener. C'est vrai que c'est une belle journée. Bon ! De quoi voulez-vous parler ?

— Me semble que ça va de soi... Comment c'est que vous allez, Félicité ? À date, vous avez rien dit de votre maladie... Juste pour parler, comme de raison, à vous voir comme ça, toute chétive, je dirais que ça va pas fort.

— Vous y allez pas avec le dos de la cuillère... J'suis pas encore morte, Irénée ! Toute chétive ! Tu parles, toi... Mettons, pour dire ça poliment, que je reviens de loin.

— Ça paraît...

— Merci ben ! J'ai-tu l'air si pire que ça ?

Tout en parlant, Félicité dardait un regard courroucé sur Irénée.

— Coudonc, vous là, vous auriez rien de plus gentil à me dire ?

Il en fallait plus pour désarçonner un Irénée Lafrance. Il accueillit la colère de Félicité avec un haussement d'épaules.

— C'est sûr que je pourrais faire mon smatte ! fit-il pour lui donner raison. Je pourrais aussi vous souhaiter d'aller mieux, pis ça serait sincère. Ce que j'ai dit, c'était pas pour être déplaisant envers vous. C'est juste qu'à vous voir, c'est facile de comprendre que vous en menez pas large. À partir de là, je voulais juste savoir où c'est que vous en étiez, dans votre maladie. Ni plus ni moins ! Quand je discute avec quelqu'un, j'aime que les choses soyent claires. Ça donnerait quoi de vous dire que je vous trouve une ben bonne mine, si c'est pas vrai ?

— Ça donnerait rien, vous avez ben raison, accorda Félicité. C'est pour ça que j'vas vous répondre que je trouve ça dur, ben dur. C'est là que j'en suis, dans ma maladie, comme vous dites. J'ai passé ma vie à travailler, à m'occuper de l'un pis de l'autre, pis là, tout d'un coup, me v'là pus capable de rien faire. C'est pas le diable agréable, vous saurez. Même mettre de l'eau à bouillir pour me faire un thé, ça me demande tout mon petit change. C'est vous dire comment c'est que j'vaux pus grand-chose.

Trop heureuse d'avoir enfin un interlocuteur qui semblait la comprendre, Félicité oublia bien vite l'épisode de la cigarette et elle commença à se vider le cœur. Cela lui faisait un bien immense.

— C'est vrai que je me sens vaseuse, à plat comme jamais je l'ai été avant, pis ça me fait peur. Oh ! Je le dis pas en face de Marie-Thérèse, pis je vous demanderais de rester discret là-dessus, rapport qu'elle va s'inquiéter sans bon sens pour moi. Elle est faite de même, ma nièce, elle pense toujours aux autres avant elle-même. Mais par les temps qui courent, elle a surtout pas besoin de s'en faire pour moi. Toute la besogne qu'elle abat dans une journée, c'est ben en masse pour la fatiguer.

— C'est vrai qu'avec la trâlée d'enfants qu'elle a, ça doit être de la grosse ouvrage par bouttes.

— Vous le dites.

On aurait pu croire que Félicité et Irénée avaient épuisé toutes leurs ressources en fait de conversation, car à la suite de ces mots, un fin silence se glissa sous le toit de la galerie, tandis qu'ils se berçaient côte à côte. Mais Irénée n'était pas un contemplatif, loin de là. Au bout de quelques instants à observer les hommes et les jeunes garçons qui attendaient toujours le retour d'Émile, il s'agita sur sa chaise, poussa un long soupir, et demanda :

— Pis ?

Félicité sursauta avant de tourner un regard impatient.

— Pis quoi ?

— Vous ? Comment c'est que vous vous sentez là-dedans ? À part me dire que vous trouvez ça dur, que vous êtes encore ben faible, pis que vous avez de la misère à vous faire un thé, vous avez rien expliqué de votre maladie. C'est comment, une crise de cœur ?

— Oh ça...

Portant le regard au loin, s'attardant un instant entre deux maisons où poussait un gros érable, Félicité resta silencieuse. Jusqu'à maintenant, personne n'avait osé lui demander ce qu'elle avait vécu vraiment, le matin où le ciel lui était tombé sur la tête, la foudroyant brusquement. Ni son frère, ni sa nièce, ni même le médecin qui l'avait soignée à l'hôpital. Juste une petite question sur ses émotions aurait fait l'affaire pour ouvrir la porte aux confidences. Félicité n'attendait que cela pour enfin se confier, elle qui ne se plaignait jamais. Mais personne ne semblait intéressé à savoir ce qu'elle avait ressenti ce matin-là.

Félicité esquissa un vague sourire. Finalement, la question lui était venue d'Irénée Lafrance. S'il y avait quelqu'un qu'elle avait toujours trouvé froid, égoïste et arrogant, c'était bien lui. Néanmoins, elle avait envie de parler, alors elle déclara :

— Une crise de cœur, c'est épeurant, Irénée. On pense que notre dernière heure est arrivée, pis il y a rien de drôle là-dedans. C'est fou, mais j'ai eu l'impression que toute ma vie se précipitait vers moi pour que j'oublie rien en partant. De mon enfance jusqu'à ce moment-là, j'ai revu des tas de petits détails, des insignifiances. Ça m'a faite drôle de penser à du monde pis des événements que j'avais oubliés depuis longtemps. C'est une sensation ben particulière d'avoir l'impression d'être en dehors de son propre corps pis de se voir soi-même.

Mais le pire, je pense ben, c'est le mal… Ouais, je dirais que c'est la douleur qui a été le plus dur à endurer. C'est pas disable comment ça m'a fait mal dans la poitrine, comme si mon cœur se déchirait, tout d'un coup. Au point où j'en ai perdu la carte durant un bout de temps. Une chance que le petit Ignace m'a trouvée, étendue comme morte sur le plancher de la cuisine. Sinon, je me demande ben ce qui me serait arrivé.

— Ah oui ? C'est Ignace qui vous a trouvée ?

— Comme je vous dis.

— Savez-vous quoi ? Ça me surprend pas. Il est pas gros, le petit garnement, mais il en a dedans.

— Oh oui ! Pendant les semaines que j'suis venue aider Marie-Thérèse, quand Ignace était pas dans la cordonnerie avec ses parents, il me suivait tout partout dans la maison, pis il me lâchait pas avec ses questions. C'est un petit vite ! Il est ben allumé pis ben serviable… C'est lui qui a couru à la cordonnerie pour aller chercher sa mère. Par après, on m'a toute raconté. Tout ça pour dire qu'on m'a pas demandé mon avis, pis que je me suis retrouvée à l'hôpital, à l'autre bout du monde ou presque. C'est là que je me suis mis à dépérir au lieu de retrouver la santé.

— Je vous crois… J'ai toujours eu dans l'idée qu'un hôpital, c'était faite pour aller mourir, pas pour guérir. À moins d'une grosse opération qu'on peut pas éviter, la guérison, c'est chacun chez soi qu'on peut la trouver.

— Ben dans ce cas-là, Irénée, on pense pareil… De toute façon, on devrait même pas avoir toutes sortes de petits bobos qui apparaissent. Me semble que c'est ben en masse de savoir que la fin approche, sans se détraquer par petits bouttes avant. Je sais pas trop qui c'est qui a pensé à faire les choses de même, mais laissez-moi vous dire que j'vas avoir une couple d'affaires à mettre au point avec Lui, le jour où j'vas Le rencontrer.

Curieusement, Félicité se sentait toute légère. Comme si d'avoir pu partager cette peur qui continuait de battre sourdement au même rythme que son cœur l'avait aidée à se sentir beaucoup mieux. La vieille dame poussa alors un grand soupir de contentement avant de tourner la tête vers Irénée.

— Assez parlé de moi ! Pis vous, Irénée ? Comment va la santé ? Après toute, on est quasiment de la même cuvée, non ? Même si j'suis pas d'accord avec le fait, j'vois ben qu'on a pas le choix de s'accommoder de nos petites misères.

— Moi ? Ça va. Je me plains de rien. C'est sûr qu'il y a des petites raideurs, comme vous dites, mais ça s'endure. Dans le fond, le pire que j'ai eu, dans ma vie, c'est cette maudite grippe qui dure depuis l'an dernier. C'est pas mêlant, j'arrête pas de tousser, pis de tousser. Il y a pas un calvaire de sirop qui arrive à me calmer. Faudrait peut-être que je change de docteur.

— Les docteurs, vous savez… Moi, j'y crois pas trop. Imaginez-vous que tout ce qu'ils ont réussi à me dire, les docteurs, c'est qu'il fallait que je me repose. Que je me ménage ! Comme si je l'avais pas deviné toute seule ! N'empêche que j'suis de retour chez nous, après un gros mois d'hôpital, pis, bonne sainte Anne, j'arrive pas à me sentir reposée, là non plus. J'ai ben l'impression que j'vas rester toute maigrichonne pis toute esquintée jusqu'à la fin de ma vie, parce que j'arrive pas à manger pour la peine. M'as dire comme ma mère disait : la santé passe par l'assiette ! Ça fait que j'ai toujours eu bonne fourchette. Mais depuis l'hôpital, me v'là rendue qui grignote comme une souris. C'est pas de même que j'vas engraisser, pis si j'arrive pas à me mettre un peu de lard entre la peau pis les os, je serai jamais capable de faire des journées normales.

Essoufflée par un si long discours, Félicité prit une longue inspiration avant d'ajouter :

— Si jamais je reprenais pas du mieux, c'est Jaquelin pis Marie-Thérèse qui en pâtiraient parce qu'ils auraient vraiment besoin d'un bon coup de main, de temps en temps.

— Vous pensez ?

— Si je pense ? Non, Irénée, je pense pas, j'en suis certaine. C'est tout un aria d'élever une grosse famille pis de travailler en même temps. Pis là, je parle pas juste de ma nièce, je parle aussi de votre garçon.

— Eh ben… Que c'est que mon garçon a à voir avec l'ordinaire de la maison ?

— Au cas où vous l'auriez pas remarqué, c'est un homme qui a le cœur à la bonne place, votre Jaquelin. C'est un gros travailleur pis un bon père de famille. Pis en plusse, il aime sa femme. Ça lui plaît pas de la voir trimer aussi dur. Ça fait qu'il essaye de l'aider. C'est toute.

— Ben coudonc !

— C'est ça, ben coudonc... Apprenez que tout le monde aime Jaquelin, dans la paroisse.

— Ça, je m'en étais rendu compte quand j'suis venu l'aider, l'automne dernier.

— Ben tant mieux pour vous pis pour lui ! Tout ça pour dire qu'il fait son gros possible pour aider Marie-Thérèse, en plusse de la cordonnerie. Mais avec un bras en moins, c'est pas toujours facile pour lui.

— Sacrifice !

— C'est ça, Irénée, jurez autant que vous le voudrez, c'est pas ça qui va aider Jaquelin pis ma nièce.

— Je pensais pas que c'était aussi pire, Félicité. Faudrait pas m'en vouloir pour ça ! Même que je pensais que toute était réglé pour eux autres, du fait que Marie-Thérèse était revenue de la ville pis qu'elle m'a toujours donné l'impression de vouloir reprendre sa place dans la cordonnerie... Pas que je soye d'accord avec l'idée, parce que j'ai pour mon dire qu'une cordonnerie, c'est pas vraiment la place d'une femme, surtout d'une mère de famille, mais si c'est ça qu'ils veulent, mon fils pis elle, je vois pas pourquoi je me mettrais en travers de leur chemin. Quand j'étais là, j'ai dit ce que j'avais à dire. Par après, c'est à eux autres de décider... Pis là, vous me dites que ça va pas si bien que ça ? Si c'est de même, je serais-tu mieux de revenir pour aider mon gars ?

— Ben là...

Félicité était mal à l'aise. Qu'est-ce qui lui avait pris de confier les problèmes de sa nièce à Irénée Lafrance ? D'habitude, elle était plus discrète ! S'il fallait que le père Lafrance, comme elle appelait Irénée en toute intimité, revienne s'installer chez son fils, et que Marie-Thérèse apprenne que l'idée s'était discutée avec sa tante, sur sa propre galerie, elle lui en voudrait longtemps. Tentant de ménager la chèvre et le chou, Félicité reprit.

— Venir les aider ? J'irais pas jusque-là, Irénée... Même que je penserais pas, non, que ça soye la meilleure idée de l'année. Si vous êtes là, sans vouloir vous offenser, j'suis pas sûre que ça aiderait ma nièce, parce qu'elle va vouloir en faire plusse. Comme on dit, elle va mettre les petits plats dans les grands pour ben recevoir son beau-père. De toute façon, elle est comme moi, ma belle Thérèse, elle aime pas trop que le monde se mêle de ses affaires.

— Ça fait longtemps que j'avais cru comprendre ça, oui, approuva Irénée sur un ton grinçant.

Pour aussitôt se reprendre en voyant les sourcils

de Félicité se froncer d'une manière redoutable et d'ajouter d'une voix qui se voulait débonnaire :

— Mais à force d'y penser, Félicité, j'ai compris que j'étais pareil, pis j'ai arrêté d'y en vouloir, à Marie-Thérèse. Dans le fond, c'est quasiment une qualité que de vouloir se débrouiller tout seul. Vous pensez pas, vous ?

— Bon, enfin, un peu de bon sens ! Par contre, quand c'est moi qui veux l'aider, c'est pas tout à fait pareil. C'est depuis que Marie-Thérèse est toute petite que j'ai toujours été là pour elle, comme une sorte de deuxième mère. C'est pour ça que je peux venir donner un coup de main sans que ça l'achale. Mais pognée comme j'suis là, que c'est que vous voulez que je fasse ? J'arrive ben juste à me traîner de ma chambre à la cuisine pour manger du manger que je trouve même pas bon, rapport que l'appétit a disparu en même temps que j'ai eu mon attaque. Ça va pas ben, Irénée, ça va pas ben pantoute !

— Pauvre vous ! C'est ben pour dire, hein ? On est faite fort, on mène trois, quatre affaires de front sans même s'en apercevoir, on avance dans la vie sans avoir besoin de réfléchir au fait qu'on est vivant, pis suffit d'une bébelle qui marche de travers en quelque part dans notre corps pour toute arrêter.

— C'est ben pour dire, ouais... Des fois, on arrive pas à trouver les bons mots pour dire les bonnes affaires !

— Ça m'arrive... Pis vous, que c'est vous allez faire ?

— Attendre ! Que c'est vous voulez que je fasse d'autre, mon pauvre Irénée ? M'en vas attendre que ça passe, pis j'vas prier ben fort la bonne sainte Anne pour que ça passe vite pis que l'appétit me revienne en même temps.

— La prière, c'est jamais une mauvaise idée, je vous l'accorde, mais des fois, ça suffit pas.

— Faites pas votre prophète de malheur, vous là !

— C'est pas mon but. Mais si jamais ça allait pas dans le sens que vous l'espérez, ou pas assez vite, comme vous dites, vous viendrez faire un tour en ville, chez ma fille Lauréanne. Elle va vous requinquer, elle, dans le temps de le dire.

— Ah ouais ? Elle fait ça, elle ?

— Je pensais que vous le saviez ! Si ma Lauréanne a pas aidé votre Marie-Thérèse à prendre du mieux, je me demande ben ce qu'elle a faite durant toutes les semaines où ma bru s'est installée dans ma chambre sur la rue Adam à Montréal !

— Tant qu'à ça... C'est vrai que Marie-Thérèse est revenue ben en forme pis de bonne humeur. C'est l'ouvrage de par icitte qui a détricoté ce que votre fille avait réussi à faire.

— Vous voyez ! Pis pour ce qui est de votre appétit, le manger de ma fille est tellement bon que vous pourrez pas bouder votre assiette. Ses

« chops » de lard avec de la compote aux pommes, il y a rien de meilleur. On a pas vraiment besoin d'avoir faim pour vider notre assiette.

Surprise d'entendre Irénée vanter les mérites de sa fille, Félicité se contenta, dans un premier temps, de hocher la tête en signe d'assentiment. Elle avait l'impression d'aller de découverte en découverte, cet après-midi.

— Dites-vous ben que c'est pas tombé dans l'oreille d'une sourde ! lança-t-elle finalement pour donner suite aux propos d'Irénée, à l'instant précis où l'auto d'Émile tournait au coin de la rue pour revenir vers la maison. En cas de besoin, je trouverai ben moyen de vous faire signe, promit-elle tout en se relevant de sa chaise. Pour astheure, par contre, vous allez devoir m'excuser, Irénée, mais le soleil a tourné le coin de la maison, pis ça m'achale un brin, toute cette lumière-là. C'est trop brillant pour moi. J'ai encore les yeux trop fatigués. M'en vas aller attendre Marie-Thérèse en dedans.

Clopin-clopant, Félicité marcha jusqu'à la porte, tandis que les mots d'Irénée continuaient de faire leur chemin en elle.

Montréal !

Aller passer quelques jours à Montréal !

Le cœur en convalescence de la tante Félicité se permit un tout petit bond d'euphorie.

Pourquoi pas ? Après tout, c'était dans cette grande ville que la jeune Félicité Gagnon avait fait ses études, et si on ne tenait pas compte de la présence de Marie-Thérèse dans sa vie, c'était à Montréal qu'elle avait passé les plus belles années de toute son existence.

La porte menant à la cuisine claqua dans son dos à l'instant où Félicité était en train de se dire que la proposition d'Irénée avait du bon et qu'elle allait sérieusement y repenser. Puis, épuisée, elle se laissa tomber sur la première chaise venue et baissa les paupières.

TROISIÈME PARTIE

Été 1924

CHAPITRE 8

À Montréal, sur la rue Adam,
mais aussi à Sainte-Adèle-de-la-Merci

Le vendredi 20 juin 1924, dans la cuisine de monsieur Touche-à-Tout et dans la cordonnerie des Lafrance en même temps

— Ben voyons donc, moman ! Pourquoi ?

Depuis que Jaquelin avait fait installer le téléphone dans le local de la cordonnerie de Sainte-Adèle-de-la-Merci, cela faisait trois fois en une semaine que Marie-Thérèse appelait sa fille. Elle utilisait le numéro de Gédéon Touchette pour la joindre, en attendant qu'Émile et Lauréanne aient leur propre appareil, ce qui ne devrait plus tarder.

La raison de ces appels était toujours la même : essayer de ramener Agnès à l'ordre, car la jeune fille avait décidé, sans permission de sa part, d'ailleurs, qu'elle allait passer l'été à Montréal.

— J'ai pas de raison à te donner pour justifier ma décision, répliquait justement la mère exaspérée à l'autre bout de la ligne. C'est ça que j'ai choisi pour toi, pis c'est ça que tu vas faire, ma fille. Après toute, c'est moi la mère, là-dedans !

— Pis si moi, ça me tente pas ? Pourquoi faut toujours que vous décidiez de toute, moman ? Je vous l'ai déjà dit : me semble que j'suis assez grande pour donner mon avis.

Curieusement, le fait de parler à sa mère par l'entremise du téléphone donnait à Agnès une assurance qu'elle n'avait pas autrement et c'était cet aplomb, qui pouvait aisément passer pour de l'effronterie, qui mettait Marie-Thérèse dans tous ses états. Elle inspira profondément pour tenter de se calmer les nerfs avant de répondre.

— D'accord, Agnès, fit-elle sur un ton qui se voulait ferme, mais apaisant. Pour qu'on arrive à s'entendre, m'en vas parler comme toi... Si t'es assez grande pour donner ton avis, pis que moi je dois t'écouter, de ton bord, tu devrais être assez grande pour m'écouter à ton tour pis faire la part des choses, non ? Une fois que c'est dit, explique-moi donc que c'est tu comprends pas quand je te dis que j'ai besoin de toi.

— C'est sûr que je comprends, moman. J'suis pas cabochonne ! Mais ça change rien au fait que ça me tente pas d'aller passer toute mon été à Sainte-Adèle-de-la-Merci. Essayez donc de me comprendre, vous aussi.

— Pour te comprendre, ma fille, je te comprends très bien. Mais ça viendra pas changer mon idée, par exemple. Voyons donc, Agnès ! Tout le monde aime ça avoir du temps à rien faire devant lui. Moi, la première ! Je serais ben contente d'avoir des grandes semaines à faire juste ce que j'ai envie, pis rien d'autre. Tu peux pas savoir à quel point ça me tenterait.

— Vous voyez ben !

— C'est sûr que je vois, Agnès. J'suis pas une demeurée... Pis c'est pas parce que j'entends pas clairement ce que t'essayes de me dire si j'insiste pour que tu viennes passer l'été à la maison.

Marie-Thérèse poussa un long soupir. De la cuisine, elle entendait Jaquelin qui parlait aux enfants et il y eut un éclat de rire. Un peu plus loin, au-delà du potager dont on commençait à voir les jeunes pousses, le soleil descendait doucement vers la colline et la nature respirait la tranquillité. Oui, Marie-Thérèse aussi aurait bien voulu avoir des vacances, profiter de l'été, de son jardin. Lire un peu, tiens ! Cela faisait des années qu'elle ne l'avait pas fait. Elle aurait aimé pouvoir dire à Lauréanne de venir passer quelque temps à Sainte-Adèle-de-la-Merci avec Émile pour que tous ensemble, ils puissent faire de longues promenades et peut-être même un pique-nique, sur le bord du lac, à Saint-Ambroise. Avec l'auto d'Émile, les possibilités se multipliaient.

Que dire de plus ? Elle en avait assez de toutes

ces corvées du quotidien et elle aurait tant voulu avoir l'occasion de faire un pied de nez à la routine, la belle Marie-Thérèse !

Mais dans l'état actuel des choses, c'était impossible. Jaquelin et elle avaient trop d'ouvrage pour songer à la moindre journée de répit. Ils ne pouvaient même pas penser accueillir des gens chez eux pour plus d'une nuit à la fois, mais Marie-Thérèse n'allait pas pleurer pour autant. C'était sa vie et, malgré tout, elle y tenait. Par contre, elle était au bout de son rouleau, comme le disait la tante Félicité, et elle devait y remédier avant qu'il ne soit trop tard et qu'elle tombe véritablement malade. À elle, maintenant, de faire comprendre à Agnès que ce n'était pas pour le plaisir de la contredire si elle insistait autant en lui demandant de revenir.

— Tiens ! lança-t-elle en ouvrant les yeux, subitement inspirée. J'vas dire comme toi, pis j'vas prendre des vacances, moi aussi. Que c'est que tu dirais de ça ? Après tout, je l'ai ben mérité, non ? Préviens ta tante Lauréanne, pis attendez-moi ! J'arrive par le premier train demain matin. Moi avec, ça me tente d'aller passer une couple de semaines à Montréal. J'suis un peu comme toi : j'aime ça, la grande ville. J'vas aller voir des vues, j'vas aller me promener au marché de légumes, j'vas passer du bon temps avec Lauréanne, pis le soir, on va aller manger des cornets, au restaurant de la rue Ontario. Au diable, la famille! Ça te va-tu comme programme, Agnès?

Parfois, passer par l'absurde donnait de bons résultats!

Il y eut effectivement un petit silence embarrassé au bout de la ligne, puis:

— Ben là...

Au timbre de voix employé par Agnès, Marie-Thérèse sentit que la stupidité de ses derniers propos ne laissait pas sa fille indifférente.

— C'est pas ce que j'ai dit, moman, voyons donc! On peut toujours ben pas laisser les petits se débrouiller tout seuls. Même avec popa dans la maison, ça marcherait pas.

— Ah non? Pourtant, c'est ben ça que j'avais cru entendre.

Cette fois, au bout de la ligne, il y eut un long soupir.

— Ben vous avez mal entendu... On dirait que vous faites exprès pour qu'on tourne en rond, moman... Ça me tente pas pantoute de passer mon été au village. Me semble que c'est pas difficile à comprendre, ça là! Il y a rien à faire par chez nous, à part prendre des grandes marches. Il y a même pas un casse-croûte pour aller manger de la crème glacée. J'suis toujours ben pas pour passer TOUTES mes journées à travailler dans la maison.

Marie-Thérèse dut faire un gros effort pour rester détendue.

— C'est pas pantoute ce que j'ai demandé,

Agnès, émit-elle calmement, alors qu'intérieurement elle bouillonnait. On dirait que t'as pas écouté ! Tu seras pas tout le temps en train de travailler, c'est ben certain. Mais tu peux donner un coup de main, par exemple. Avec les jumeaux, à l'heure des repas... Ça me rendrait service, pis ça me permettrait de prendre une petite heure par-ci par-là pour me reposer. Que c'est tu veux que je te dise de plusse ? Si ça touche pas ton cœur de savoir que ta mère a besoin de toi, je pourrai dire que je reconnais pus ma fille... Pis pour ce qui est de la crème à glace, t'auras juste à t'en faire. On a toute ce qu'il faut pour ça...

— C'est pas pareil pantoute ! Pis vous le savez !

Un tel entêtement boudeur fit soupirer Marie-Thérèse. Mais que se passait-il avec Agnès pour qu'elle soit de si mauvaise foi ? Qu'avait-elle dit pour qu'elle ne veuille pas venir l'aider ? Marie-Thérèse ne voyait pas et sa mauvaise humeur éclata subitement. Tant pis pour Agnès !

— Ah ah ah ! Ça a pas d'allure ! Écoute-nous parler ! Me v'là en train d'argumenter avec ma fille comme si j'avais juste ça à faire. Une chance que t'es à l'autre bout de la ligne, Agnès, pis pas à côté de moi, parce que tu te ramasserais vite faite dans ta chambre pour aller réfléchir.

— Vous voyez comment c'est que vous êtes, moman ? répliqua Agnès du tac au tac. Vous refusez même de discuter.

— Je refuse rien pantoute, c'est toi qui veux

pas te montrer raisonnable... On dirait que tu retombes en enfance, ma parole, pis que tu vas te mettre à trépigner parce que t'es pas contente... Tiens ! Pense à ton amie Geneviève, lança Marie-Thérèse en désespoir de cause. Me semble que vous vous entendiez ben, les autres étés, pis que vous trouviez plein de choses à faire pour vous occuper. J'suis sûre que ça va y faire plaisir de te revoir.

— Oubliez ça, moman. Ça, c'était avant. Depuis Noël, Geneviève répond même pus à mes lettres. Ça fait que j'ai pus envie d'y parler. Mes amies sont rendues ici, à Montréal, pis on a prévu plein d'affaires pour occuper notre temps durant les vacances.

— Ben t'occuperas ton temps autrement, ma fille, parce que j'ai vraiment besoin de toi.

— Bonté divine, moman ! Me semble que je demande pas grand-chose... Juste la permission de rester ici, en ville, avec matante Lauréanne. S'il vous plaît, dites oui !

Le ton avait changé du tout au tout. Présentement, Agnès n'essayait plus de convaincre sa mère du bien-fondé de sa requête, mais d'une voix proche des larmes, elle la suppliait. Ce qui eut l'heur d'agacer Marie-Thérèse, au lieu de la toucher.

— Prends pas ta voix de limoneuse, Agnès, ça marche pas avec moi, pis tu le sais. Quand tu me parles de même, tu fais juste empirer ton cas.

Bonyenne que c'est fatigant, tout ça ! Une chance que j'ai pas eu besoin d'argumenter avec ton frère Cyrille parce que je serais ben à boutte ! Il a pas faite d'histoire, lui, quand ton père a demandé son aide pour travailler à la cordonnerie durant l'été.

— Ben tant mieux pour Cyrille si ça fait son affaire d'aider popa, ça le regarde. De toute façon, ça fait depuis qu'il est tout petit qu'il veut travailler dans la cordonnerie. Moi, j'ai d'autres projets.

— Des projets ! T'entends-tu parler, Agnès ? Voir qu'on peut avoir des projets à ton âge. Me semble que tu m'as dit, quand t'es venue à Pâques, que tu t'ennuyais de nous autres.

— C'est vrai.

— Ben ça paraît pas. T'as même dit avant de partir que t'avais hâte à l'été pour avoir du temps à toi pour jouer avec les jumeaux. Pis là, ça voudrait pus rien dire, tout ça ? C'étaient-tu juste des paroles en l'air pour faire ta fine ?

— Ben non !

— Ben, je comprends pas, d'abord ! Si c'est vrai, toute ce que tu m'as dit, pourquoi tu veux pas venir ? De la manière que tu me parles depuis t'à l'heure, ma fille, tu laisses pas trop voir ton ennui.

— C'est pas fin de dire ça ! C'est ben certain que j'ai toujours envie de venir passer un bout de temps avec vous autres durant l'été, parce que c'est vrai que je m'ennuie. Mais je veux pas y aller pour toute l'été ni pour passer mes journées à travailler. Ça, ça me tente pas pantoute… Je vois pas pourquoi ça serait encore à moi de toujours aider à la maison. C'est-tu juste parce que j'suis une fille ? Si c'est ça, ça serait pas juste.

— Pas juste ! Avec toi, c'est toujours les grands mots, Agnès. Pis tu sais très bien que j'ai jamais dit qu'il y avait des corvées pour les filles pis d'autres pour les garçons. C'est peut-être comme ça ailleurs, mais chez nous, c'est tout le monde qui aide là où on a besoin d'être aidés, ton père pis moi. Pas juste les filles.

— Ben si c'est si vrai que ça, pourquoi d'abord vous demandez pas à Benjamin de vous aider, durant l'été ? C'est vous qui disiez l'autre jour comment il faisait bien ça.

— Justement, tu viens de le dire : il l'a faite durant toute l'année. Pour lui avec, ça prend du changement, des fois. Ça fait que pour astheure, c'est à son tour d'aller travailler chez votre oncle Anselme. Ça fait le bonheur de Benjamin, celui de mon frère par la même occasion, pis c'est ben correct de même.

— C'est pas juste, ça ! Je vois pas pourquoi ça...

Marie-Thérèse fulminait.

— Bon ! Ça suffit, Agnès. Tu vois pas ? Ben m'en vas te le montrer, moi, pourquoi tu vas rappliquer chez nous. J'en ai assez de discutailler avec une tête dure qui veut rien comprendre. Pis ça va nous coûter une fortune, un téléphone aussi long. Ton père sera pas content.

Il y eut alors un long silence en guise de

réponse, car Agnès n'avait plus d'arguments. Elle ne voulait surtout pas que sa mère prenne conscience des larmes d'impuissance et de découragement qui s'étaient mises à couler sur ses joues. Déjà que Janine, la femme de monsieur Touche-à-Tout, l'observait à la dérobée, depuis tout à l'heure, appuyée à l'évier, à l'autre bout de sa cuisine, c'était bien assez pour qu'Agnès se sente mal à l'aise et fasse l'impossible pour être discrète.

Marie-Thérèse, croyant que sa fille continuait de bouder, décida de sortir l'argument massue.

— Si t'es pas là dimanche au soir, ma petite fille, tu pourras dire adieu à ton école de Montréal pour l'année prochaine. C'est-tu assez clair pour toi, ça ?

Cette menace eut l'effet d'une gifle en plein visage. Peu soucieuse à présent de laisser entendre et voir son désarroi, Agnès répondit aussitôt, le visage inondé de larmes.

— Dimanche ? hoqueta-t-elle, la gorge serrée. Mais l'école sera même pas finie ! S'il vous plaît, moman, demandez-moi pas ça ! On va avoir nos bulletins juste lundi matin pis…

— Pis rien pantoute, ma fille. T'avais juste à te montrer plus accommodante sans que j'aye besoin de te supplier sur tous les tons, pis peut-être que j'aurais accepté que t'arrives un autre jour. Là, il est trop tard. Pis t'as pas raison de t'inquiéter pour ton bulletin, t'as toujours eu des bonnes notes. Je vois pas pourquoi ça aurait changé tout d'un coup. De toute façon, j'suis sûre que matante Lauréanne va se faire un plaisir d'aller le chercher à ta place. Astheure, on se dit à dimanche, pis je raccroche.

Et ainsi, tel que promis, Marie-Thérèse reposa l'acoustique sur sa branche, d'un geste nerveux.

Elle était en nage, elle avait le cœur dans l'eau, et elle aussi, elle avait les yeux pleins de larmes.

Attrapant un bout de son tablier, Marie-Thérèse le porta à son visage pour l'essuyer. Jaquelin n'avait pas besoin de la voir pleurer comme une Madeleine à cause d'une enfant têtue qui l'avait blessée. Il avait suffisamment de travail et de soucis comme cela.

Mais que s'était-il passé pour qu'une fille aussi gentille et serviable qu'Agnès devienne subitement aussi butée ?

Était-ce Lauréanne ?

À cette pensée, Marie-Thérèse secoua la tête. Non, inutile de regarder de ce côté-là, Lauréanne ne pouvait avoir eu une aussi mauvaise influence sur Agnès. Elle était trop douce, trop bonne, trop gentille.

Alors ?

Marie-Thérèse poussa un long soupir chevrotant.

Étaient-ce Irénée, les amies ?

Marie-Thérèse s'y perdait en conjectures toutes plus improbables les unes que les autres.

Marie-Paul et Louisa étaient des jeunes filles très bien élevées, elle avait pu le constater avant son départ de Montréal. Il serait donc surprenant que ce soient elles qui aient eu un ascendant aussi négatif sur sa fille.

Quant à Irénée, malgré son mauvais caractère proverbial, ou plutôt à cause justement de son tempérament bouillant, jamais il n'aurait toléré qu'une enfant soit à ce point entêtée et réplique à sa mère comme Agnès venait de le faire. Mis devant le fait, Irénée l'aurait vertement remise à sa place.

Bouleversée d'avoir dû lever le ton devant celle qu'elle avait toujours un peu considérée comme sa complice, puisqu'elle était l'aînée des filles, Marie-Thérèse resta un long moment à la fenêtre de la cordonnerie, essayant d'ordonner ses pensées sur sa tristesse au lieu de sa colère.

Il faisait chaud, mais elle se sentait toute frissonnante.

C'est en contemplant le soleil qui se couchait, rougeoyant, et en suivant le vol de quelques hirondelles que Marie-Thérèse parvint tranquillement à se ressaisir. Dès lors, il lui fut plus facile de faire le point sur la situation et de prendre quelques décisions.

Dès qu'Agnès serait arrivée, elle trouverait bien le moyen de s'isoler avec elle, il le fallait. La déplorable conversation qu'elles venaient d'avoir ne devait surtout pas se terminer ainsi, sur une colère et sur une rancune.

Après tout, Agnès était sa fille et elle l'aimait.

Peut-être l'avait-elle un peu oublié, emportée qu'elle était par l'impatience ? Si elle n'avait pas perdu son sang-froid, elles auraient probablement pu en venir à un compromis, au lieu de se crier par la tête.

Lentement, la colère fit place à la culpabilité et quand le soleil glissa derrière la colline, allongeant les ombres, Marie-Thérèse regagna lentement la cuisine où les garçons achevaient de faire la vaisselle avec leur père. Cyrille se tourna vers elle, tout heureux. Depuis qu'il était de retour du collège, le jeune homme n'arrêtait pas de sourire, comme s'il se reprenait pour des jours et des jours de sérieux ! Mais dès qu'il posa les yeux sur sa mère, il avala sa bonne humeur et il fronça les sourcils.

— Ça va pas, moman ? On dirait que vous avez les yeux rouges.

— Oh, ça ! fit-elle négligemment tout en portant une main à son œil droit pour le frotter tout doucement. Un bout de fil, mon homme. C'est rien qu'un bout de fil, comme une sorte de poussière qui continue de m'agacer l'œil. Je viens de faire un peu de rangement dans la cordonnerie, pis ça revolait de partout. C'est rien. Ça va passer.

— Tant mieux !

Ce fut au moment où elle croisa le regard de Jaquelin que Marie-Thérèse comprit que si le mensonge avait suffi à rassurer Cyrille, il en allait autrement avec son mari. Elle lui renvoya alors ce petit sourire sans joie qui était comme une entente entre eux et qui signifiait qu'ils poursuivraient la discussion plus tard, en tête à tête. Quand bien même Marie-Thérèse aurait voulu cacher à Jaquelin la dispute qu'elle venait d'avoir avec leur fille, elle n'y serait pas parvenue. Cet homme-là la connaissait trop bien et depuis trop longtemps pour qu'elle puisse lui jouer la comédie.

Comme de fait, Jaquelin hocha la tête devant son sourire piteux. Légèrement rassurée, Marie-Thérèse attrapa un torchon pour aider les garçons à essuyer la vaisselle. La soirée était belle et ils méritaient bien un moment de détente avant d'aller au lit. Plus vite ils en finiraient avec la corvée et plus vite ils seraient libérés.

Quelques instants plus tard, Cyrille et Benjamin fonçaient vers la cour.

— On va se lancer la balle pendant qu'il fait encore clair, expliqua l'aîné, tout en tenant la porte entrouverte. Je trouve ça pas mal fin que le père Auguste m'aye permis d'apporter chez nous deux gants de baseball, un bâton, pis une balle. Pour toute l'été, en plus ! C'est pas pour me vanter, mais je pense que mon bulletin a joué en ma faveur ! À tantôt !

Ce fut une fois blottie dans les bras de son mari, quand tous les enfants furent au lit, que Marie-Thérèse laissa libre cours à sa tristesse, tout en lui racontant la discussion qu'elle avait eue avec leur fille. De grosses larmes coulaient sur ses joues et du pouce de sa main gauche, maladroitement, Jaquelin tentait en vain de les effacer.

— Ben voyons donc, Marie, faut pas te mettre dans un état pareil. C'est juste une chamaille comme il y en a déjà eu d'autres pis comme, malheureusement, il va sûrement y en avoir d'autres plus tard. C'est ben plate, mais c'est comme ça !

— Non, Jaquelin, c'était pas juste une chamaille, comme tu dis. C'était une vraie dispute... C'était comme si tout d'un coup, Agnès avait oublié que j'étais sa mère...

Marie-Thérèse parlait d'une voix hachurée par les sanglots.

— C'était comme si tout d'un coup j'avais pus de grande fille ! Ça se pourrait-tu, ça, Jaquelin, qu'à force de vivre en ville, Agnès soye en train d'oublier que sa vraie maison est ici, à Sainte-Adèle-de-la-Merci ?

— Ben voyons donc, Marie ! Non, ça se peut pas.

Le ton était catégorique. Néanmoins, Marie-Thérèse insista.

— Ben pourquoi, d'abord, elle m'a parlé de même ? Je te le dis... On a discuté, elle pis moi, sur un ton tellement chargé de colère, de ressentiment ! C'était à qui aurait le dernier mot, comme deux voisines qui s'ostinent pour un poteau de clôture. J'avais l'impression qu'Agnès se pensait avec une de ses amies au lieu d'être avec sa mère, pis qu'elle pouvait y dire n'importe quoi, n'importe comment.

— T'exagères pas un peu, là ?

Tout en parlant, Jaquelin s'était mis à caresser doucement le dos de Marie-Thérèse. Il la sentait tendue. Sous ses doigts, les épaules semblaient avoir été parsemées de petits nœuds serrés. Il intensifia alors la pression de sa main.

— Non, Jaquelin, j'exagère pas, répondit Marie-Thérèse sur un ton ferme. J'ai jamais été aussi malheureuse, je pense ben. Même le feu m'a pas faite de peine comme j'en ai à soir. Une maison détruite, ça se reconstruit, des meubles, ça se remplace, on l'a ben vu, tandis qu'avec Agnès...

Marie-Thérèse prit une longue inspiration encore tremblante des larmes qui commençaient à se tarir.

— Avec Agnès, je le sais pas ce qui va arriver... J'aime donc pas ça, la chicane. Surtout pas avec un de mes enfants. Astheure que j'ai obligé notre fille à s'en venir dimanche, sur le coup de la colère, je l'avoue, j'ai peur qu'elle m'en veuille pour un bon bout de temps. Pis d'un autre côté, quand ben même je voudrais changer d'avis, je pourrais pas le faire sans perdre la face. C'est là qu'Agnès penserait avoir tout gagné parce qu'elle avait raison, pis son attitude serait peut-être encore pire vis-à-vis de moi. Me v'là ben avancée ! J'espère juste qu'elle gardera pas son air boudeur durant tout l'été.

— Ben non, Marie ! Ça va y passer, tu vas voir.

S'il y en a une, dans notre famille, qui connaît pas la rancune, c'est ben Agnès.

— Ça, c'était du temps qu'elle vivait avec nous autres. À l'entendre me parler comme elle l'a fait t'à l'heure, j'ai vraiment eu l'impression qu'elle était devenue une sorte d'étrangère pour moi... C'est sérieux, ça là, Jaquelin. Quand une mère reconnaît pus sa fille, c'est qu'il y a un problème, un gros problème.

— Ouais... Si jamais t'avais raison pis que la ville avait changé notre fille à ce point-là, garde quand même l'espoir qu'à vivre ici, avec sa famille, elle pourrait revenir comme avant. Vous avez tout un été devant vous autres pour essayer de rabibocher tout ça, elle pis toi.

— En autant qu'Agnès soye d'adon avec l'idée de se raccommoder. Si jamais elle voulait pas faire la paix, pour une raison ou ben pour une autre, pis qu'elle s'entêtait dans sa mauvaise humeur, je pourrai pas faire grand-chose contre ça.

— Que c'est tu veux que je réponde à ça, Marie ? Faut croire que c'est ça, avoir des enfants qui grandissent. Faut ben qu'ils apprennent à voler tout seuls. Des fois, on dirait ben que ça se fait tout croche, je vois pas d'autre chose. Agnès peut pas être devenue une méchante fille subitement... Dis-toi ben que c'est pus comme dans notre temps, où parler de travers à ses parents était quasiment un péché mortel.

— Quand même ! Là, c'est toi qui exagères,

Jaquelin. C'est pas parce qu'on vit dans un monde moderne avec des autos qui sont en train de prendre la place des chevaux, pis des téléphones qui poussent dans une couple de maisons du village que le respect des parents existe pus.

Tout doucement, la conversation bifurquait vers une dimension plus générale et Jaquelin sentait Marie-Thérèse se détendre tout contre lui. Sa main descendit jusqu'au creux de ses reins et la jeune femme poussa un soupir langoureux.

— J'suis d'avis, Marie, que tu devrais attendre de voir Agnès, avant de trop t'en faire, conseilla-t-il. On a ben en masse de travail devant nous autres sans avoir à se creuser les méninges pour notre fille. De toute façon, ça te ressemble pas d'avoir des idées noires comme ça.

— C'est vrai que d'habitude, je vois pas tout en noir, t'as ben raison... Je le sais pas ce qui se passe, mais depuis une couple de semaines, je me décourage facilement, pis j'ai souvent envie de pleurer. Comme ça, sans raison.

— C'est la fatigue, Marie. Depuis que ta tante Félicité est pas là pour nous aider, les journées sont ben chargées.

— J'suis ben d'accord avec toi, pis c'est justement ça que j'ai essayé de faire comprendre à Agnès. Mais c'est comme si j'avais parlé à un mur ! Elle était tellement impatiente après moi, tellement boquée sur son envie de rester à Montréal que j'avais l'impression qu'elle en voyait pus clair. Un vrai petit cheval rétif!

— Ben là... Si j'avais su...

Quand sa femme était sereine, Jaquelin se sentait tout léger. Comme en ce moment, où, de toute évidence, Marie-Thérèse avait repris un certain contrôle sur ses émotions. Se confier à son mari, surtout depuis l'incendie, avait toujours ce pouvoir apaisant sur elle.

— Si t'avais su quoi, Jaquelin? demanda-t-elle en se blottissant plus étroitement contre son mari.

— Si j'avais su que le téléphone serait pour devenir un fauteur de troubles, je l'aurais jamais fait installer.

Marie-Thérèse se souleva sur un coude.

— C'est ben niaiseux, de dire ça.

Un rayon de lune faisait briller les yeux de Jaquelin et Marie-Thérèse le trouva beau. Elle l'embrassa sur le front.

— Comme si un téléphone pouvait être responsable de l'humeur des gens, fit-elle remarquer en se recouchant tout contre lui.

— C'est pas ce que j'ai dit... N'empêche... Si t'avais écrit une lettre pour faire savoir à Agnès qu'elle devait revenir pour t'aider, elle aurait pas pu répliquer comme elle l'a faite tantôt. Elle se serait probablement choquée, le contraire serait surprenant après toute ce que tu m'as raconté, mais elle aurait eu le temps de réfléchir avant de t'envoyer sa réponse, pis comme ça, il y aurait jamais eu de chicane. Même si dans sa lettre, au bout du compte, elle t'avait écrit qu'elle avait pas envie de revenir.

— Tant qu'à ça... T'as pas tout à fait tort. Elle aurait probablement été de mauvaise humeur pareil, mais ça aurait fini par y passer. Peut-être même que c'est Lauréanne qui aurait essuyé sa colère, avant de discuter avec elle à ma place, pis le jour où Agnès serait arrivée, elle aurait probablement déjà tout oublié. Ou alors, elle aurait été de meilleure humeur pis capable d'en parler sans se choquer.

— C'est ben ce que je pense, moi avec... Comme ça, faut-tu que je demande à la compagnie de téléphone de venir débrancher l'appareil?

— Ben non, voyons... Surtout que Lauréanne m'a dit qu'on devait passer leur installer leur appareil tout neuf dans pas trop longtemps. Avec elle, il y en aura pas de dispute au téléphone... C'est un peu de ma faute, cette fichue chicane-là. J'aurais pas dû insister comme ça.

Puis, d'une voix songeuse, elle ajouta:

— Je m'ennuie de Lauréanne, tu sais. Ben gros.

— Je le sais. Tu le dis assez souvent pour pas qu'on l'oublie.

— Ça te choque?

— Pantoute, Marie, pantoute. Au contraire, ça me fait plaisir de voir que tu t'entends ben de même avec ma sœur.

— Elle est tellement fine, ça serait difficile de

pas s'entendre avec elle... Sais-tu ce qu'elle m'a dit, la dernière fois qu'on s'est vues ? Paraîtrait que ton père se possède pus d'être enfin rendu dans le monde moderne. C'est de même qu'il dit ça, depuis qu'Émile a eu son auto pis qu'il a promis d'avoir un téléphone. Paraîtrait que ça l'a rendu quasiment de bonne humeur.

— Ah oui ? Mon père serait de bonne humeur ? J'ai de la misère à croire ça ! J'ai ben peur que ma sœur prend ses désirs pour des réalités. Tant qu'à moi, j'vas être d'accord avec elle le jour où j'vas voir le père se fendre la face d'un grand sourire, pas avant... Bon assez parlé de lui ! Viens ici, toi.

Cette conversation à cœur ouvert avait donné envie à Jaquelin d'un moment de tendresse. Il attira Marie-Thérèse tout contre lui.

Durant les premières années de leur mariage, plus souvent qu'autrement, c'est le silence qui les avait souvent unis. Un regard, une main tendue, un sourire... Ils savaient pouvoir compter sur l'autre, et l'amour entre eux, tout comme la passion, avaient toujours été sincères. Maïs au-delà de ces manifestations d'affection et de désir restait une pudeur devant les mots à dire.

L'incendie qui avait ravagé la maison et la cordonnerie avait tout changé.

Parti pour les chantiers, Jaquelin avait appris à reconnaître puis à confier ses émotions et ses sentiments au papier pour contrer son ennui. Chacune de ses lettres avait reçu une réponse chargée d'affection de la part de Marie-Thérèse qui, contrairement à lui, savait si bien manier les mots.

À son retour des chantiers, les confidences à voix basse, le soir quand ils se retrouvaient, avaient spontanément remplacé les lettres.

Aujourd'hui, Jaquelin avait compris ce que voulaient dire les paroles du curé Pettigrew au matin de leur mariage: « Désormais, vous ne formerez plus qu'une seule chair. » Tous les soirs, avant de s'endormir, il remerciait le Ciel d'avoir mis cette femme merveilleuse sur sa route. Malgré la lourde charge de voir à une famille nombreuse, malgré le fait qu'il soit revenu des chantiers privé de l'usage de sa main droite, Jaquelin estimait qu'il avait droit au meilleur de la vie et c'était en grande partie grâce à Marie-Thérèse.

Le cœur gonflé d'amour, le corps en attente de plaisir, Jaquelin glissa une main impudique sous la jaquette de son épouse, qui ne s'était jamais refusée à lui. Fermant les yeux, elle grogna de plaisir anticipé tout en glissant la main sur le ventre de son homme.

De longues minutes plus tard, Jaquelin se retournait sur le dos, son bras valide toujours enlacé autour de la taille de Marie-Thérèse.

— Je t'aime, Marie, murmura-t-il d'une voix rauque. Astheure, on va dormir. J'ai encore une grosse journée devant moi, si je veux être capable de prendre congé quand Émile pis ma sœur vont venir nous voir en fin de semaine. Bonne nuit, ma femme.

— Bonne nuit, Jaquelin. Merci de m'avoir écoutée, t'à l'heure. Ça m'a faite du bien. Moi avec, j'ai les yeux qui ferment tout seuls. J'aurai pas de misère à m'endormir. J'sais pas trop ce que j'ai depuis une couple de semaines, mais le sommeil m'est revenu comme avant. C'est ben tant mieux, parce que j'haïssais ça, me réveiller en pleine nuit. Pourtant, le matin, j'suis toujours aussi fourbue. Me semble, par bouttes, que je dormirais tout le temps ! Faut croire que j'ai ben de la fatigue d'accumulée ! Mais avec Agnès pour m'aider, j'vas ben finir par reprendre le dessus, pis toute va ben aller.

Qui Marie-Thérèse cherchait-elle vraiment à convaincre avec ces mots ? Jaquelin ou elle-même ?

Chaque fois qu'elle avait ressenti cette irrésistible envie de fermer les yeux aussi souvent, c'était parce qu'elle attendait un bébé. Mais comme elle avait eu ses règles le mois dernier, malgré le fait qu'elles furent peu abondantes, Marie-Thérèse se dit que pour une fois, c'était vraiment la fatigue qui lui donnait envie de dormir.

Rassurée, elle bâilla et sombra aussitôt dans le sommeil.

La jeune Agnès arriva donc le dimanche suivant, en compagnie de sa tante et de son oncle. Marie-Thérèse se précipita vers la porte dès qu'elle entendit le moteur de l'auto d'Émile, Albertine dans les bras, et le petit Albert filant énergiquement à quatre pattes pour suivre sa mère. Le bambin s'installa aussitôt dans l'embrasure, curieux de voir tout ce qui se passait dans la rue.

C'était un dimanche gris, chargé de chaleur humide, mais Marie-Thérèse était heureuse. Tant pis pour la sueur qui coulait dans son dos, Lauréanne était là et cela suffisait à faire son bonheur. Cependant, dès qu'elle vit le visage renfermé d'Agnès, Marie-Thérèse sentit une partie de sa joie s'éteindre.

— Irénée est pas du voyage? demanda-t-elle depuis la porte, tentant ainsi de camoufler sa déception.

— Non. Il passe la journée au chalet de son ami Napoléon. On est partis quasiment à la même heure: nous autres pour ici pis mon père pour la pêche. Il s'est même acheté tout le gréement nécessaire. Il est ben drôle, par bouttes, mon père! Il aime même pas ça, le poisson.

— Pis si j'avais pas été obligée d'arriver aussi vite, interrompit Agnès, j'aurais pu y aller. C'est grand-père qui me l'a dit.

De toute évidence, l'humeur de la jeune fille ne s'était pas améliorée depuis l'appel téléphonique qu'elle avait eu avec sa mère.

— Astheure, j'vas monter ma valise dans ma chambre, précisa-t-elle sur ce ton bougonneur qui semblait être devenu le sien. J'espère juste qu'Angèle prend pas toute la place dans les tiroirs de la commode.

Interdite, Marie-Thérèse posa un regard interrogateur sur Lauréanne qui, elle, posa un doigt sur ses lèvres.

— Plus tard, chuchota-t-elle.

Curieuse et impatiente, Marie-Thérèse regarda sa fille entrer dans la maison, traînant derrière elle une valise qui semblait fort lourde. Jaquelin, qui arrivait au même instant, n'eut que le temps d'attraper le petit Albert avec son bras valide pour qu'il ne se fasse pas bousculer par sa sœur.

— Coudonc, Agnès, tu pourrais faire attention ! lança alors Jaquelin, avec humeur.

Le bruit de la valise heurtant chacune des marches de l'escalier menant à l'étage fut l'unique réponse d'Agnès.

— Bonté divine, Lauréanne, murmura alors Marie-Thérèse à sa belle-sœur venue la rejoindre sur la galerie, ça a ben l'air pesant son affaire ! Pis je reconnais même pas la valise. T'as rhabillé ma fille de pied en cap, ou quoi ? Me semble qu'Agnès avait pas tant de linge d'été que ça à rapporter à la maison.

— Non, t'as raison. Pis à l'exception d'une couple de chandails, d'une jupe pis d'un pantalon parce que ça a l'air que c'est devenu à la mode pour les femmes, j'ai rien acheté, en me disant que t'aimerais peut-être y voir toi-même. Non, si c'est pesant de même, c'est juste que ta fille s'est mis en tête de toute ramener avec elle.

— Toute ? Même le linge d'hiver ? Pourquoi ?

— Pour pas avoir besoin de retourner le chercher en ville...

Lauréanne avait subitement l'air malheureux. Détournant la tête, elle porta le regard au loin.

— Paraîtrait, ajouta-t-elle dans un filet de voix qui cachait très mal son émotion, que tu veux pus qu'Agnès reste en ville avec nous autres pour aller à l'école de mon quartier. J'ai-tu ben compris ou quoi ?

— Veux-tu ben me dire... Mais que c'est ça, cette affaire-là, astheure ? J'ai jamais dit ça...

Brusquement, la discussion que Marie-Thérèse avait eue avec Agnès lui revint en mémoire avec une limpidité parfaite. Les mots, les entêtements, les menaces... Marie-Thérèse poussa un profond soupir.

— Je pense, Lauréanne, qu'il est temps d'avoir une bonne discussion, toi pis moi. Tusuite à part de ça ! Viens-t'en, on va s'installer dans la cour. Jaquelin a acheté un autre transatlantique pour qu'on puisse s'installer à deux pour prendre l'air. C'est ben agréable.

Puis se tournant vers l'auto d'Émile, où les deux hommes, la tête penchée sous le capot, discutaient entre eux, Marie-Thérèse mit ses mains en porte-voix et lança :

— Si t'as besoin de moi, Jaquelin, j'vas être en arrière avec Lauréanne...

D'un signe de la main et sans lever la tête, Jaquelin montra qu'il avait compris. Marie-Thérèse esquissa un sourire moqueur. Faisant alors passer Albertine d'un bras à l'autre, elle prit la main de sa belle-sœur pour l'obliger à lui emboîter le pas.

— Astheure, ordonna-t-elle, suis-moi ! Tu prends Albert en passant pis on va aller s'installer ensemble en dessous du gros chêne.

Les deux bébés furent assis dans l'herbe, où ils se mirent aussitôt à en arracher à grosses poignées. Le temps de sourire devant les mimiques des petits, Albert qui était visiblement tout content et Albertine qui faisait des petites grimaces, puis Lauréanne parla.

En quelques mots à peine, Marie-Thérèse comprit qu'avant de clarifier la situation avec sa fille, elle devait le faire avec sa belle-sœur, puisque de toute évidence, Agnès avait expliqué la situation selon un certain entendement qui découlait de sa grande déception.

— Ouais, c'est vrai que j'ai dit à Agnès que si elle venait pas m'aider cet été, elle pourrait dire adieu à son école en ville. Mais c'était sous le coup de la colère, comme une sorte de menace pour l'obliger à revenir chez nous pour les vacances. En fait, comme je connais ma fille pis son emballement pour la ville, je savais que c'était la pire des menaces à y faire pour l'amener à changer d'avis...

Pis ça a marché ! Mais j'ai jamais dit ça parce que j'avais l'impression que ma fille était pas ben avec vous deux, voyons donc ! Je le sais qu'elle manque de rien, surtout pas d'amour pis de soins.

— T'es ben fine de dire ça.

— C'est pas une question d'être fine, c'est juste la vérité, confirma Marie-Thérèse. Astheure qu'Agnès est ici pour l'été, qu'elle soye de bonne humeur ou pas, ça changera rien au fait que si elle veut retourner en ville au mois de septembre, elle va pouvoir le faire. Je le sais ben, va, que par ici, l'école serait finie pour elle, à part des cours de cuisine pis une couple d'affaires dans ce sens-là. Ça fait que si elle veut continuer ses études, pis je sais qu'elle a l'intelligence pour le faire, elle va pouvoir retourner en ville comme c'était convenu. C'est ça que je lui avais dit dans le téléphone, pis j'ai pas l'habitude de virer mon capot de bord ! En autant que t'es d'accord, comme de raison, ma fille va vous revenir à la fin du mois d'août.

— Tu le sais ben que j'vas être d'accord, pis Émile avec.

Lauréanne était visiblement soulagée.

— Si tu savais comment c'est que j'avais de la peine, depuis vendredi dernier. D'après ce qu'Agnès m'avait dit de votre discussion, j'étais sûre que tu m'en voulais pour quelque chose, mais je savais pas quoi…

— Voyons donc ! Pour quelle raison je pourrais t'en vouloir ? C'est pas toi qui es de mauvaise humeur, c'est ma fille. Pis c'est à cause de ça qu'elle t'a toute expliqué la situation de travers.

— C'est vrai qu'Agnès est un peu plus à pic de ce temps-ci...

Lauréanne fit alors une pause. Elle ne voulait surtout pas heurter la sensibilité de Marie-Thérèse, alors elle devait bien choisir ses mots.

— Mais tu sais, confia-t-elle enfin, moi avec, à son âge, il y a eu un boutte de temps où je me comprenais pas.

Marie-Thérèse resta silencieuse. Même à demi-mot, elle avait saisi ce que Lauréanne tentait de lui dire. Elle porta la main à ses lèvres, comme quelqu'un devant une grande surprise, ou un événement qui le bouleverse. Pourtant, elle s'y attendait, mais l'émotion lui serrait le cœur. Sa petite fille, son bébé d'hier, était déjà rendue là.

— Comme ça, ma fille est en train de devenir une femme? fit-elle avec la même pudeur que Lauréanne devant une vérité aussi intime.

Le ton était à peine interrogateur.

— On dirait ben... Depuis un mois, confirma Lauréanne sur le ton de la confidence. Je lui avais dit de t'en parler, rapport que j'ai toujours pensé que ça devait être un moment important entre une mère pis sa fille.

— Oui pis non, répliqua alors Marie-Thérèse. Ma propre mère m'en a pas dit grand-chose, tu sauras. Elle avait plutôt l'air gêné. Elle m'a juste donné des guenilles en disant que c'était normal, que ça prouvait qu'un jour je pourrais avoir des bébés, pis je me suis débrouillée avec ça.

— Ben moi, vois-tu, je savais pas trop quoi faire parce que j'étais toute seule quand c'est arrivé. J'avais pus de mère pour m'expliquer, même juste un peu comme ta mère a faite, pis personne, jamais, m'avait prévenue que ça arriverait un jour. Laisse-moi te dire que j'ai jamais eu aussi peur de toute ma vie. C'est pas des blagues, je me voyais en train de mourir ! C'est mon amie Bérangère qui m'a tout expliqué... Toute ça pour dire que tu connais ta fille, hein ? Finalement, Agnès m'a posé assez de questions que j'ai pas eu le choix d'y répondre... Mais je te jure que j'y avais demandé de t'en parler. Apparence qu'elle l'a pas faite.

— Je te crois, Lauréanne. Pis j'suis sûre que c'est pas de la mauvaise volonté de la part d'Agnès : elle avait autre chose en tête ! Faut quand même y donner le temps de se revirer, pauvre chouette ! Elle vient juste d'arriver, pis en plusse, elle est venue contre son gré. Ça fait ben des affaires à gérer en même temps. Pis ça aurait été un brin déplacé de jaser de ça dans le téléphone de monsieur Touche-à-Tout qui laisse toujours traîner ses oreilles un peu partout, tu penses pas ?

À ces mots, Lauréanne esquissa un sourire moqueur à l'intention de Marie-Thérèse.

— C'est vrai que c'est malaisant de se parler à partir de chez eux... Mais je veux que tu saches quand même que j'étais pas tout à fait à l'aise de prendre ta place à ce sujet-là.

— T'as faite de ton mieux pis je serais ben mal venue de t'en vouloir... T'as ben faite de m'en parler, Lauréanne. Je comprends un peu mieux l'humeur de ma fille, pis tu vois, me semble que j'y en veux un peu moins. Moi avec, quand ma période s'en vient, j'suis un peu plusse bougonneuse que d'habitude... Même que Jaquelin s'en rend compte ! Inquiète-toi pas pour Agnès, je trouverai ben l'occasion d'en jaser avec elle. Astheure, viens voir le jardin ! Encore une fois, les petites fèves sont en avance, cette année, pis les fraises sont ben belles ! On pourrait en cueillir pour le dessert, que c'est t'en penses ?

— Bonne idée ! On laisse les petits jouer dans l'herbe ou on les amène avec nous autres ?

S'il y eut une conversation entre Agnès et sa mère, elle se déroula en toute discrétion, car personne dans la maison n'en prit connaissance.

Ce que Cyrille comprit, cependant, et très rapidement d'ailleurs, c'était que sa sœur n'était pas particulièrement de bon poil, et qu'elle ne se gênait pas pour les gratifier de son humeur massacrante. Le jeune homme trouvait curieux que ses parents n'interviennent pas, au point où, dès le samedi suivant, il proposa à Agnès de venir saluer la famille de l'oncle Anselme avec lui.

— Envoye donc ! Tu t'entends ben avec notre cousine Judith, non ? Pis on va en profiter pour revenir avec Benjamin un peu plus tard. Ça fait longtemps qu'on s'est pas retrouvés les trois grands ensemble.

— Ouais, peut-être... C'est vrai que Judith est gentille, pis c'est vrai que ça fait un boutte qu'on a pas jasé ensemble, Benjamin, toi pis moi... Mais le souper, lui ? J'ai promis à moman de m'en occuper, rapport qu'elle est partie avec les jumeaux pis Angèle pour aller dire bonjour à matante Félicité qui va partir demain soir pour Montréal.

— Ben oui, j'avais oublié ça... Ça me fait toute drôle de penser que notre vieille matante Félicité s'en va à Montréal... Me semble qu'elle est trop vieille pour une grande ville comme ça... Mais pour le souper, inquiète-toi pas. J'vas t'aider quand on va revenir. À deux, ça devrait aller plus vite !

Agnès, oubliant sa mauvaise humeur pour un instant, tourna un regard goguenard vers son frère.

— Toi ? Dans une cuisine ?

— Oui, moi ! Pourquoi pas ? rétorqua Cyrille sur un ton faussement insulté.

— Ben là... Me semble que c'est ben évident ! C'est parce que t'es un gars !

— T'es quasiment choquante, Agnès Lafrance ! Comme si un gars pouvait pas se faire à manger ! Si je trouve que ça a l'air plaisant de cuisiner, moi, pis que ça me tente d'essayer ? Pourquoi j'aurais pas le droit ?

— Ouais... Vu de même...

Agnès regarda son frère à la dérobée. À bien y penser, ça serait peut-être amusant de partager certaines corvées avec Cyrille. Après tout, jusqu'à l'an dernier, avant que la vie ne les envoie l'un à Trois-Rivières et l'autre à Montréal, ils s'étaient toujours bien entendus.

— C'est vrai que mononcle Émile aide matante, des fois, concéda-t-elle alors. On pourrait essayer.

— Bon ! Tu vois... Va te chercher une veste de laine parce qu'il fait un peu plus frais, aujourd'hui, pis moi j'vas dire à popa qu'on est partis pour une couple d'heures.

Quelques instants plus tard, le frère et la sœur traversaient le cœur du village en silence. Cyrille n'avait pas l'intention de forcer les confidences. Il voulait tout simplement comprendre ce qui se passait dans la vie d'Agnès pour qu'elle soit devenue à ce point distante et bourrue. Jusqu'à l'été dernier, ils avaient toujours été proches l'un de l'autre et voilà qu'à présent, il devait faire un gros effort pour reconnaître la complice de son enfance. Hier soir, en s'endormant, Cyrille s'était dit que la bouderie n'allait pas du tout au visage de sa sœur et qu'il allait tenter l'impossible pour la dérider. Un éclat de rire, un regard de connivence, une main qui se tend vers l'autre... Retrouver ces petits riens qui avaient déjà existé entre eux, et Cyrille serait heureux et satisfait.

Il avait donc inventé l'occasion, en lui proposant

de venir avec lui chez l'oncle Anselme, et voilà qu'ils y étaient !

Devant eux, une bonne demi-heure de marche et personne pour les interrompre.

N'empêche que Cyrille n'avait pas la moindre idée de ce qu'il pourrait dire.

Les mains enfoncées dans ses poches, le jeune homme marchait d'un pas qui s'accordait avec celui d'Agnès, sans trop savoir par où commencer.

Puis, une fois l'hôtel et le magasin général derrière eux, ils tournèrent sur le rang habité par leur oncle Anselme et sa famille et subtilement, le vent leur offrit des effluves différents.

Ici, l'air de la campagne sentait bon le foin fraîchement coupé, et, bien malgré elle, Agnès se surprit à inspirer à pleines narines. Du coin de l'œil, Cyrille continuait de l'observer. Il attendit un moment, puis il se risqua.

— Ça sent bon chez nous, hein ? fit-il remarquer. Moi je trouve que ça sent meilleur qu'en ville.

Cyrille avait levé le nez, et lui aussi, il reniflait bruyamment. À l'odeur du foin se joignait celle du bois mis à sécher au moulin à scie et c'était agréable. D'où ils étaient, le glougloutement des rapides de la rivière soutenait le souffle de la brise dans les épis de maïs qui commençaient à pousser.

Rougissante, parce qu'elle était plutôt embarrassée d'avoir été surprise dans un moment d'abandon, Agnès baissa la tête sans dire un mot.

Du bout de ses bottines nettement moins fraîches que l'an dernier, elle visa un caillou qui se retrouva vite fait dans le fossé.

Le geste rappela à Cyrille ce matin du mois d'août de l'année précédente où il avait appris que sa mère venait de quitter le village sans lui dire au revoir. Même si Marie-Thérèse venait tout juste de donner naissance aux jumeaux et qu'elle n'était pas tout à fait elle-même, cet oubli l'avait grandement blessé. Lui aussi, il s'en était pris à tous les cailloux jonchant la route qui menait de la cordonnerie à la ferme de son oncle Anselme.

Néanmoins, en ce moment, il hésitait à partager ce souvenir avec Agnès, qui avait sa mine des mauvais jours. Il préféra se taire et il continua la route en silence.

Pourtant, Agnès aurait été heureuse que Cyrille lui tende la main, car en ce moment, elle avait bien de la difficulté à entretenir cette façade de maussaderie qu'elle cultivait soigneusement, mais à grand-peine, depuis son arrivée au village. En effet, quelques jours plus tard, elle avait dû admettre en son for intérieur que Sainte-Adèle-de-la-Merci était fort jolie, sous le soleil de juin, et que la touffeur de l'été était beaucoup plus facile à supporter ici, en campagne, qu'à la ville, où la moindre brise était contrariée par toutes ces maisons à plusieurs étages. Après tout, le prétexte des pique-niques en quête de fraîcheur n'était qu'une exagération, car personne n'allait au bord de l'eau tous les jours, et Agnès le savait fort bien. Au même titre, tous les projets invoqués devant sa mère pour rester en ville n'étaient que des vœux pieux, puisque ni Louisa ni Marie-Paul n'avaient parlé à leurs parents de ces nombreuses escapades qu'elles avaient l'intention de faire.

Pour le cinéma, le casse-croûte et le magasinage, il fallait des sous, n'est-ce pas?, et les sous, ils venaient des parents. Alors...

Alors oui, Agnès l'admettait: elle avait exagéré et malgré tous les prétextes avancés, elle était toujours aussi sensible à la beauté de son village. S'il n'y avait ni petit restaurant ni grands magasins, ce n'était pas une véritable lacune, puisque toutes les nuits, la fenêtre grande ouverte sur le chant des grenouilles et des grillons, elle pouvait dormir d'un profond sommeil.

En fait, depuis ces derniers jours, Agnès elle-même n'arrivait plus à comprendre pourquoi elle avait été si désagréable avec sa mère. Elle voyait bien tous les petits sourires que celle-ci lui faisait, comme autant de mains tendues, et Agnès devait se retenir, par moments, pour ne pas s'élancer vers Marie-Thérèse et se blottir tout contre elle.

Agnès Lafrance avait toujours détesté la rancune.

Mais à douze ans et demi, on ne court plus se blottir contre sa mère, n'est-ce pas? même si on regrette infiniment ce que l'on a dit ou fait. On a quand même sa fierté et à cet âge, il est parfois bien difficile de l'exprimer!

Bien sûr, l'été aurait été amusant à Montréal, à ne rien faire avec ses amies, quand elles en auraient eu l'occasion. Comme l'avait si bien dit Marie-Thérèse : tout le monde aime ça avoir du temps à soi.

Quant au reste...

Agnès ajouta quelques pas, hésita, puis se décida tout d'un coup, sans pour autant se tourner vers Cyrille.

— Ouais, si on veut, grommela-t-elle. C'est vrai que ça sent bon en campagne quand ça sent pas trop la vache.

— Oh les vaches ! Faut bien qu'elles vivent quelque part ! De toute façon, moi, j'aime mieux sentir le fumier pis le foin coupé que l'odeur des latrines ou celle des moteurs à essence.

— C'est vrai que ça sent pas toujours bon en ville, admit Agnès. Chez matante Lauréanne, par exemple, ça sent souvent le chou bouilli, à cause de certains voisins qui demeurent dans la grosse maison à côté de chez elle.

À ces mots, Cyrille éclata de rire.

— Ben tu sauras, Agnès, qu'on a droit aux mêmes odeurs ! Au collège aussi, ça pue souvent le chou bouilli. Ou la citrouille, ce qui est pas le diable mieux. La prochaine fois, quand j'vas trouver que ça sent mauvais dans les longs corridors, c'est sûr que j'vas penser à toi pis peut-être que ça va me sembler moins pire.

— Dans ce cas-là, moi avec, j'vas penser à toi

quand les voisins vont nous empester avec leur chou bouilli pis leurs épices qui sentent bizarre.

Sur ce, il y eut un regard en coin de l'un à l'autre et peut-être aussi l'ombre d'un sourire. Puis Cyrille reprit.

— Sais-tu de quoi je m'ennuie le plus, au collège ? demanda-t-il alors, espérant de tout cœur que cette conversation allait durer longtemps.

— Non... Comment veux-tu que je le sache ? Tu t'ennuies des parents ? De la famille ?

— Même pas... C'est sûr que je m'ennuie d'ici, mais c'est pas ça le pire. Tu vas peut-être trouver que c'est niaiseux, mais c'est l'odeur de la tarte aux pommes de moman qui me manque le plus. Quand je revenais de l'école sur l'heure du midi, pis que ça sentait les pommes à la grandeur de la maison, c'était comme si j'étais le plus heureux des petits garçons...

— C'est vrai que la tarte de moman est difficile à battre.

Il y avait de la gourmandise dans la voix d'Agnès.

— Même celle de matante Lauréanne est pas aussi bonne. Pourtant, matante est une excellente cuisinière, tu sauras. Pis en plusse, elle est pas mal plus patiente que moman pour me montrer comment faire.

— C'est ben certain qu'elle doit être plus patiente ! Elle a juste toi à s'occuper. Si moman avait pas...

— C'est pas vrai, ça ! coupa Agnès. Il y a grand-père aussi, pis mononcle Émile... Laisse-moi te dire, Cyrille, qu'il mange vraiment beaucoup, mononcle Émile.

— Je m'en doute un peu ! Grand pis gros comme il est... Pis ?

— Pis quoi ?

— Comment t'aimes ça en ville? On en a jamais parlé ensemble de toute ce qui s'est passé de nouveau dans nos vies. En fait, c'est à peine si on s'est vus, toi pis moi, depuis un an. Moi, j'ai beau étudier à Trois-Rivières, c'est plutôt rare qu'on va se promener en ville. Pis quand on y va, le frère Alfred est toujours avec nous autres, ça fait qu'on peut pas aller où on veut.

— C'est ben pas drôle !

— Des fois, oui... Pis ? C'est comment la ville ?

— C'est beau !

Maintenant, il y avait plein de joie dans la voix d'Agnès.

— Il y a plein de choses à faire, à voir... J'vas au cinéma, des fois. Pis au petit restaurant de la rue Ontario. C'est là que je mange des patates frites. C'est pas mal bon, tu sais ! Pis notre linge, on l'achète dans des grands magasins. Pas chez un marchand général où on est obligés de choisir par catalogue. Ça, c'est un peu plate. Je trouve ça pas mal mieux de voir les choses en vrai, pis même de les essayer avant de les acheter. Pis toi ? C'est comment dans ton collège ?

— C'est grand ! Quand j'suis arrivé, au mois de septembre dernier, j'avais peur de me perdre, tellement il y a des longs corridors toutes pareils. Pis tranquillement, je me suis habitué. Mais le pire, je pense, c'est notre cour de récréation.

— Comment ça ?

— Parce qu'elle est entourée de murs tellement hauts qu'on voit juste la tête des arbres, de l'autre côté. Ça fait que des fois, surtout au début, j'avais l'impression d'être en prison.

— Ouache ! En prison ?

— À peu près… Il y a pas grand-chose à faire dans une cour entourée de murs, à part jouer au ballon… Je me suis senti enfermé, surtout quand j'ai pas pu sortir à la Toussaint, à cause de la tempête… Mais d'un autre côté, quand je travaille à la bibliothèque, avec tous les livres qu'il y a sur les tablettes et qu'on peut emprunter, je me trouve ben chanceux… J'aime ça lire, tu le sais ! Ça fait que le collège, c'est correct par bouttes, pis ça l'est moins d'autres fois. C'est comme ben des affaires dans la vie, hein ? D'un bord, c'est plaisant, pis de l'autre, c'est pas vraiment agréable.

— Pour ça, t'as ben raison… En ville, il fait plus chaud qu'ici, pis il y a moins d'espace, mais on peut faire toutes sortes de choses… Au village, ça sent bon, comme aujourd'hui, c'est grand à pas savoir où mettre les yeux, mais il y a le travail à faire à la maison, pis il y a pas vraiment de distractions… N'empêche que je pense que je préfère la ville... Mais c'est peut-être juste à cause de mes amies ! Je le sais pas.

— C'est vrai que les amis, c'est important. Moi avec, c'est des amis qui m'ont faite aimer le collège, finalement. Ça m'a pris du temps avant de connaître le monde, j'étais comme pas à l'aise de leur parler, mais astheure que c'est fait, je peux dire que j'ai une couple de bons amis. On s'entend bien, même si Xavier peut pas faire de sport avec nous autres à cause de sa mauvaise vue. Mais même lui, il dit que c'est pas ben grave, rapport que ça prend du monde pour encourager les autres. Pis laisse-moi te dire qu'il est difficile à battre pour faire du bruit, notre ami Xavier... Toi, en ville, des nouvelles amies, est-ce que ça t'a pris du temps pour en avoir ?

— Pantoute ! Au début, avant d'aller à l'école, je voulais revenir ici. Pis, une fois que j'ai commencé mes cours, quand moman a dit qu'on allait revenir, je voulais pus partir. Non, ça a vraiment pas été long pour me faire des amies. Un jour ou deux, je dirais... Marie-Paul, Louisa pis moi, on a vite su qu'on s'entendrait bien. Elles demeurent pas loin de chez mononcle Émile, comme ça on peut faire le chemin ensemble, pour aller pis revenir de l'école... C'est un peu à cause de ça que je me suis chicanée avec moman.

Cette dernière phrase avait échappé à Agnès. Parler de tout et de rien avec son frère l'avait ramenée à l'époque où il n'y avait pas de secrets entre eux et les mots étaient venus d'eux-mêmes.

— Je me doutais ben qu'il y avait quelque chose, souligna alors Cyrille, tout heureux que sa ruse ait si bien fonctionné. Avec la face que tu fais, c'est facile de voir que quelque chose va pas…

— Ouais… Je le sais que j'suis pas ben ben d'adon depuis que j'suis arrivée à la maison. C'est juste que j'aurais aimé ça rester en ville pour les vacances. On voulait faire toutes sortes de choses ensemble, mes amies pis moi. Mais moman a pas voulu. Elle avait besoin de moi qu'elle a dit. Laisse-moi te dire que j'ai vite compris pourquoi. Ça arrête pas de bouger, chez nous ! Malgré tout, je trouve ça encore un peu plate, tu sais. Quand je parlais dans le téléphone avec moman, on aurait dit qu'elle voulait pas me faire plaisir.

Mine de rien, le ton familier était de retour entre Cyrille et Agnès. On ne peut partager la majeure partie de sa vie avec quelqu'un sans qu'il en reste des traces indélébiles, n'est-ce pas ?

— J'suis pas sûr que moman voulait juste te mettre des bâtons dans les roues, rectifia alors Cyrille. Pas dans le sens où t'as l'air de le penser. C'est juste qu'elle avait pas le choix. Tu viens de le dire toi-même : ça arrête pas de bouger chez nous ! À qui tu veux que moman demande de l'aide depuis que matante Félicité est malade ?

— C'est vrai qu'il y a pas grand monde, concéda Agnès. En plus, grand-moman Gagnon a eu une pneumonie... N'empêche, si elle avait vraiment voulu comprendre ce que je disais, moman aurait pu quand même demander à Benjamin de...

— Là, je t'arrête tusuite, l'interrompit Cyrille. Benjamin en avait plein le dos d'être obligé de voir aux jumeaux à la seconde où il rentrait dans la maison en revenant de l'école. Il me l'a dit, pis il l'avait dit aux parents, aussi. Ça grouille, ces deux bébés-là, surtout le petit Albert, t'as ben dû t'en rendre compte! Pis en plus, Benjamin s'occupait des devoirs de Conrad, pis des fois, il a même préparé le souper, quand moman en avait trop à faire à la cordonnerie. Notre frère en a tellement fait ces derniers mois pour aider popa pis moman que ses notes ont baissé à l'école. Il avait pus le temps d'étudier comme il l'aurait voulu. Ça fait qu'astheure, il a ben peur que monsieur le curé le remarque pas, pis si ça arrivait, il pourrait pas aller au collège comme moi.

— C'est ben plate pour lui... Je savais rien de tout ça, moi! Pourquoi moman me l'a pas dit?

— Peut-être que t'as pas voulu comprendre ou ben que tu lui as pas laissé la chance de toute t'expliquer comme il faut?

L'hésitation d'Agnès semblait bourrelée de remords.

— Ouais, c'est vrai que j'ai pas été ben fine, ce soir-là... Mais je savais rien de ce que tu viens de me dire, ça je le jure. Toute ce que je voyais dans notre discussion, c'était ou ben m'en venir ici pour travailler, ou ben la possibilité de m'amuser en ville. Pour moi, le choix était facile à faire.

— Tu penses vraiment ce que tu viens de dire, Agnès? Me semble que ça te ressemble pas de penser juste à toi... Moi avec, tu sais, j'aurais pu dire non à popa quand il m'a demandé de l'aider.

— Voyons donc! Ça se peut pas, ça! T'as toujours prétendu que plus tard tu serais cordonnier comme lui. Depuis le temps que tu traînes dans la cordonnerie à regarder les outils, à les prendre pis à fouiller dans les retailles de cuir, même si popa l'avait défendu, viens pas me faire accroire que t'étais pas content de pouvoir enfin l'aider... Non, non, fais pas cette face-là, Cyrille Lafrance, comme si je disais des menteries! Je le sais que j'ai raison, parce que des fois je te suivais en cachette, pis je t'ai vu!

Bien malgré lui, Cyrille se sentir rougir.

— C'est vrai, avoua-t-il. Pis, des fois, j'y pense encore, à devenir cordonnier. Mais c'est pas parce que je veux suivre les traces de notre père que je regarde pas ailleurs, par exemple. Je le sais pus trop ce que j'vas faire plus tard. Au collège, on nous parle de toutes sortes de professions, pis ça vient ben mêlant, par bouttes. Mais encore faut-il qu'on aye de l'argent pour que je puisse continuer d'étudier.

— Pis monsieur le curé, lui? Dans ton cas, me semble que c'est moins compliqué que pour Benjamin!

— Ouais, c'est vrai, il y a monsieur le curé... Ah pis, on verra ben ! conclut alors Cyrille, un peu précipitamment. Finalement, je sais pas vraiment ce qui me tente le plus. Mais c'est vrai que je pense toujours à devenir cordonnier. C'est un bon métier, pis on y gagne ben sa vie. Je verrai avec le temps.

Volontairement, Cyrille avait omis de dire que dans son cas, du moins aux yeux de leur curé, sa voie était déjà toute tracée. Ça serait beaucoup trop long à expliquer.

— Mais pour cet été, poursuivit alors Cyrille, l'envie d'aller chez mon ami Xavier était ben plus forte que celle de passer mon temps dans la cordonnerie. Penses-y, Agnès ! Les parents de Xavier ont un vrai chalet sur le bord d'un lac, avec un bateau pis une plage. Ça a l'air pas mal beau.

— Comment tu le sais ? Tu l'as même pas vu ! À moins que tu soyes allé pis que...

— C'était pas nécessaire ! Xavier m'a montré une photographie. Il y a même un terrain de tennis juste à côté de la maison. J'aurais pu aller passer deux semaines de vacances là-bas, pis ça me tentait ben gros, tu sauras. D'autant plus qu'il avait invité Pierre Rochon à y aller en même temps que moi. C'est sûr qu'on se serait ben amusés, tous les trois ensemble. Mais j'ai dit non, sans même en parler aux parents.

— Pourquoi ? Ils auraient peut-être accepté que

tu y ailles. Surtout si c'était juste pour une couple de semaines.

— Probablement, oui. Mais je voulais pas les mettre dans l'embarras. T'as pas remarqué comment c'est qu'ils travaillent dur tous les deux? J'ai compris ben des choses à Pâques, quand j'suis venu faire un tour. J'ai surtout trouvé que moman avait l'air ben fatigué. Avec les visites à matante pour voir si tout est correct pour elle; Albert qui fouille partout, pis Albertine qui braille dès qu'elle est pas dans les bras de notre mère; Angèle qui passe son temps à dire qu'elle sait pas trop quoi faire de son temps en pleurnichant; Ignace qui traîne dans les pattes d'un peu tout le monde pis qui est ben achalant avec toutes ses questions… Ça en fait, ça, un gros tas de petites choses dans une journée. Dans les enfants, il y a ben juste Conrad qui est pas un embarras pour les parents parce qu'il fait son gros possible pour rendre service à tout le monde, rapport qu'il veut être traité comme un grand… Il y a aussi nous trois, Benjamin, toi pis moi, comme de raison… Mais je pense pas qu'on soye des problèmes pour les parents, nous autres non plus. Pis ça, c'est sans compter les repas, le lavage, la cordonnerie, le jardin…

— C'est beau, c'est beau, j'ai compris!

Devant l'interminable liste des corvées quotidiennes à effectuer sous le toit des Lafrance, Agnès avait levé les deux mains devant elle pour inciter Cyrille à se taire.

— T'as raison, Cyrille. Comment veux-tu que je dise le contraire? Mais pourquoi ça serait à nous autres de...

— Parce que c'est juste normal de s'aider, dans une famille... De toute façon, pour ma part, je me reprendrai une autre fois, pour le chalet à Xavier, c'est tout...

— Ben moi, j'suis pas tout à fait d'accord avec ça. Ça me tente pas d'attendre une autre fois pour m'amuser un peu, pis je trouve ça long en s'il vous plaît, tout un été sans voir mes amies.

— Ouais, je peux comprendre. Ça se défend comme idée.

— Bon, tu vois!

— Pourquoi, dans ce cas-là, tu le dis pas franchement? Tout ce que tu viens de prétendre à propos de moi, il y a pas deux menutes, ça vaut aussi pour toi.

— Que c'est tu veux dire, par là?

— Qu'au lieu de te chicaner avec moman, t'aurais pu t'entendre avec elle. Lui expliquer ben calmement toute ce que tu viens de me dire. Popa m'en a parlé, tu sais, de votre chicane.

— Ah oui? Popa t'a vraiment parlé de ça?

— Ouais. Il m'a dit que moman avait eu beaucoup de peine pis il m'a demandé d'être ben gentil avec elle...

— Oh...

Le regret d'Agnès semblait sincère.

— Je pensais jamais que c'était aussi pire que ça, lança-t-elle d'une voix contrite.

— Peut-être que pour toi c'était pas grave, mais pour moman, on dirait que ça a fessé fort... Tu devrais peut-être t'excuser ?

— Ouais...

Agnès s'était renfrognée à nouveau, mais ça ne dura pas. Elle soupira, puis leva les yeux vers Cyrille qui, maintenant, la dépassait d'une bonne tête.

— N'empêche que moman aussi aurait pu être plus gentille, précisa-t-elle pour que tout soit vraiment clair entre eux.

— Plus gentille comme quoi ?

— Je le sais pas... Me permettre de passer un bout d'été en ville pis un autre ici, peut-être ? Sans faire toute une histoire avec ça.

— Ça aussi ça se défend... Il est peut-être pas trop tard pour ça, si tu le demandes gentiment.

— Tu crois que moman voudrait ?

— Ben oui. Pourquoi pas ?

— Ouais...

— Mais j'y pense ! Pourquoi t'inviterais pas tes amies à venir chez nous, au lieu de retourner en ville ?

— Es-tu malade, Cyrille Lafrance ? Ça tentera pas pantoute à mes amies de venir dans un coin aussi perdu !

— Pantoute, la sœur, pantoute ! Sainte-Adèle-de-la-Merci, c'est pas un coin perdu !

Écartant les bras, Cyrille esquissa un pas de danse sur les graviers de la route. Il pivota sur lui-même en levant le visage vers le ciel. La chaleur du soleil contrastait avec la brise plutôt fraîche et c'était agréable. Cyrille se laissa porter par cette douce sensation durant un instant, puis il s'arrêta devant Agnès.

— C'est beau par ici, constata-t-il tout souriant. Tu trouves pas, toi ?

— C'est sûr que c'est pas pire.

— Un peu de bonne humeur, Agnès. Arrête de mettre des bâtons dans les roues tout le temps ! C'est ben plusse que pas pire. Ici, c'est beau en s'il vous plaît ! Je suis sûr, moi, que pour deux filles de la ville, il y a plein de choses qu'elles connaissent pas. Des choses qu'elles pourraient voir pis faire, poursuivit Cyrille. À commencer par les vaches qui puent...

— C'est ça, moque-toi de moi !

— Je me moque pas. Je constate, c'est tout. En plusse, astheure, on a une chambre d'amis pour les loger. Je te le dis : parles-en à moman. J'suis sûr qu'elle sera pas contre une idée comme celle-là. Pis mononcle Émile pourrait les voyager sans trop de problèmes.

— Tu penses ?

— Coudonc, la sœur, pourquoi toujours t'inquiéter ? Ben oui, je pense que c'est une bonne idée, pis oui, j'suis certain que mononcle Émile va se faire un plaisir de transporter tes amies, si elles peuvent venir. Voyons donc ! Pourquoi toujours douter de tout ? Fonce, Agnès, fais-toi confiance. Dis ce que tu penses, mais fais-le poliment.

— C'est drôle, moman m'a déjà dit la même chose, l'automne dernier.

— Faut croire que j'ai pas tort ! Veux-tu que je te dise ? S'il y a une affaire que j'ai apprise au collège, c'est ben d'être poli tout le temps. Même quand c'est toi qui as raison.

Et en disant ces mots, Cyrille repensait au coup de poing qu'il avait donné au pauvre Fulbert, même si dans l'intensité du moment, il avait cru bien faire. Par la suite, il était resté poli, il n'avait pas cherché à se disculper inutilement, et l'histoire s'était bien terminée pour tout le monde.

Il y avait surtout qu'à première vue, ni le curé ni ses parents n'avaient été mis dans la confidence. Pour cela, Cyrille vouait une reconnaissance sans bornes au père Auguste !

Voilà pourquoi, puisque personne ne se doutait de rien au village, que ni ses parents ni le curé Pettigrew n'y avaient fait la moindre allusion, Cyrille préféra garder pour lui cet épisode un peu moins reluisant de sa vie au collège de Trois-Rivières.

Quant à Agnès, elle se borna alors à hocher la tête dans un petit geste d'assentiment, puis elle se remit à marcher. Silencieusement. Comme Cyrille avait la sensation d'avoir tout dit, il se contenta de la suivre, le cœur content. Il avait l'impression d'avoir atteint son but, puisque de toute évidence, Agnès avait l'air de meilleure humeur.

Ce fut uniquement au moment où la maison de leur oncle Anselme se profila devant eux, en haut de la petite colline, que la jeune fille consentit enfin à desserrer les lèvres.

— Je t'aime, mon grand frère, murmura-t-elle d'une voix tout juste audible.

Toutefois, dans le silence d'une campagne à peine frémissante, la réponse d'Agnès avait été portée par la brise dans les grands foins oubliés par la faux et ce fut suffisant pour que Cyrille l'entende.

Bien qu'étouffée, la voix d'Agnès était rauque, chargée d'émotion. À ces mots, Cyrille comprit qu'il avait bien fait de parler à sa sœur. Il était probablement la seule personne sur Terre capable de la raisonner sans qu'elle se rebiffe. Par l'âge, ils étaient si proches l'un de l'autre et par le sang, ils l'étaient encore plus.

Alors, Cyrille ralentit le pas. Cela faisait des années que sa sœur ne l'avait pas appelé de la sorte ni qu'elle lui avait avoué l'aimer. Ça remontait en fait à leur enfance. Mais depuis, ils savaient tous les deux, sans avoir à le dire, que les liens qui les unissaient seraient immuables, quel que soit le chemin qu'ils emprunteraient au fil des ans.

Cyrille était touché, ému, lui aussi.

Il avait subitement l'agréable sensation de

remonter dans le temps et, durant un instant, il eut l'impression d'avoir à nouveau sept ans.

Le geste fut impulsif.

La gorge serrée, le jeune homme s'approcha d'Agnès pour entourer ses épaules d'un bras protecteur, tandis que les hirondelles de grange survolaient le champ voisin.

— Moi aussi je t'aime, ma petite sœur...

Un ange passa, un oiseau chanta dans le champ de foin qui n'avait pas encore été fauché, les grillons firent entendre une longue stridulation, puis Cyrille ajouta :

— Finalement, je pense que durant la dernière année, je me suis aussi beaucoup ennuyé de nous deux en train de jaser, avoua le jeune homme avec une grande sincérité dans la voix. Faut pus jamais passer autant de temps sans se voir pis se parler, toi pis moi. Astheure, viens-t'en, Agnès ! On va aller saluer mononcle Anselme pis matante Géraldine.

— Pis Judith, aussi ! Faudrait pas oublier notre cousine Judith.

Ces quelques mots firent rougir Cyrille.

Bien sûr qu'il pensait à Judith, quelle idée !

Il avait même l'intention de se servir de l'oncle Anselme, ou de Benjamin au besoin, comme prétexte pour se rendre à la ferme le plus souvent possible durant l'été.

Attrapant la main d'Agnès, Cyrille se mit à courir pour descendre l'allée sablonneuse qui menait à la maison, espérant ainsi cacher son embarras.

Il espérait surtout et de tout son cœur que sa jeune cousine serait là et non partie chez une amie, comme cela arrivait trop souvent.

La belle Judith, avec ses merveilleuses boucles couleur de soleil à qui il pensait pratiquement tous les jours, quand il était au collège ! Il lui était même arrivé d'en rêver !

Alors, quand il leva le poing pour toquer à la porte, le cœur de Cyrille se mit à battre la chamade. Pourvu que Judith soit là !

CHAPITRE 9

À Montréal, sur la rue Adam

Le jeudi 24 juillet 1924, sur le balcon en façade de la maison qui donnait sur la rue

— Pour ce qui est de votre fille, Irénée, observa Félicité tout en se chauffant au soleil d'un bel après-midi d'été, alors qu'elle attendait l'heure du souper avec impatience, vous aviez ben raison : son manger est dépareillé pour remplumer le monde !

Sur ce, la vieille dame tendit les deux bras devant elle.

— Regardez-moi ça ! Ça ressemble pus à une aile de petit poulet, ça là. Non, non, non ! Ce que vous voyez là, Irénée, c'est un bras qui a du corps. Pis de la vigueur. J'en reviens pas du changement en tout juste un mois !

Tirant sur la manche de son chandail afin de la remonter au-delà du coude, Félicité fit tourner son bras dans tous les sens, puis elle afficha un sourire satisfait.

— Ma foi, on voit quasiment pus les os. Parlez-moi de ça.

— Je vous l'avais ben dit!

— C'est ce que je viens de dire, Irénée, que vous l'aviez dit, riposta Félicité sur un ton exaspéré. Pas nécessaire de toujours toute répéter après moi. C'est fatigant sans bon sens!

Le vieil homme retroussa sa moustache sur un sourire moqueur.

— Sacrifice, Félicité, vous faites pas juste prendre du gras sous la peau, vous prenez du poil de la bête aussi!

— M'en vas vous en faire, moi, du poil de la bête! Comme si j'étais un chien! Vous saurez, Irénée Lafrance, que même quand j'étais au plus faible, j'ai toujours faite savoir ce que je pensais. C'est important. J'ai toujours eu pour mon dire que c'est nécessaire de pas trop fafiner dans la vie, pis que c'est mieux de donner l'heure juste, si on veut avancer dans le bon sens... De toute façon, de quoi vous auriez à vous plaindre, vous là? S'il y a quelqu'un qui a du bagou, ici, pis qui s'en sert sans se gêner, c'est ben vous.

— Pis? En quoi ça peut vous déranger? Quand on veut réussir dans le commerce, c'est ça que ça prend, du bagou, comme vous dites. Du travail ben faite pis de la belle parlure, l'un va pas sans l'autre. Ça a toujours été ma devise. Ça fait longtemps que je sais ça, pis imaginez-vous donc que j'ai ben réussi.

— Je dirai pas le contraire, même si je trouve, sans vouloir vous offenser, que vous vous pétez pas mal les bretelles pour pas grand-chose. C'est juste normal pour un homme de ben réussir dans la vie. Ça prend juste un peu de cœur au ventre.

— Maudit sacrifice ! J'ai jamais porté de bretelles.

— Dans votre cas, c'est vraiment pas nécessaire pour se les péter !

Depuis que Félicité Gagnon habitait sous le même toit qu'Irénée Lafrance, ce dernier avait trouvé chaussure à son pied.

« Pour un cordonnier, ça allait de soi », pensait invariablement Lauréannc, pince-sans-rire, quand elle se trouvait à être le témoin privilégié de leurs prises de bec.

En fait, elle s'en délectait, tout simplement.

Et elle riait sous cape quand son père n'avait pas le dernier mot, ce qui arrivait, ma foi, au moins une fois sur deux, sinon plus !

Voilà pourquoi, quand Félicité et Irénée s'installaient sur l'un des deux balcons et qu'elle entendait le ton monter, Lauréanne laissait tout en plan pour s'approcher silencieusement de la fenêtre afin de ne rien perdre de la conversation. Sa seule crainte était que leur cher voisin, Gédéon Touchette, n'en fasse autant, pour ensuite tout rapporter de travers quand il serait de passage au village.

Néanmoins, alors qu'on aurait pu croire que de telles discussions allaient faire sortir Irénée de ses gonds, il n'en était rien.

Tant Félicité qu'Irénée semblaient prendre un réel plaisir à ces affrontements de paroles mordantes et d'opinions arrêtées. Ils allaient même jusqu'à les provoquer.

Pourtant, quand Félicité était arrivée de son village, elle n'en menait pas large.

En fait, c'était en désespoir de cause que Félicité Gagnon s'était résolue à écrire à Irénée. Le lendemain, elle remettait une lettre à monsieur Touche-à-Tout, de passage à la cordonnerie, le priant de bien vouloir donner l'enveloppe à son voisin Irénée Lafrance. Témoin de cette requête pour le moins inattendue, Marie-Thérèse s'était demandé ce qui avait bien pu se passer pour que sa tante pense à envoyer une lettre à son beau-père. Sans même avoir besoin de se retourner vers elle pour deviner l'interrogation de sa nièce, Félicité avait grommelé :

— Je le sais ben, va, que tu te poses toutes sortes de questions, ma pauvre Thérèse, pis m'en vas te répondre avant que tu te fasses toutes sortes d'idées pis que tu t'inquiètes pour rien. Tu sauras qu'à sa visite au jour de Pâques, Irénée Lafrance m'avait invitée à aller faire un tour en ville, pis j'ai décidé, après y avoir ben pensé, que c'était une bonne idée. Pis dis rien contre ça, avait-elle prévenu en levant la main, parce que j'ai pas l'intention de t'écouter. Astheure, je retourne chez nous, j'ai des bagages à faire.

Toujours aussi maigre et sans énergie, Félicité avait donc passé les deux premières semaines de son séjour à la ville à jouer à la chaise musicale entre les deux balcons. Elle cherchait le moindre souffle d'air susceptible de la rafraîchir et elle congédiait Irénée sans ménagement dès qu'il s'approchait d'elle.

— Bonne sainte Anne ! Il fait ben chaud en ville... Comment ça se fait que je m'étais pas douté que vous exagériez en parlant de la santé qui devait m'attendre chez vous ? Dites rien, Irénée, pis fichez-moi la paix ! J'ai de la misère à m'endurer. Il y a deux balcons ici, non ? Ben, prenez l'autre pis laissez-moi tranquille.

Puis, il y avait eu un matin où, malgré une humidité à couper au couteau, Félicité avait déclaré qu'elle se sentait beaucoup mieux.

— Je le sais pas ce qui s'est passé durant la nuit dernière, mais me semble, à matin, que j'ai des fourmis dans les pattes ! Il fait toujours aussi chaud, mais on dirait que j'suis prête à m'en accommoder. Du moins, pour le temps que j'vas rester en ville... C'est ben curieux, tout ça. N'empêche ! Comment vous faites, vous, pour endurer cette chaleur-là depuis toutes ces années, ma pauvre Lauréanne ? Que c'est vous attendez pour vous en venir vivre à Sainte-Adèle-de-la-Merci, votre mari pis vous ?

— On attend juste que Molson ouvre une brasserie dans la paroisse, avait finement rétorqué Lauréanne sous l'œil appréciateur de son père.

— Maudit sacrifice ! avait-il lancé en se tapant la cuisse, tout réjoui. C'est ben répondu, ça, ma fille ! On dirait que tu t'améliores avec le temps.

— Pis vous, Irénée, ça prend pas grand-chose pour vous épater.

Ce fut ce matin-là que les hostilités amicales avaient été officiellement déclarées entre Irénée Lafrance et Félicité Gagnon. Nul doute, la vieille dame se sentait beaucoup mieux. Puis, à force d'y penser, et faute de pouvoir faire autre chose, elle avait conclu que la présence d'Irénée et quelques piques bien placées à son endroit sauraient meubler gaiement son temps !

Était-ce le fait de ne plus s'inquiéter la nuit, parce qu'elle avait enfin compris que son vieux cœur continuerait de battre normalement même si elle dormait, qui l'avait rassurée à ce point ?

Peut-être.

Ou encore était-ce le fait de constater que le souffle ne lui manquait plus comme ces derniers mois, même si elle marchait d'un pas plus vif, et que c'était cela qui lui avait permis de se sentir plus forte, plus alerte ?

Probablement un peu des deux.

Mais il y avait aussi et surtout une Lauréanne qui veillait au grain ! Elle était aux petits soins pour la vieille dame, qui en profitait sans vergogne, comprenant maintenant pourquoi Marie-Thérèse avait tant tardé à revenir au village, après la naissance des jumeaux.

Une fois que Félicité eut acquis la conviction qu'elle était plus solide sur ses jambes, à force d'arpenter le corridor qui scindait l'appartement en deux et la longue galerie qui longeait toute la largeur de la maison, dans la cour arrière, elle avait commencé à s'éloigner petit à petit. Oh ! Pas très vite ni très loin. Elle s'était contentée d'une bâtisse à la fois. Quelques pas sur le trottoir à droite, et le lendemain, quelques pas supplémentaires sur le trottoir à gauche. À la fin de la semaine, elle était rendue au bout de la rue.

— Je pense que j'ai aperçu le petit restaurant dont vous m'avez parlé, Irénée, avait-elle annoncé sans préambule, tout en entrant dans la cuisine pour le dîner, tandis qu'on entendait les cloches de l'église de la paroisse Saint-Clément sonner l'angélus, à l'autre bout de la rue Adam. J'ai vu son affiche qui se balançait en grinçant. Encore une couple de jours, pis on ira prendre une crème à glace, vous pis moi... Je vous invite !

Puis, hier, en fin de journée, Félicité avait demandé à Émile s'il acceptait de la sortir dans sa belle auto.

— C'est ben pour dire ! L'envie de se promener en auto, ça doit aller avec la santé, je crois ben... J'aimerais ça faire un tour de machine, Émile.

Si ça vous convient, comme de raison. C'est drôle, mais ça me dérange pus si ça brasse un peu.

— Comment ça, brasser ?

Irénée était offusqué, comme si l'auto lui appartenait.

— Vous saurez, Félicité, que mon gendre a acheté une auto de luxe !

— Je le sais, j'ai embarqué dedans pour m'en venir jusqu'ici ! L'auriez-vous oublié, mon pauvre Irénée ?

— J'ai rien oublié pantoute. Malgré mon âge, j'ai encore une très bonne mémoire, vous saurez.

À ces mots, Lauréanne tiqua et son cœur se serra. Y avait-il juste leur enfance, à Jaquelin et elle, qui échappât à leur père ?

Le temps d'un soupir discret, puis elle revint à la conversation entre Félicité et son père.

— … C'est juste que je trouve ça ben achalant de vous entendre vous plaindre pour rien, faisait alors remarquer Irénée à Félicité. Vous le savez que l'auto d'Émile brasse pas.

— Je le sais. Je faisais juste parler pour parler.

— Ben ça sert à rien de poser des questions inutiles ou de dire des affaires niaiseuses. Faites pas comme ma fille, maudit sacrifice ! Elle avec, des fois, elle parle pour rien dire pis il y a rien qui m'énerve plusse que ça. Pis au cas où vous l'auriez pas encore remarqué, c'est pas un tout-nu, notre Émile ! Il a pas acheté un char de quatre sous ou un camion qui tape le cul comme celui de notre voisin... Non! Il sait faire les choses en grand, le mari de ma fille! C'est comme mon ami Napoléon. Lui avec, il a une grosse machine.

Satisfait de sa réplique, Irénée avait longuement hoché la tête.

— En fait, avait-il finalement ajouté sans trop réfléchir, estimant peut-être que la gloriole entourant ses parents et amis retombait obligatoirement sur lui, on a juste à regarder le char d'un homme pour savoir s'il a ben réussi dans la vie.

Une mouche aussi fine et vive que Félicité ne pouvait laisser passer une si belle occasion. Elle fit un clin d'œil discret à Lauréanne, puis elle demanda:

— Ah ouais? Vous êtes ben sûr de ça, Irénée?

— Ouais... Pourquoi vous demandez ça?

— Pour rien... Mais si on suit votre raisonnement, on pourrait peut-être penser que ceux qui ont pas d'auto, comme vous par exemple, c'est parce qu'ils sont des sans-génie qui savent rien faire de leurs dix doigts, pis qu'ils ont raté leur coup, dans la vie. C'est-tu ça que vous voulez dire, Irénée?

— Euh... J'ai pas dit ça non plus.

Le vieil homme fulminait de s'être fait prendre à son propre jeu.

— Quand même! éructa-t-il, visiblement hors de lui. Il y a plein de bonnes raisons qui peuvent faire qu'un homme aye pas d'auto... Oh! Pis arrêtez de sourire de même, Félicité, ça m'énerve en sacrifice. Je me comprends, c'est ça qui compte !

Depuis une dizaine de jours, la vie était plutôt animée sous le toit d'Émile Fortin, ce qui n'était pas pour lui déplaire. Tout comme sa femme, il prenait grand plaisir aux joutes oratoires qui se déroulaient régulièrement dans sa cuisine ou sur son perron.

Seule la jeune Agnès manquait à son bonheur, comme un père qui se languit de sa fille unique, partie au loin pour un moment. Voilà pourquoi, attrapant l'occasion au bond, il offrit une balade à la campagne quand Félicité manifesta l'envie d'aller se promener.

— Si on allait voir notre monde à Sainte-Adèle-de-la-Merci en fin de semaine ? suggéra-t-il avec une lueur d'espoir dans les yeux. Maintenant que vous êtes assez forte pour faire de la route, on pourrait aller prendre un peu d'air frais, ça ferait du bien.

— Bonne idée ! Par chez nous, il y a toujours une petite brise qui nous arrive de l'ouest par les champs de tabac, pis ça chasse la grosse humidité. J'vas en profiter pour aller voir ma maison.

— Votre maison ? souligna alors Irénée sur un ton sarcastique, trop heureux de pouvoir se reprendre. Vous voulez vous rendre jusqu'à Sainte-Adèle-de-la-Merci pour aller voir une maison que vous connaissez par cœur ? Tu parles d'une idée de fou… Avez-vous peur qu'elle se soye envolée, votre maison ?

— Oh, vous là !

— Quoi ? Me semble que c'est pas une si bonne idée que ça d'aller à Sainte-Adèle-de-la-Merci, à part pour votre maison, comme de raison, répliqua Irénée sur le même ton goguenard.

— Ben, d'abord, en oubliant ma maison pour une menute, dites-moi donc pourquoi ça serait pas une bonne idée d'aller faire un tour au village ?

— Si c'est pour l'air frais, je vous répondrai qu'il y a pas juste là qu'on peut en avoir… Si je vous offrais de venir à la pêche avec moi, au lieu d'aller voir quelque chose que vous connaissez déjà ?

— Aller pêcher ? J'ai jamais faite ça, moi, sortir des poissons de l'eau… J'aime déjà pas trop en manger, même si j'ai pas le choix le vendredi parce que c'est maigre…

— Ça a rien à voir, Félicité, rien à voir pantoute ! Là, c'est vrai que vous savez pas de quoi vous parlez !

La pêche à la ligne avait été une belle découverte dans l'univers d'Irénée Lafrance, qui ne s'était pas intéressé à grand-chose au fil des années. Un peu de sport quand on parlait des Canadiens, cela allait de soi ; une opinion sur la politique quand on changeait de gouvernement, c'était important ; et un peu d'inquiétude pour la guerre, quand elle avait fait rage de 1914 à 1918, puisque les petits gars d'ici y étaient allés.

— Maudit batince ! J'ai jamais eu de temps à moi pour m'intéresser à quoi que ce soit d'autre que la cordonnerie pis mes deux enfants, alléguait-il parfois, sur un ton de désolation.

Aujourd'hui, Irénée prenait les bouchées doubles, parce qu'il avait le temps de tout faire, et qu'il avait une opinion sur tout, la pêche étant, en ce moment, sa grande passion.

— Moi non plus, j'aime pas le poisson, vous saurez, ajouta-t-il à l'intention de Félicité, mais je trouve ça ben plaisant d'en sortir un de l'eau, par exemple. Quand ça frétille au bout de la ligne, maudit batince, ça donne quasiment envie d'en manger ! Pis c'est beau en sacrifice, chez mon ami Napoléon. Avec le fleuve, on dirait que l'air est encore plus agréable qu'au village ! Hein, Émile, c'est beau chez mon ami Napoléon ?

— Très beau. Ça donne même envie de s'y installer, nom d'une pipe !

À ces mots, Irénée tourna la tête vers son gendre.

Tiens donc ! Le projet n'était pas oublié ?

Le vieil homme esquissa alors un rictus qui pouvait passer pour un sourire de connivence, puis il revint à Félicité.

— Vous voyez ben que je dis la vérité ! Sacrifice ! Même Émile est d'accord avec moi.

— C'est vrai ce que dit mon père, renchérit Lauréanne. La maison de campagne de son ami vaut le détour, Félicité, je dis rien que ça ! Pis le fleuve ! C'est tout un plan d'eau, ça là ! Au chalet de monsieur Napoléon, c'est tellement grand quand on regarde vers l'est que c'en est impressionnant.

— Tant que ça ?

— Oh oui ! Pour une fois, mon père exagère pas pantoute. Il y a pas de montagnes, pas de collines ou de boisés pour nous bloquer la vue. C'est grand à en pus finir !

— Ben si c'est de même…

Félicité, toujours aussi curieuse de nature, fit mine de réfléchir, même si sa décision était déjà prise. Mais pas question de donner l'impression à Irénée qu'il avait gagné quoi que ce soit, n'est-ce pas ? Puis, elle aimait bien le taquiner, lui qui mordait toujours à l'hameçon comme un poisson.

À cette pensée, Félicité ne put retenir le sourire moqueur qui lui vint aux lèvres en imaginant un Irénée Lafrance en train de se tortiller au bout de la ligne d'une canne à pêche. Irénée, qui attendait une réponse de sa part, se mit à froncer les sourcils dès qu'il aperçut le sourire de Félicité.

— Que c'est j'ai dit de drôle, encore ? Sacrifice, Félicité ! On dirait que vous riez de moi !

— Moi ? Ben non, voyons ! J'oserais jamais, rétorqua précipitamment la vieille dame, tout en ravalant son sourire. C'est juste que j'étais en train de me voir avec un beau gros poisson au bout de ma ligne, pis je trouvais ça un brin réjouissant pour le cœur, fit-elle avec un sérieux qu'elle avait de la difficulté à garder. Pis si je vous disais que vous me tentez, vous là ?

Un large sourire revint aussitôt éclairer le visage d'Irénée.

— Ben là, vous me faites plaisir, Félicité ! Vous le regretterez pas, j'ai rien que ça à vous dire.

— Dans ce cas-là, pourquoi pas ? À condition que l'auto de votre ami soye aussi confortable que celle d'Émile, par exemple. J'suis encore un brin fragile, pis...

— Coudonc, Félicité Gagnon ! Me prenez-vous pour un menteur ? Maudit sacrifice de baptême ! On se fend en quatre pour faire plaisir à quelqu'un pis toute ce qu'on récolte, c'est de la méfiance pis des questionnements qui en finissent pus. Si je vous dis que c'est une voiture confortable, pis je vous l'ai déjà dit, je m'en souviens, c'est que c'est vrai.

— Choquez-vous pas, Irénée. Si c'est de même, j'vas vous croire sur parole. Si j'ai l'air un peu douteuse, comme ça des fois, c'est juste que vous êtes un peu porté sur l'exagération... Mais c'est pas grave, ajouta précipitamment Félicité, en voyant le regard d'Irénée s'assombrir. Ça ajoute du piquant dans ma vie, pis j'aime ben ça !

Ce fut ainsi que le dimanche matin, très tôt après la première messe, Irénée et Félicité partirent avec Napoléon pour Pointe-aux-Trembles, tandis que Lauréanne et son mari prenaient la route pour Sainte-Adèle-de-la-Merci.

— On va se suivre durant un bon moment, pis arrivés au bout de l'île, on va se perdre de vue, rapport que vous allez vous arrêter là, pis que nous autres, on va aller prendre le pont... On se reverra à soir, le beau-père... ou demain matin, selon l'heure du retour de tout un chacun. Pis surtout, gardez vos poissons, Félicité, exhorta Émile, dont les yeux brillaient déjà de gourmandise. Faut surtout pas les rejeter dans le fleuve ou les donner à monsieur Napoléon ! J'aime ben que trop ça, manger du doré !

C'était un très beau dimanche, un dimanche pour être heureux, souligna Émile, au moment où l'auto de Napoléon bifurqua vers le sentier de gravillon qui menait à son chalet et au bord de l'eau.

— Te rends-tu compte, ma femme ? C'est la première fois depuis ben longtemps qu'on se retrouve tout seuls à prendre la route vers ton village !

— Ton « longtemps », mon homme, il se calcule tout juste en mois...

— T'es sûre de ça, toi là ?

— Rappelle-toi ! Il y a à peine un an de ça, Marie-Thérèse avait pas encore accouché des jumeaux, pis on était loin d'imaginer qu'elle allait venir vivre chez nous pour un boutte.

— Pis que par la suite, notre belle Agnès allait rester en ville avec nous autres, enchaîna Émile, tout souriant. T'as ben raison... Faut croire qu'on s'habitue vite aux bonnes choses, comme si elles étaient là depuis toujours... N'empêche qu'en ce moment, on est juste nous deux.

— Pis ça me déplaît pas, mon mari... Avec l'année qu'on vient de passer, un peu de tranquillité, ça fait du bien!

À ces mots, Émile resta un long moment silencieux.

— J'ai quand même hâte à l'automne, Lauréanne... C'est comme s'il y avait une petite crainte en moi qu'au bout du compte, tout reprendra pas sa place comme je le voudrais.

— Pis ça, si je te suis ben, ça veut dire que t'as hâte de savoir Agnès de retour chez nous, dans sa chambre avec toutes ses affaires, en route pour une autre année d'école. C'est ben ça, hein?

— Je peux rien te cacher, ma femme.

— Si c'est de même, mon homme, je peux te rassurer. Marie-Thérèse en personne m'a dit que si Agnès en avait envie, elle allait pouvoir continuer ses études en ville.

— Pis comme on sait, toi pis moi, qu'Agnès en a ben gros envie, compléta Émile, c'est comme si c'était déjà faite...

De la main droite, le mari de Lauréanne donna une petite tape de satisfaction sur le volant.

— Ben là, tu fais de moi un homme heureux, ma belle Lauréanne. Un homme ben heureux.

— Pauvre Émile! Si j'avais su ça avant, je te l'aurais dit...

Tout en parlant, Lauréanne s'était laissée glisser le long de la banquette pour rejoindre son mari.

— Notre vie a pris une tournure qu'on aurait jamais pu imaginer, hein, Émile? murmura-t-elle en s'appuyant contre le bras de son mari.

— Pantoute... Mais pour moi, tu vois, c'est juste que notre vie a enfin pris le bon bord. Pis ça, c'est parce que t'es une bonne personne, pis que tu l'avais ben mérité. T'as assez pleuré de déception, ma femme, pour pus jamais avoir besoin de le faire jusqu'à ton dernier souffle. J'suis un homme chanceux de t'avoir trouvée, ma belle Lauréanne. Ben chanceux.

À ces mots, les yeux débordants d'émotion, Lauréanne posa la tête sur l'épaule de son mari et ce fut ainsi, assis l'un contre l'autre, qu'ils firent la route jusqu'à Sainte-Adèle-de-la-Merci, tout en discutant des conserves qu'il faudrait faire bientôt.

— Si je me souviens bien, c'est la confiture aux framboises qu'Agnès préfère!

— Pis mon père, c'est celle aux fraises ben sucrée! Faudrait pas non plus oublier les bettes dans le vinaigre.

— Pis le ketchup aux fruits.

Marie-Thérèse les attendait, assise sur la galerie. Dans ses bras, la petite Albertine, et sur le terrain, le petit Albert, qui n'était plus si petit que cela et qui, à quatre pattes dans l'herbe, s'amusait à courir après les papillons.

Dès qu'elle aperçut l'auto grise de son beau-frère,

Marie-Thérèse se leva d'un bond et, détournant la tête, elle cria en direction de la porte :

— Ça y est, Jaquelin, la visite est arrivée ! Viens-t'en, mon homme, lâche tes bottines pour une fois ! Pis dis à Cyrille de faire pareil.

Les bottines, les chaussures, les souliers, les bottes, les ceintures et les sacs à main des dames ! L'univers de Jaquelin.

La cordonnerie était bien le seul point sur lequel Jaquelin n'observait pas les préceptes de l'Église. Pas question pour lui de se reposer le dimanche, comme Dieu l'avait fait au septième jour de la Création.

— Que c'est tu veux que je réponde à ça, Marie ? J'suis pas Dieu le Père, moi là, les chaussures neuves apparaissent pas comme par miracle sur mon établi, pis les vieilles godasses se réparent pas toutes seules non plus. Ça fait que j'ai pas le choix, pis je travaille le dimanche. Mais c'est pas grave. Je m'en confesserai une couple de fois par année, pis ça devrait suffire pour que le Bon Dieu me pardonne.

— Pis le curé, lui ?

Un simple regard avait suffi pour que Marie-Thérèse comprenne ce que Jaquelin pensait des obligations toutes plus lourdes et exaspérantes les unes que les autres que les curés, et autres vicaires en soutane, s'amusaient à inventer.

— On sait ben ! avait-il répondu à sa femme, un jour qu'elle revenait de l'église en lui confiant qu'en confession, le curé Pettigrew s'en était pris à elle parce qu'en bonne épouse, selon lui, elle aurait dû inciter son mari à se reposer le dimanche.

— Inquiète-toi pas pour ça, Marie, je m'en occupe, avait alors déclaré Jaquelin sur un ton exaspéré. Ils ont rien que ça à faire, eux autres, prier pis faire pénitence. Ils savent pas ce que c'est de nourrir toute une famille pis satisfaire une clientèle ! M'en vas toute expliquer ça à notre curé, pis je te jure qu'il va comprendre. Après toute, ce qui se passe chez nous, ça le regarde pas tant que ça, pis faut pas négliger le fait que j'vas à la messe, pis que mon commerce est fermé tous les dimanches.

Faut croire que Jaquelin avait réussi à bien expliquer leur situation, car ni le curé ni le vicaire n'en avaient jamais reparlé à Marie-Thérèse.

Émile arriva devant la maison en donnant un joyeux coup de klaxon et Marie-Thérèse descendit du balcon pour venir à la rencontre de ses invités.

— Ben coudonc, que c'est qui se passe, à matin ? fit-elle surprise en voyant Lauréanne et Émile sortir de l'auto. Vous êtes juste vous deux ?

— Ben oui ! Imagine-toi donc que la tante Félicité a décidé d'aller à la pêche avec mon père.

Marie-Thérèse ouvrit les yeux tout ronds.

— Quoi ? J'ai-tu ben entendu, moi là ?

— Eh oui !

Sur ce, Marie-Thérèse éclata de rire.

— Matante est en train de pêcher ? Eh ben !

Dans ce cas-là, pas besoin de vous demander comment elle va, j'ai ma réponse. N'empêche que j'ai de la misère à l'imaginer assise dans un bateau avec une canne à pêche dans les mains. Me semble qu'on dit toujours que ça prend de la patience pour pêcher le poisson… Entre vous pis moi, j'oserais dire que la patience est pas la qualité première de matante !

— Je sais pas trop ce qui en est pour la patience, parce qu'avec moi elle est ben fine pis elle exige jamais rien, mais laisse-moi te dire qu'elle avait pas mal hâte de partir. Ça fait trois jours que mon père pis elle parlent juste de ça. Elle sait toute quoi faire ben comme il faut, pis elle a dit que ça lui donnait pas mal au cœur d'avoir à toucher aux vers de terre… Une femme qui vit toute seule, ça sait toute faire, qu'elle a dit.

— Ben coudonc ! On aura tout vu.

— Justement, t'aurais dû la voir partir, toi ! Elle s'est greyée d'un de mes grands chapeaux de paille, pis elle a mis sa jupe la plus courte. Tu sais, la brune qui descend juste en bas des mollets ? Pour pas s'enfarger dedans quand elle va embarquer dans la chaloupe. Je pense que c'était sa plus grande crainte, la chaloupe. Mon père a eu beau lui expliquer en long pis en large que c'était une grosse embarcation à fond plat, ben solide pis ben stable, pis qu'on embarquait facilement dedans à partir du quai, il y avait rien à faire ! Elle avait peur de tomber à l'eau. N'empêche qu'à matin, elle avait l'air d'une petite fille tellement elle était excitée. Laisse-moi te dire que ça semblait faire ben gros plaisir à mon père. C'est pas souvent qu'il peut épater quelqu'un comme ça !

— Tant mieux pour eux autres. Il fait tellement beau que juste une promenade sur l'eau devrait être agréable.

— T'as ben raison... Ah oui ! Avant que je l'oublie... Matante fait dire qu'elle aimerait ben ça que t'ailles jeter un coup d'œil à sa maison. Ça l'inquiète de la savoir toute seule. C'est de même qu'elle nous a dit ça... Pis juste avant de partir, à matin, elle a demandé de prendre des nouvelles de sa vieille jument. C'est ben les deux seules affaires qui arrivent encore à l'inquiéter, parce qu'à part ça, on a retrouvé la femme d'avant sa crise de cœur. Elle parle pus pantoute de son attaque, pis elle passe pas son temps à écouter son cœur battre. Elle a retrouvé son appétit pis elle est de moins en moins chétive.

— Heureuse d'entendre ça. Tu pourras dire à matante de pas s'en faire pour sa maison. Depuis qu'elle est partie, j'vas chez elle deux fois par semaine pour vérifier que toute va ben, pis j'en profite pour arroser sa grosse fougère dans le salon, pis ses violettes africaines, sur le bord de la fenêtre de sa chambre. Pis aux dernières nouvelles, sa Grisette semblait ben heureuse dans l'écurie de mon frère Anselme... Astheure, suivez-moi dans la cuisine ! J'ai pu préparer un gros pot de limonade parce que monsieur Ferron a reçu une belle livraison de citrons frais hier au matin, pis j'ai faite des petits biscuits salés pour aller avec… C'est-tu pratique d'avoir le téléphone ? Grâce à lui, j'ai pu toute cuisiner en avance, parce que je savais que vous viendriez, pis j'ai pus rien à faire. Juste profiter de votre présence !

À l'instant où Émile entra dans la cuisine, Jaquelin et Cyrille arrivaient justement de la cordonnerie et Agnès dévalait l'escalier à toute allure.

— Enfin, vous v'là ! lança-t-elle joyeusement. J'avais tellement hâte de vous voir, tous les deux !

Comme Lauréanne portait le petit Albert dans ses bras, Agnès se précipita vers son oncle pour lui faire l'accolade et déposer une grosse bise sonore sur une de ses joues rebondies. Tout embarrassé, le gros homme laissa filer un petit rire gêné.

— Ben là… Tu parles d'un accueil ! On dirait que t'es contente de nous voir, ma belle Agnès.

— Et comment !

Puis Agnès se recula et jeta un regard vers la porte. Elle semblait surprise.

— Matante Félicité est pas là ?

— Ben non, répondit aussitôt Marie-Thérèse, toute souriante. Mais c'est pas parce qu'elle va pas mieux. Ben au contraire !

En répondant à sa fille, Marie-Thérèse avait un regard malicieux. Tout en changeant la petite Albertine de bras, elle promena les yeux d'Agnès à Cyrille, puis à Benjamin, qui était de passage pour la fin de semaine. Ensuite, elle offrit un beau sourire à Conrad, qui arrivait par la porte arrière de la maison en compagnie d'Ignace et d'Angèle, qui avait le visage tout barbouillé du jus des framboises qu'elle avait sans doute chipées dans le jardin, malgré l'interdiction de le faire.

— Imaginez-vous donc, les enfants, que notre bonne tante Félicité est partie à la pêche avec votre grand-père !

— Grand-père Lafrance ?

Devançant tout le monde, c'est Ignace qui avait posé la question.

En fait, dès que l'on parlait de son grand-père, Ignace se montrait toujours intéressé. Entre Irénée et son petit-fils s'était créé une sorte de chimie spontanée un peu inattendue, compte tenu du caractère plutôt vif du vieil homme et du bavardage incessant d'Ignace, mais de les voir ensemble faisait toujours plaisir.

— Justement lui, mon beau Ignace, répondit Marie-Thérèse.

— Ben là, c'est pas juste ! Moi aussi, je veux aller pêcher avec grand-père.

Décontenancée par la requête de son jeune fils, Marie-Thérèse jeta un regard machinal en direction de Lauréanne. Ce fut pourtant Émile qui encouragea sa belle-sœur d'un clin d'œil complice.

— Pis si je te disais que j'vas essayer d'arranger ça pour toi, mon homme ? suggéra alors Marie-Thérèse avec prudence.

Cependant, Émile, qui voyait là l'occasion d'avoir encore un peu plus d'action chez lui, n'avait que faire de cette retenue polie. Pliant les genoux pour être à la hauteur de son jeune neveu, il lui offrit une réponse nettement plus précise :

— Tu pourrais peut-être venir passer un petit bout de temps chez nous, en ville, pis en profiter pour aller pêcher avec ton grand-père. Que c'est tu penses de ça, Ignace ? En autant que tes parents soyent d'accord, ben entendu, pis ma Lauréanne aussi, comme de raison.

Le jeune Ignace n'en revenait tout simplement pas. Avait-il vraiment bien entendu ce que son oncle lui proposait ?

Son regard alla de son père à sa mère, puis de son oncle à sa tante. Tout le monde souriait. Même Cyrille et Benjamin ! Ça devait donc être effectivement une bonne nouvelle et il avait probablement bien compris ce que son oncle lui disait.

Ignace se mit à rougir de plaisir.

Pensez donc ! Non seulement il irait à Montréal pour voir son grand-père, mais en plus, il irait sur l'eau avec lui, pour pêcher des poissons.

C'était quasiment trop beau pour être vrai !

Instinctivement, Ignace revint à Marie-Thérèse. Habituellement, chez les Lafrance, c'était sa mère qui donnait les explications et les permissions. Comme celle-ci avait gardé son visage des bonnes journées malgré l'extravagance de la proposition, Ignace sentit son cœur bondir dans sa poitrine.

— Pis, moman, c'est quoi ça veut dire, tout ça ?

— Ça veut dire qu'il y aurait peut-être un petit voyage pour toi dans l'air. Un petit voyage à Montréal pour aller voir ton grand-père pis aller à la pêche avec lui... Laisse-moi y penser, Ignace, laisse-moi en jaser un peu avec ton père, pis on va en reparler tantôt. Ça te va, ça ?

— Ben là... Je le sais pas si ça va, moman... Ça veut-tu dire oui ou ça veut dire non ?

— Ça veut dire peut-être. Si t'es sage !

À ces mots, Ignace ravala illico la seconde question qui lui brûlait le bout de la langue.

— J'vas être sage, murmura-t-il, sincère.

À ces mots, les adultes éclatèrent de rire et le pauvre Ignace sentit confusément qu'il était l'objet de cette hilarité.

Doutait-on de sa bonne volonté ?

Une eau tremblante brilla au bord de ses paupières, tandis qu'il virait à l'écarlate.

— Ouais, c'est sûr que j'vas être sage, répéta alors le petit Ignace, avec conviction.

Puis il tourna les talons et courut se réfugier au jardin.

La discussion fut rapide.

— Ben voyons donc, Marie-Thérèse ! C'est sûr que ça me dérange pas pantoute, confirma Lauréanne. Pour une petite semaine, Ignace peut ben dormir sur le divan du salon, sans trop en souffrir. Pis gros comme il est, c'est sûrement pas lui qui mange le plusse !

— Pis ça va nous permettre de mieux le connaître, ajouta Émile, tout guilleret.

— Ben si c'est de même, affaire conclue ! Tantôt, après le dîner, m'en vas aller lui faire une petite valise.

— Pis moi ? demanda Conrad, comprenant que la permission serait finalement plutôt facile à obtenir, je pourrais-tu y aller, moi avec, à Montréal ?

— Chaque chose en son temps, mon garçon. Là, c'est au tour d'Ignace. Mais comme t'es pas mal de service, depuis un boutte, on pourrait peut-être y penser par après.

Marie-Thérèse regardait son fils Conrad en souriant. Puis le sourire se tourna spontanément vers Lauréanne.

— J'ai ben l'impression que c'est pas cet été que tu vas te reposer ! nota-t-elle malicieusement. Une semaine avec Ignace, pis une semaine avec Conrad, si t'es d'accord. Ça va te faire de l'ouvrage, tout ça.

— C'est pas ben grave ! Tu le sais ben que j'suis d'accord.

— Ça, ça veut-tu dire qu'on va y aller, Ignace pis moi ? demanda Conrad qui était pendu aux lèvres de sa mère et de sa tante depuis un petit moment déjà.

— On dirait ben, mon homme !

— Ben là... Faut que j'aille dire ça à Ignace tusuite !

L'instant d'après, la porte en moustiquaire claquait sur un Conrad qui criait déjà le nom de son frère.

— T'es pas mal fine, Lauréanne.

— Si tu savais, Marie-Thérèse, à quel point ça me fait plaisir.

— Oh oui, je le sais !

Un sourire de complicité réunit les deux femmes durant un instant. Puis Lauréanne enchaîna.

— Pis si je me fie à mon intuition, je dirais que ça va faire plaisir à mon père d'amener ses deux petits-fils à la pêche.

— Tu penses ? C'était justement là ma prochaine question. Je le sais ben que tu vas être contente d'avoir les garçons, mais ton père, lui ?

— Inquiète-toi surtout pas pour mon père ! La pêche, c'est devenu quasiment une religion pour lui ! Je dirais même…

Tout en parlant, Marie-Thérèse et Lauréanne avaient sorti le pot de limonade, des verres, une assiette pour les biscuits. Tout le monde s'était tiré une chaise pour s'installer à la table et Jaquelin s'occupait des jumeaux avec Cyrille.

Quant à Agnès, qui n'était pas trop loin des deux femmes pour les aider, elle suivait leur conversation avec intérêt tandis que tout un scénario s'échafaudait dans sa tête.

Si les garçons partaient, il y aurait moins de travail pour sa mère. Ne serait-ce que pour le lavage !

Ça salissait pas mal de culottes et de chandails, deux garçons de l'âge d'Ignace et de Conrad. Agnès était bien placée pour le savoir, c'était elle qui mettait le linge à sécher sur la corde. Donc, s'il y avait moins de travail à la maison et qu'elle-même promettait de continuer à beaucoup aider sa mère, peut-être bien que cette dernière accepterait de recevoir ses amies. Pourquoi pas ?

En ce qui avait trait au transport, aux yeux d'Agnès, ce n'était plus qu'un détail à régler !

L'oncle Émile serait bien obligé de faire la route entre Montréal et Sainte-Adèle-de-la-Merci à répétition, n'est-ce pas ? Venir chercher l'un, voyager l'autre, revenir… Comme il avait choisi une auto à sept passagers, ça ne devrait pas trop l'incommoder d'amener Marie-Paul et Louisa jusqu'ici une semaine, pour ensuite les ramener à Montréal, durant la fin de semaine suivante, même si son grand-père et la tante Félicité étaient du voyage.

Tout cela se tenait, non ?

Et en plus, sans trop déranger ni les uns ni les autres.

Agnès se sentait si fébrile que ses mains se mirent à trembler et un peu de jus déborda du verre qu'elle était en train de remplir. Elle se sentit rougir de confusion.

— Je m'excuse, moman.

S'il fallait que sa maladresse fasse tout rater !

— C'est pas grave, voyons.

La voix de Marie-Thérèse ne laissait transpirer aucune impatience.

— Va chercher le torchon dans l'évier, ma belle fille, on va toute essuyer ça en deux secondes.

Agnès se précipita, soulagée.

Tout le monde riait autour de la table. On parlait de ses petits projets et des réalisations de la semaine qui s'achevait.

— Je tombe en vacances au milieu du mois d'août. Nom d'une pipe que ça va me faire du bien. Deux semaines juste à moi... Juste à nous, rectifia Émile en jetant un coup d'œil à sa femme.

— Vous êtes ben chanceux de pouvoir parler de même, Émile. Moi les vacances, je connais pas ça ! indiqua Jaquelin.

— Pis si je venais vous chercher juste pour une fin de semaine ? Me semble que c'est pas trop demander, ça, une fin de semaine ? Je profiterais du fait que j'suis en congé pour venir vous chercher le vendredi en après-midi, pis je vous ramènerais le dimanche pour le souper. Que c'est vous diriez de ça, le beau-frère ? Je vous ferais visiter la grande ville !

— Ben là...

Jaquelin jeta un regard en coin vers Marie-Thérèse qui continuait de jaser avec Lauréanne et ne lui portait aucune attention. Un peu déçu, il revint à son beau-frère.

— Laissez-moi y penser, Émile, répondit-il avec une indéniable pointe d'envie dans la voix. Avec

Cyrille pour m'aider, ça serait peut-être réalisable. C'est fou comment c'est qu'il apprend vite, ce garçon-là !

— Merveilleux. Vous allez voir comme ça bouge par chez nous.

— J'ai dit peut-être, Émile... Mais ça me tente ben gros... J'ai jamais vu ça, une grande ville, sauf peut-être Trois-Rivières quand j'suis parti aux chantiers...

— Pis Trois-Rivières, coupa Émile, c'est loin d'être Montréal.

— Je vous crois, je vous crois... Ouais, laissez-moi y penser pis en parler à Marie-Thérèse, pis j'vas vous donner une réponse bientôt. Avec le téléphone, ça va être facile de s'en reparler.

Jaquelin parlait d'une voix de moins en moins hésitante et l'envie faisait briller ses yeux, tandis qu'à l'autre bout de la table, Agnès buvait sa limonade à petites gorgées, essayant de trouver les mots qui sauraient convaincre sa mère.

Comment Cyrille avait-il dit cela, l'autre jour ? Fonce, Agnès ! Dis tout ce que tu veux, mais fais-le poliment !

C'était facile à dire, et peut-être même relativement facile à concevoir, ne venait-elle pas d'en faire la preuve en échafaudant un plan qui avait pas mal d'allure ? Mais de là à demander vraiment une permission...

Agnès se sentait malheureuse.

Comment se faisait-il qu'au moment de

défendre une opinion, elle arrivait à tout dire sans bafouiller, elle était même tout feu tout flamme, s'il le fallait, mais que pour demander une toute petite faveur, elle hésitait autant ?

Sa mère n'allait pas la gronder ou rire d'elle. Le pire qui pouvait arriver, c'était qu'elle dise non.

Alors ?

Alors, malgré tout cela, Agnès n'y arrivait pas.

Et c'était bien ce que Cyrille constatait, lui aussi, tandis qu'il fixait sa sœur depuis un bon moment déjà. Même qu'il avait été passablement surpris qu'elle n'emboîte pas le pas à Conrad, au moment où ce dernier avait demandé d'aller à Montréal, tout comme Ignace.

L'occasion aurait été parfaite !

On organisait dans la joie de petites vacances pour les garçons, pourquoi ne pas faire plaisir à Agnès en même temps ? D'autant plus que Cyrille savait pertinemment que sa sœur n'avait pas oublié son projet. Elle y pensait même souvent, elle le lui avait dit.

— J'attends juste que moman soye vraiment de très bonne humeur pour lui en parler, avait-elle confié à Cyrille, qui la pressait de questions. Comme ça, me semble que j'aurais plus de chance de réussir.

— Voyons donc ! C'est pas la mer à boire de demander aux parents si deux amies peuvent venir faire un tour chez nous !

— Ben, si ça l'est pas pour toi, ça l'est un

peu pour moi... Pis je veux surtout pas que tu t'en mêles, avait-elle ajouté quand elle avait vu Cyrille ouvrir la bouche pour l'interrompre. Je te connais, tu sais. C'est ton genre de vouloir aider tout le monde, pis là, ça me tente pas pantoute.

— Pourquoi je le ferais pas, si ça peut te rendre service pis qu'au bout du compte ça te rendrait heureuse ?

— Parce que c'est comme ça. Demande-moi pas pourquoi, je le sais pas. C'est juste comme ça. Je veux pas que tu parles à moman pour moi... Je... J'suis pus un bébé, pis faut que j'apprenne à me débrouiller toute seule... Même si j'hésite, des fois, pis que ça me prend tout mon petit change pour dire quelque chose, j'suis fière de moi quand je réussis.

— Ça, je peux le comprendre. Moi avec, tu sais, ça m'arrive d'être gêné. On dirait qu'on est toutes un peu comme ça dans la famille... Mais oublie jamais que si t'as besoin de moi, je peux t'aider. À deux, des fois, les choses sont plus faciles.

— Ouais, si on veut.

Ils n'en avaient pas rediscuté depuis et Agnès avait l'impression d'être au point mort. Elle se mourait d'envie d'avoir ses amies auprès d'elle, de leur faire visiter son village, de leur présenter sa cousine Judith, et peut-être aussi, pourquoi pas, son amie Geneviève, à qui elle n'avait cependant toujours pas reparlé depuis le jour de l'An. En revanche, la peur d'essuyer un refus la retenait encore. Si jamais sa mère lui disait non, pour quelque raison que ce soit, ça risquait de la choquer et de lui faire prononcer des paroles trop vives qu'ensuite elle regretterait.

Et s'il fallait que le ton monte encore une fois entre sa mère et elle, elle pourrait sûrement dire adieu à sa scolarité en ville.

La pauvre Agnès en avait envie de pleurer, tant elle se sentit écartelée entre son désir de parler et la peur de se faire dire non.

En fait, c'était d'elle-même qu'Agnès avait le plus peur ! Elle et sa manie de répliquer quand elle était emportée par le feu d'une discussion et qu'elle en oubliait sa gêne !

Pourtant, en ce moment, ça sentait la fête chez elle. Ses deux petits frères allaient partir pour la ville et personne n'avait fait d'histoire avec cela. Bien au contraire, tout le monde avait l'air de se réjouir pour eux, tandis qu'elle, assise à un bout de la grande table de la cuisine, elle hésitait encore.

Agnès se trouva ridicule, et les larmes étaient vraiment sur le point de couler quand son regard croisa celui de Cyrille. À son air interrogateur, Agnès se douta aussitôt que son frère pensait probablement à la même chose qu'elle.

Avait-il fait le même scénario ?

Cyrille esquissa une petite grimace qui ramena l'ombre d'un sourire sur le visage de la jeune fille. Puis, il donna un petit coup de tête un peu sec en direction de la porte. C'était leur signal habituel pour se retrouver loin des oreilles indiscrètes.

Cette fois-ci, le sourire d'Agnès fut plus franc. Il y a certaines choses dans la vie qu'on n'oublie pas en une seule petite année. Elle cligna des yeux pour montrer qu'elle avait compris.

Quelques instants plus tard, Cyrille se leva de table, mais personne ne passa la moindre remarque. Les quatre adultes étaient visiblement heureux de se retrouver, après plus d'un mois de séparation à cause de la tante Félicité. Tout à leurs discussions, ils n'accordaient aucune attention à des enfants habitués de se débrouiller seuls dans cet univers familier. Quant à Albertine, elle avait repris sa place habituelle, pendue au cou de sa mère, et Lauréanne, radieuse, faisait sauter Albert sur ses genoux.

Agnès en profita pour suivre Cyrille, et, en deux mots, alors qu'ils s'étaient installés sous le grand chêne, elle expliqua la situation, telle qu'elle la voyait.

— Bon! lança Cyrille dès que sa sœur eut fini de parler. Je comprends pas pourquoi t'as aussi peur. Moman te mangera pas, tu sais. Tu viens de dire tout ce qu'il y avait à dire, pis c'était ben clair. À partir de là, me semble que c'est pas compliqué pantoute de tout répéter.

— Tu trouves que c'était clair?

— Arrête de douter de toi, Agnès, c'était parfait.

Je te le dis ! Il suffit de répéter ça aux parents pour que ça se réalise.

— Non, pas aux parents, Cyrille. À cause de notre chicane au téléphone, c'est à moman qu'il faut que je parle. C'est elle qui va me donner ou me refuser la permission, pas popa.

— À moman, d'abord. Pour moi, ça change pas grand-chose ! Pis j'suis sûr qu'elle va dire oui. C'est pas toi qui m'as dit, l'autre jour, que tu voulais attendre qu'elle soye de très bonne humeur pour lui parler ? Ben si c'est vraiment ça, ta raison d'attendre, c'est aujourd'hui que tu dois parler, ou ben ça se fera jamais. J'ai rarement vu moman aussi souriante que depuis vendredi soir quand matante a appelé pour dire qu'ils s'en venaient à matin.

— Je le sais ben… D'accord, Cyrille. Si tu penses que mon idée a de l'allure, j'vas en parler. Pis tusuite à part ça, sinon je dirai rien… Viens-t'en, on rentre. Je veux pas que tu parles, mais j'aimerais ça que tu restes proche de moi, par exemple… Pis j'vas aller m'asseoir à côté de moman pour y parler. J'ai pas envie que tout le monde entende ce que j'vas dire.

Marie-Thérèse écouta attentivement tout ce qu'Agnès lui raconta, puis, durant un petit instant, elle resta silencieuse.

— Pis tu dis que ça fait depuis le début de l'été que tu penses à ça ?

— Quasiment, oui. Mais je savais pas trop

comment vous le dire… Pis, mon idée ? Ça pourrait-tu marcher ?

— C'est sûr, ma belle, que ça va me faire plaisir de mieux connaître tes amies… Pis c'est parfait d'avoir pensé à les inviter justement au moment où tes frères vont s'en aller à Montréal… Marie-Paul a le téléphone chez elle ou ben faut demander à Lauréanne ?

— Non, pas besoin de déranger matante avec ça, rassura Agnès, qui se sentait tout à coup si légère.

À pas de loup, Cyrille commença à s'éloigner de la table.

— Ils ont le téléphone chez Marie-Paul, pis je sais son numéro par cœur, même si je l'ai jamais appelée.

— Ben tantôt, quand la visite sera partie, tu iras dans la cordonnerie pour l'appeler pis l'inviter, précisa Marie-Thérèse, d'une voix particulièrement douce, une voix qu'Agnès ne reconnaissait pas. Avec Louisa, comme de raison, pour pas faire de peine à personne… De mon côté, j'vas m'occuper de toute arranger ça avec Émile pis Lauréanne, pour le voyagement, au cas où les parents de ton amie diraient oui. Pis tu lui laisseras notre numéro, si jamais les parents de Marie-Paul voulaient me parler.

— Si c'est de même, moman, j'ai pus rien à dire sauf un gros merci… Vous êtes pas mal fine… M'en vas aller sortir les assiettes pour mettre la table pour le dîner.

Agnès s'était relevée et, sur une pirouette, elle se retourna et se dirigea vers la grosse armoire où sa mère rangeait la vaisselle.

Marie-Thérèse la regarda s'éloigner, serrant très fort la petite Albertine contre sa poitrine.

Curieusement, Marie-Thérèse avait le cœur en miettes.

Sa fille Agnès, sa grande, comme elle l'appelait parfois, avait gardé son secret depuis des semaines tant elle craignait sa réaction.

Marie-Thérèse était donc une mère inaccessible, froide et paralysante, puisque même ses enfants en avaient peur ?

Marie-Thérèse suivait Agnès des yeux, tandis que, toute souriante, la jeune fille passait de l'armoire au comptoir avec des piles d'assiettes. Sa fille n'était pas loin, à peine à l'autre bout de la pièce, néanmoins Marie-Thérèse eut l'impression qu'elle était en train de s'éloigner d'elle. Irrémédiablement.

Se levant précipitamment, Marie-Thérèse s'élança vers l'escalier.

— Je reviens, lança-t-elle à Lauréanne, qui jouait avec Albert et ses blocs, près de la fenêtre. Le temps de changer Albertine pis je redescends. On va manger après.

Le seul qui s'aperçut que sa mère avait les yeux rouges, lorsqu'elle revint à la cuisine, ce fut Cyrille, et il crut comprendre ce qu'elle ressentait, à cause des premiers mots prononcés par Agnès.

— J'avais peur de vous en parler, moman, avait-elle avoué en guise de préambule.

En entendant cela, le regard de Marie-Thérèse avait tout de suite changé. Comme si sa mère venait de prendre conscience qu'elle était immensément triste ou fatiguée, comme ça, tout d'un coup. À ce moment-là, Cyrille aurait voulu intervenir, lui dire de ne pas trop s'en faire, car Agnès elle-même ne se comprenait pas vraiment tout le temps. Un peu comme lui, d'ailleurs, qui passait parfois de l'adulte à l'enfant à une vitesse déconcertante. Une minute, il avait l'assurance d'un homme, l'instant d'après, il doutait de tout. Un mot d'encouragement ou de félicitations, il bombait le torse ; un reproche ou une parole blessante, et il avait peur de se mettre à pleurer comme un bébé. Heureusement, ça n'arrivait plus que de temps en temps.

Alors, oui, quand il avait cru apercevoir de la tristesse sur le visage de sa mère, Cyrille aurait bien voulu être capable de la consoler comme un homme, mais à lui aussi, les mots avaient manqué, comme à un enfant. Parce que Marie-Thérèse était sa mère et qu'avec sa mère, on restait toujours un peu un enfant. Cela, Cyrille l'avait compris depuis longtemps. De toute façon, il avait promis à Agnès de ne rien dire, n'est-ce pas ? Alors, il s'était éloigné.

Durant le repas, Cyrille était resté silencieux et quand Benjamin s'était excusé parce qu'il devait partir chez leur oncle Anselme, Cyrille avait sauté sur l'occasion et il avait prétendu vouloir l'accompagner.

— Je trouve qu'on se voit pas assez souvent, Benjamin pis moi, avait-il donné comme prétexte.

Marie-Thérèse n'y avait vu que du feu.

— Bonne idée, mon grand, avait-elle même ajouté. Profite de ton après-midi à ta guise. On travaillera plus fort demain.

Tout au long du chemin, Cyrille tenta de donner le change à son frère. Ils parlèrent récoltes et vacances, école et amis. Pourtant, Cyrille n'avait pas le cœur à jaser. Il revoyait les yeux rougis de sa mère et il se demandait pourquoi elle avait l'air si triste. Néanmoins, il parla gaiement de la cordonnerie jusqu'à la ferme.

— Pis si un jour ça te tentait pus vraiment de prendre la place du père, conclut Benjamin, dis-toi ben qu'Ignace sera pas loin. Bon ben, j'suis rendu. Tu peux retourner à la maison, Cyrille. Pis merci ben de m'avoir accompagné.

— Sais-tu, Benjamin, je pense que j'vas prendre le temps de saluer mononcle, si jamais il était là, pis j'vas partir ensuite.

Son oncle était là, sa tante et Judith aussi. Tout le monde avait l'air heureux de voir Cyrille.

— Tu viens pas assez souvent, mon garçon, lança Anselme en lui assenant une tape sur l'épaule.

— C'est qu'il y a ben de l'ouvrage à la

cordonnerie, répondit alors Cyrille, tout sourire, puisque la belle Judith était enfin là.

— C'est vrai que ton père a jamais chômé, admit Anselme, sans se douter que Cyrille était à des lieues de son père et de la cordonnerie, et qu'il devait faire un gros effort pour ne pas dévorer sa cousine des yeux. C'est un gros travailleur, le Jaquelin.

Heureusement, Cyrille arriva à se concentrer sur les paroles de son oncle. Il put alors répondre sans perdre la face.

— Mais aujourd'hui, avec mon oncle Émile pis matante Lauréanne en visite à la maison, on a décidé de prendre congé.

— Bonne idée…

— C'est pour ça que j'suis venu vous voir. J'avoue que je m'ennuie un peu du travail de la ferme, même si c'est pas mal plus dur qu'à la cordonnerie.

— Ben profites-en donc pour aller te promener dans le champ en arrière de la maison. Me semble que t'aimais ça, l'an dernier.

— C'est vrai que j'aime ça, marcher dans les champs… Avec le ciel qui va d'un horizon à l'autre, j'ai l'impression d'être… Comment dire ? D'être aussi libre qu'un oiseau… Pis, le blé d'Inde commence-tu à être prêt ?

— Je le sais ben pas. J'ai vraiment pas eu le temps d'aller voir ça, avoua l'oncle Anselme. Si ça te tente, mon Cyrille, tu pourrais aller à l'autre bout de la terre, à côté du tabac, là où il y a du soleil toute la journée. Si on a une couple d'épis de prêts, c'est juste là que tu peux les trouver.

— Ben moi aussi, j'veux y aller.

Judith était déjà debout. Elle se tourna vers sa mère.

— Je peux-tu vous laisser finir de peler les légumes toute seule, moman ? J'aime trop le blé d'Inde ! lança-t-elle joyeusement. Si c'est possible d'en manger pour souper, on reviendra chercher une poche de jute pour le ramener.

Puis, pivotant vers son cousin, tout en repoussant d'un geste machinal ses longues boucles couleur de soleil derrière l'épaule, elle lui décocha le plus joli des sourires, au point où le pauvre garçon en resta figé.

— Qu'est-ce que tu brettes, Cyrille ? Tu viens ou tu viens pas ?

Cyrille aurait bien voulu suivre sa cousine, mais comment y arriver puisque ses jambes étaient subitement de plomb ?

Puis, ça se pouvait, ça, un cœur qui bat aussi fort sans sortir de la poitrine ? Cyrille l'entendait jusque dans sa tête et il eut la sensation que sa gorge s'était tout à coup remplie de sable ! Se contentant d'un signe de tête en guise de réponse, et au prix d'un gros effort, Cyrille arriva à emboîter le pas à sa cousine. Il fit un vague salut de la main en direction de son oncle, à l'instant où il sortait de la cuisine.

Au fond de la cour, à côté de la grange, Judith prit la main de Cyrille pour l'entraîner dans le champ de maïs qui se perdait jusqu'à l'horizon, comme ils l'avaient si souvent fait durant l'été précédent.

Bien involontairement, les doigts de Cyrille se refermèrent sur ceux de Judith dans un geste possessif. Ils lui semblèrent un peu moins fragiles, mais la paume de sa main était toujours aussi douce et il en fut ému.

Tandis qu'il courait aux côtés de sa cousine, Cyrille oublia Agnès et ses sautes d'humeur, sa mère et sa tristesse, son père et la cordonnerie, tout comme il avait aussi oublié que dans un mois, il devrait retourner au collège et que recommenceraient immanquablement les rencontres avec le père Gérard, supposé l'amener à découvrir la vocation sacerdotale en lui. Cyrille ne se souciait même plus de savoir ce que faisaient Xavier et Pierre Rochon, même si présentement ses amis devaient s'amuser ferme au chalet sur le bord du lac aux Sables.

En ce moment, Cyrille n'aurait changé de place avec personne au monde. Il avait un champ de maïs devant lui pour courir jusqu'au bout de son souffle et il tenait la main de Judith dans la sienne.

Ils ne s'arrêtèrent qu'en haut de la butte, là où se trouvait le petit sentier qui séparait le champ de blé d'Inde et le champ de tabac.

Les deux jeunes étaient essoufflés, échevelés,

couverts de sueur, et ils durent faire une pause avant de s'engager entre deux rangs de plants aussi hauts qu'eux pour vérifier la maturité des épis.

Tandis qu'ils essayaient de reprendre leur souffle, Cyrille passa un bras autour des épaules de Judith, et le regard qu'elle posa sur lui disait sans l'ombre d'un doute qu'elle acceptait volontiers cette accolade. Le bras de Cyrille se fit donc un peu plus lourd.

— Tu vois, Judith, avoua-t-il, même si je sais que j'vas retrouver mes amis Xavier pis Pierre au collège pis qu'à cause de ça, j'suis pas mal moins inquiet que l'an dernier, j'vas quand même m'ennuyer de toi.

À ces mots, Judith offrit un sourire radieux à son cousin.

— Moi avec je m'ennuie de toi quand t'es parti, confia-t-elle à son tour. J'aime ça jaser avec toi. Me semble que des fois, on pense pareil, pis je trouve ça ben agréable… Mais avoir des amis aussi, c'est important, précisa-t-elle, comme pour montrer qu'elle comprenait ce que Cyrille tentait de lui expliquer. Je m'entends ben avec Geneviève. Quand j'suis avec elle, je passe du bon temps.

— C'est pareil pour moi avec mes amis. Dommage qu'on puisse pas s'écrire, toi pis moi. On pourrait toute se raconter ça.

— Ouais, c'est ben plate de pas avoir le droit de

s'envoyer des lettres, approuva Judith. C'est plate pis un peu niaiseux, si tu veux mon avis.

— Ben d'accord avec toi.

Jamais Judith et Cyrille n'auraient pu se douter que leurs silhouettes se découpaient contre l'azur du ciel et que de la maison, Anselme et son épouse étaient à la fenêtre en train de les regarder.

— Cyrille, c'est un bon garçon, décréta alors Anselme, tandis qu'on entendait Benjamin qui rangeait son linge propre dans le grenier. Dommage qu'il aille au collège.

— Pourquoi tu dis ça, mon homme ?

— Parce que c'est le curé qui paye pour ses études pis ça, ça veut dire que Cyrille a des bonnes chances de finir curé, lui avec.

— Pis ? Me semble qu'il ferait un bon prêtre. Cyrille est assez sérieux pour ça... De toute façon, je comprends pas ton regret. Qu'est-ce que ça peut ben changer dans ta vie, ça, qu'il devienne curé ?

— Ça changerait ben des affaires, ma femme. À commencer par le fait que j'suis sûr qu'il pourrait faire un bon parti pour notre Judith. À défaut d'avoir un fils pour prendre la relève, un gendre comme lui, ça ferait ben mon affaire.

— Bonté divine, Anselme ! J'espère que tu penses pas vraiment ce que tu viens de dire là ?

— Ben sûr que je le pense ! Que c'est que t'as contre Cyrille, toi ? Me semble que c'est vraiment un bon garçon, aussi travaillant que son père. Comme Benjamin, d'ailleurs.

— Je dirai jamais rien contre les enfants de ta sœur, pis tu le sais. Il est pas là, le problème.

— Il est où, d'abord? Sois plus claire, Géraldine, parce que je te suis pas. Sont peut-être un peu jeunes pour ça, Judith pis lui, je dirai pas le contraire, mais j'aurais rien contre le fait qu'ils finissent par s'amouracher, ces deux-là.

— Ben pas moi, tu sauras. Pis dis-toi ben que j'vas toute faire pour empêcher ça, justement parce que je les aime, tous les deux, pis que ça serait ben triste de les voir malheureux… Tu vois pas où je veux en venir, Anselme?

— Pantoute. Pis ça commence à m'énerver, tout ça.

— Laisse faire tes nerfs, Anselme Gagnon, pis fais juste penser que Judith pis Cyrille sont cousins germains.

Anselme fronça les sourcils, reporta le regard au bout du champ, puis lâcha un juron, lui qui ne jurait presque jamais.

— Batêche! T'as ben raison, Géraldine… J'avais pas vu ça venir, moi là… Mais c'est peut-être pas si pire qu'on le pense. Il doit ben exister une sorte de dispense pour des cas comme ça pis…

— Pis rien, mon homme. Tu voudrais tenter le diable pis te retrouver avec des petits-enfants infirmes? Ben pas moi. De toute façon, jamais un curé de la province de Québec accepterait de les marier. Pour moi, ça vient de clore la discussion. Les curés ont plus d'instruction que nous autres, pis ils doivent savoir ce qu'ils disent. Si l'Église interdit le mariage entre cousins, il doit ben y avoir une bonne raison à ça. Des bons garçons, il y en a plein la paroisse pis laisse-moi te dire que j'vas finir par trouver un parti qui va faire ton affaire pis celle de notre fille Judith. Astheure, viens m'aider à peler les patates pis après, on va remonter le champ nous autres avec. On va aller au-devant des deux jeunes, des fois qu'ils auraient des idées croches en arrière de la tête.

— Voyons donc, Géraldine ! C'est pas parce que moi j'ai vu un gendre en Cyrille que lui, il pense à ça. De toute façon, ils sont bien que trop jeunes pour, pour... tu sais ben de quoi je parle !

— Ça s'est déjà vu. Pense à la petite Gamache du rang 3... Elle avait tout juste quatorze ans quand elle a disparu du jour au lendemain en mai 1918. Elle nous est revenue une grosse année plus tard. Apparence qu'elle avait rendu visite à une cousine des États... Voir que les Gamache ont de la parenté du bord des États-Unis ! Faut vraiment prendre le monde pour des cruches ! Astheure, grouille, mon homme. Avec tes idées de mariage, t'as réussi à me faire peur.

Anselme leva les yeux au ciel !

Au même instant, à l'abri des regards indiscrets, entre deux rangs d'épis de blé d'Inde, Cyrille déposait un chaste baiser sur la joue de sa cousine. Il n'avait pu se retenir !

La peau de Judith avait la douceur d'une pêche et elle sentait le soleil.

Quand sa jeune cousine leva les yeux vers lui, elle avait l'air heureuse. Sans dire un mot, elle glissa sa main sous le bras de Cyrille, comme si elle se confiait à lui. Ensemble, marchant d'un même pas, ils remontèrent lentement le long du rang des plants de maïs. Cyrille se fit alors le serment qu'un jour, il demanderait Judith en mariage, pour que tous les deux, ils puissent marcher ainsi jusqu'à la fin des temps.

Et tant pis pour le curé Pettigrew !

À suivre…

NOTE DE L'AUTEUR

Je sais, je sais, j'avais dit trois tomes. Je l'avais même promis à tous ceux et celles que de longues séries rebutent. Et j'étais sincère, je vous le jure ! Cependant, au moment où j'ai fait cette promesse, j'avais oublié que je n'ai pas souvent le contrôle sur la vie de mes personnages. En fait, soyons honnêtes jusqu'au bout : ce sont eux qui me mènent par le bout du nez !

Cette fois-ci, croyez-moi, ils se sont tous ligués contre le pauvre écrivain que je suis et je n'ai pas eu le choix de dire oui à ce dernier tome.

Nous allons donc poursuivre un bout de chemin avec Marie-Thérèse qui s'ennuie de plus en plus de la ville, car elle y voit d'infinies possibilités pour rendre son existence plus paisible. Toutefois, elle ne sait trop comment aborder le sujet avec son mari, alors elle m'a demandé de lui en glisser un mot.

Comment dire non ? Elle est si gentille !

Nous marcherons donc en compagnie de son mari Jaquelin, espérant un instant d'intimité pour lui parler. Cependant, je n'ai pas encore trouvé les mots à dire pour donner suite à la requête de Marie-Thérèse. C'est un moyen contrat que j'ai accepté là et j'aurais peut-être dû y réfléchir à deux fois avant de dire oui. À mes yeux, il est clair comme de l'eau de roche que Jaquelin a peur des imprévus et qu'il se cramponne à sa cordonnerie avec l'énergie du désespoir, malgré les embûches petites et grandes qui parsèment son quotidien. Répéter sans relâche que la maison ne lui appartient pas et qu'il n'a pas le choix de travailler à la cordonnerie s'il veut garder le patrimoine des Lafrance n'est qu'un prétexte. Enfin, c'est ce que moi je crois.

Devrais-je alors lui parler du chalet ?

Demander à Émile de le faire ?

Faire miroiter l'épicerie que Marie-Thérèse aimerait bien acheter ?

Vraiment, je ne sais pas par quel bout aborder Jaquelin.

S'il savait que son père rêve d'avoir un chalet et que, pour ce faire, il serait prêt à vendre la maison et le commerce, sans pour autant abandonner son fils, peut-être bien que Jaquelin accepterait de m'écouter. Peut-être même qu'il changerait d'avis en ce qui concerne la cordonnerie.

Mais peut-être pas non plus…

Avec Jaquelin, il est souvent difficile de prévoir.

Et cela, c'est sans oublier qu'il y a Cyrille et Ignace qui aimeraient suivre les traces de leur père…

C'est compliqué, tout ça.

Cependant, je suis heureuse de voir que la tante

Félicité va mieux. Je l'aime bien, cette femme, et son sens de la répartie me réjouit. Surtout quand elle s'adresse à Irénée ! Leurs conversations ont mis un peu de soleil dans mes journées, en cet été plutôt gris et frais. Comme la pluie frappe encore à ma vitre, ce matin, et que j'en ai assez de toute cette eau qui noie mon jardin, je vais donc sauter dans le passé pour assister à la rentrée des classes de 1924 à Trois-Rivières.

Là-bas, même si on est au début de septembre, il fait beau et encore pas mal chaud !

Vous m'accompagnez ? Je pars à l'instant, en souhaitant de tout cœur qu'Agnès, de son côté, soit retournée à Montréal pour reprendre ses études à l'école du quartier.

Achevé d'imprimer chez
Imprimerie Norecob
en octobre 2017